「めづらし」の詩学

本歌取論の展開とポスト新古今時代の和歌

土田耕督

大阪大学出版会

目次

Ⅰ　「めづらし」の詩学と〈擬古典主義〉

Ⅱ　〈擬古典主義〉への順応と反動

Ⅲ　「本歌取」論のパラダイム形成

凡例

本書にいう「新古今時代」とは、九条家歌壇、次いで後鳥羽院歌壇が興隆した一二世紀末から、『新古今和歌集』の成立（一二〇五竟宴、その後改訂作業が続き、一二一六までに完成）、承久の乱（一二二一）、『新勅撰和歌集』の成立（一二三五）などを経て、藤原定家の歿年（一二四一）に至るまでの約半世紀間を指す。

引用する和歌および詞書、また歌合判詞の本文は、各歌論書類に特有の表記となっている場合以外は、『新編国歌大観』（古典ライブラリー運営「日本文学Web図書館　和歌・俳諧ライブラリー」所収）による。歌番号も同様。但し『万葉集』の番号は、旧国歌大観によった。

資料として用いた主要な歌論書類の本文は、それぞれ以下の書に所収のものによった。複数記載しているものについては、本文は＊が付されている書により、他本を適宜参照した。

- 俊頼髄脳　『新編日本古典文学全集　八七　歌論集』（小学館、二〇〇一）
- 古来風体抄　『新編日本古典文学全集　八七　歌論集』
- 近代秀歌　『新編日本古典文学全集　八七　歌論集』
- 詠歌大概　『新編日本古典文学全集　八七　歌論集』
- 毎月抄　『新編日本古典文学全集　八七　歌論集』
- 京極中納言相語　佐佐木信綱編『日本歌学大系　第三巻』（風間書房、一九五六）
- 無名抄　『歌論歌学集成　第七巻』（三弥井書店、二〇〇六）
- 八雲御抄　＊『日本歌学大系　第三巻』

・詠歌一体　久曽神昇編『日本歌学大系　別巻三』(風間書房、一九六四)
片桐洋一・八雲御抄研究会『八雲御抄　伝伏見院本』(和泉書院、二〇〇五)
久松潜一編校『中世の文学　歌論集　一』(三弥井書店、一九七一)
『日本歌学大系　第三巻』
＊岩佐美代子『藤原為家勅撰集詠　詠歌一躰　新注』(青簡舎、二〇一〇)
・簸河上　佐佐木信綱編『日本歌学大系　第四巻』(風間書房、一九七三)
・夜の鶴　『日本歌学大系　第三巻』
＊森本元子『十六夜日記・夜の鶴　全訳注』(講談社、一九七九)
・源承和歌口伝　『日本歌学大系　第四巻』
＊源承和歌口伝研究会『源承和歌口伝注解』(風間書房、二〇〇四)
・和歌用意条々　『日本歌学大系　第四巻』
・和歌庭訓　『日本歌学大系　第四巻』
＊『歌論歌学集成　第十巻』(三弥井書店、一九九九)
・為兼卿和歌抄　『歌論歌学集成　第十巻』
・歌苑連署事書　『歌論歌学集成　第十巻』
・六巻抄　片桐洋一『中世古今集注釈書解題　三』(赤尾照文堂、一九八一)
・井蛙抄　佐佐木信綱編『日本歌学大系　第五巻』(風間書房、一九五七)
＊『歌論歌学集成　第十巻』
・愚問賢注　『日本歌学大系　第五巻』
＊『歌論歌学集成　第十巻』
・近来風体　『日本歌学大系　第五巻』
＊『歌論歌学集成　第十巻』

・知連抄　　　　伊地知鐵男編『連歌論集　上』（岩波書店、一九五三）
・撃蒙抄　　　　『連歌論集　上』
・筑波問答　　　『新編日本古典文学全集　八八　連歌論集・能楽論集・俳論集』（小学館、二〇〇一）
・連歌十様　　　『連歌論集　上』
・十問最秘抄　　『連歌論集　上』
・梵灯庵主返答書　『続群書類従　第十七輯　下』（続群書類従完成会、一九二七）
・二言抄　　　　『日本歌学大系　第五巻』
　　　　　　　　＊『歌論歌学集成　第十一巻』（三弥井書店、二〇〇一）
・言塵集　　　　荒木尚『言塵集　本文と研究』（汲古書院、二〇〇八）
・了俊一子伝　　『日本歌学大系　第五巻』に抄出
・了俊歌学書　　伊地知鐵男『今川了俊歌学書と研究』（未完国文資料刊行会、一九五六）
・落書露顕　　　水上甲子三『中世歌論と連歌』（全通企画出版、一九七七）
　　　　　　　　＊『歌論歌学集成　第十一巻』
・正徹物語　　　＊『歌論歌学集成　第十一巻』
　　　　　　　　小川剛生訳注『正徹物語』（角川学芸出版、二〇一一）
・ささめごと　　『日本古典文学全集　五一　連歌集・能楽論集・俳論集』（小学館、一九七三）
　　　　　　　　＊『歌論歌学集成　第十一巻』

引用にあたって、表記の統一のために繰り返し記号などをあらためた箇所がある。各種の強調は筆者による。引用直後の［　］内に示しているのは、筆者の解釈を補った現代語訳である。なお、一部分を引用するにとどまる歌論書類等の本文については、準拠した書を各章の註に記載した。

はじめに

過去につくられたものを、何らかのかたちで摂取するという行為は、それが意図的であれ非意図的であれ、創作の場において普遍性をもっている。芸術の諸ジャンルに貫流し、多様な名によって把握されるその方法はすべて、先行する作品を創作の一つの契機とし、それに対する反応であると見なすことができる。つまりそれらの方法は、過去を〈再利用 reuse〉しているという意味で、同じ問題の圏域に属している。本書は、作品の構成素材と内容という、芸術の研究において常在する二つの対象にしたがって、再利用の方法を大きく二つに分けることになる。その分割の基準は、ある既存の作品を構成する素材を再利用する際に、その断片的な素材によって表出されうる、作品の内容も併せて再利用するか否かに置かれる。

ある作品の素材を再利用した結果、その内容がなお表出され続ける場合、一般にその方法は「引用 citation」と呼ばれる。それは原義的には、あるものを自分のところに呼び出し、表彰するという行為を指す[1]。他方、ロラン・バルト(一九一五—八〇)が「テクストとは、無数にある文化の中心からやってきた引用の織物である[2]」というように、既存のものを引いてきて用いるという意に拡張する場合、それは本書における〈再利用〉と同様、二元的な語となる。つまり「引用」という語は、狭義と広義とに分かたれる。

そのうち、特に狭義の「引用」、すなわち素材と内容とを一体のものとして再利用する方法は、「翻案 adaptation」や「パロディ parody」という語によっても説明される。どちらも、リンダ・ハッチオン(一九四七—)が多様な作品の制作過程を跡づけることによって、帰納的に理論化した語である。ハッチオンは、前者を「特定の芸術作品への広範で意図的な、公表された再訪」と定義づけ、記憶にもとづいて「類似」と同時に「相違」を体験させる方法であるとする[3]。また後者の特質を「類似」よりも「差異」を際立たせる、「批評的距離を置いた反復」であるところに見出している[4]。両者に共通しているのは、もとにあったものを下地としつつ、それを保ったまま、何らかのずれを生じさせるという点である。さらにそれらの方法は、伝統をつくりかえながら継承していく上で必須の方法と見なされる。いわば差異を織り交ぜながら過去を反復することが、伝統の継承を持続させる原理となる。

これに対して、既存の作品の素材を再利用しつつ、その内容については問わない、という方法が、たしかに存在する[5]。ミシェル・ド・セルトー（一九二五—八六）は、日常的な消費活動において、大衆が大量の商品レパートリーから随意に選択したものを新たに組み合わせ、新たな文脈に位置づけることを「再利用 ré-emploi」という語によって包括した[6]。本書に用いる〈再利用〉は、汎用的な語として、特に芸術において過去の作品を摂取し、利用すること自体を指す。しかしもとより、芸術の営為と日常の実践との間に明確な境界線を引くことは、実質的に不可能である。ド・セルトーの規定する「再利用」の概念から、既存のものを任意に選択し、それを新たな文脈のもとで再構成するという要素を抽出すれば、それは元来属していた文脈から離脱した、素材そのものを再利用するという方法に、そのまま適用することができる。また、すでに存在し、機能しているものを変質させ、何か役に立つものにすることを、クロード・レヴィ＝ストロース（一九〇八—二〇〇九）は「ブリコラージュ bri-colage」と呼んだ[7]。文化史家のピーター・バーク（一九三七—）は、一つの文化を新たな世代に手渡してゆく過程は、必然的に「再構築」となると述べ、ド・セルトーの「再利用」とレヴィ＝ストロースの「ブリコラージュ」を、その過程に介在する方法の代表として位置づけている[8]。この見解は、「翻案」「パロディ」についてハッチオンが導き出していた、文化的な意義を補完するものである。以上の見解にしたがえば、芸術における再利用という問題領域は、文化の継承という歴史学的な領野とも、相互に浸透し合うものとなる。

このように、過去の〈再利用〉についての問題圏は、広大かつ豊饒な沃野となりうるがゆえに、その全貌を一挙に望見することはほとんど不可能である。そこでまずは、根本的な問題を設定するところからはじめたい。すなわち、なぜ過去の作品は再利用されるのか。あるいは、それによって作品に何が起こり、いかなる意味における価値が創出されるのか。このような問いかけに対する答えを模索するための素材として、日本古来の定型詩である和歌は、きわめて多くの重要な示唆を与えてくれる。とりわけ、中世の和歌世界においては、白紙の状態から詠歌がはじまることはなかった。すなわち、過去に詠まれた歌の「詞」を取りこみ、その「心」を参照することの方が普通であったといってよい。当然ながらそこでは、あらゆるかたちで古歌の再利用が実践され、その作意は新たな価値の創出のために先鋭化されていく。この再利用の方法の総体こそが、現代「本歌取」という名で一括される方法であった。したがって本歌取は、素材と内容とを基準とした再利用法の分割にしたがっていることにもなる。

本書の内容はつまるところ、「本歌取」が中世の和歌世界においてどのように論じられ、実践されたか、そしてその方法論がどのような変遷をこうむったかについて、あくまで当時の言説に即して、真正面から考察を試みたものにすぎない。ツベタナ・クリステワ（一九五四―）は、和歌における本歌取に関する言説を、世界最古の「引用」論として紹介している。[9] もとよりクリステワも指摘するように、本歌取論の重要性は古さそのものにではなく、むしろ広義の引用をめぐる問題をも射程に収める、その広範囲への適用可能性にこそある。本歌取論の変遷を跡づけ直すことはまず、中世和歌史の部分的な書きかえを促すであろう。同時にその考察結果は、過去の作品を再利用するという方法が、外的な条件に反応していかに展開するかを明らかにし、ひいてはその展開の内的な動因を明らかにするものともなりうる。本書が最終的に引き受けようとするのは、ヴァルター・ベンヤミン（一八九二―一九四〇）が提起した「文学史」の目標、すなわち「書かれてある作品のことを、それが書かれた時代のもつ連関のうちに叙述することではなく、それが成立した時代の中に、それを認識する時代――それは我々の時代である――を描き出すこと」にほかならない。それによって本書は、いわば芸術史の「感覚器官となる」[10]ことを企てる。

註

(1)アントワーヌ・コンパニョン「引用、その本来の姿　引用の現象学」『第二の手、または引用の作業』今井勉訳(水声社、二〇一〇)六二頁。今道友信は、cite の語源であるラテン語の動詞 cito が「証人として呼び出す」ということであり、中世においてトマス・アクィナスがアリストテレスを「引用する」とはまさにこの意で、引かれるものは皆が知っている権威あるもので、これが後ろ楯に控えていて奥深いものがある、という前提を見出すことができると述べている。『日本の美学　一二　引用』日本の美学編集委員会(ぺりかん社、一九八八)一二頁。

(2)ロラン・バルト「作者の死」『物語の構造分析』花輪光訳(みすず書房、一九七九)。

(3)リンダ・ハッチオン『アダプテーションの理論』片渕悦久・鴨川啓信・武田雅史訳(晃洋書房、二〇一二)。

(4)リンダ・ハッチオン『パロディの理論』辻麻子訳(未来社、一九九三)。但しハッチオンは、被パロディ作品からの「文脈横断 trans-contextualization」こそがパロディの顕著な特質であると強調する。もし「文脈横断」を突きつめた結果、パロディ作品からもとの作品の内容が表出されないとすれば、その再利用法は後述する「ブリコラージュ」に近づくことになる。

(5)本書においては、翻案に対して「流用 appropriation」、パロディに対して「リミックス remix」という語を対置することを提案する。

(6)ミシェル・ド・セルトー『日常的実践のポイエティーク』山田登世子訳(国文社、一九八七)。

(7)クロード・レヴィ=ストロース『野生の思考』大橋保夫訳(みすず書房、一九七六)。

(8)ピーター・バーク『文化史とは何か　増補改訂版』長谷川貴彦訳(法政大学出版局、二〇一〇)一四六頁。谷川渥は、レヴィ=ストロースにおいて神話的思考の本質とされた「ブリコラージュ」を、美術の文脈における「コラージュ collage」や「アッサンブラージュ assemblage」などが内包している「予在する物体の習合による作品化」という、二〇世紀になって顕在化した「造型的原理」の「哲学的一般化」と見なすこともできると解する。谷川渥「ジャンルの解体 モダニズムの逆説」『芸術学フォーラム 1 芸術学の軌跡』（勁草書房、一九九二）二九九―三〇〇頁。

（9）ツベタナ・クリステワ編『パロディと日本文化』（笠間書院、二〇一四）一七頁。

（10）ヴァルター・ベンヤミン「文学史と文芸学」『ベンヤミン・コレクション五 思考のスペクトル』浅井健二郎編訳／土合文夫・久保哲司・岡本和子訳（筑摩書房 ちくま学芸文庫、二〇一〇）二二〇頁。「感覚器官」の原語Organon はまた、「思考の道具」という意味合いを帯びてもいる。

序章　「本歌取」とは何か──「新古今時代」における古歌再利用意識の諸相

序　「本歌取」研究の成果と問題点

「本歌取」という語は今日、それが生み出された和歌の世界に関してのみ用いられるものではない。この語は、日本文化の様々な局面に現出する、過去の遺物や作品を何らかのかたちで〈再利用〉するという方法論、および表現意識を説明する際に、しばしば適用されるようになった。

中世和歌研究の第一人者である久保田淳は、「日本文学史乃至は和歌史の術語としての本歌取という語は、いわゆる新古今時代に最も盛んであった一技法の意に限定して用いられるべきである」と、慎重な態度を促しつつも、「広義の本歌取」概念の他ジャンルへの適用可能性について、次のように述べている。(1)

模倣は芸術の宿命である。してみれば本歌取的技法は、おそらく文学や芸術のあらゆる分野に見出されるであろう。『源氏物語』以後の作り物語の殆どすべては『源氏物語』を強く意識し、『太平記』は『平家物語』

の叙述を取り込んでゆく。『南総里見八犬伝』は『水滸伝』を規範として構想される。それらも広義の本歌取と言えないことはないであろう。

久保田はさらに、一三世紀初頭における東大寺の再建にあたって、重源（一一二一―一二〇六）らが「雄大な本歌取」を試みたとし、「源平動乱の収束後齎された新古今時代の開花そのものが、この文化復興のエネルギーと無関係であるとは考えられない」と、本歌取を時代精神のあらわれの一様相と見なしている。(2)

このような見方を、芸術営為一般へと向けて敷衍すれば、過去の作品の引用に関する問題にまで、その射程が及ぶことに不思議はない。美術史家・批評家の高階秀爾は、芸術における「借用」の問題に触れながら次のように説き、「本歌取」を「引用」と対置させて、その適用範囲を拡げている。(3)

日本の場合の「本歌取」とか「見立」という引用の方法をみてみると、借りてくるものが大事であると同時に、そのもと、ソースも非常に大切な要素になっていて、それを思い起こさせるというか、ソースの持っている力を利用するようなところがある。引用されたものだけでなく、その背後にあるもとのものを大いに利用している。

高階は、パブロ・ピカソ（一八八一―一九七三）による過去の名画の再利用を「剽窃」という概念を用いて詳述した。(4) それによれば、まさに「ソースの持っている力を利用」し「その背後にあるもとのものを大いに利用」したと見られるピカソの「剽窃」行為は、日本の「本歌取」と通底する芸術的な方法であると把握してよいであろう。

しかしこのように、時空を超えた広範な拡張可能性をもつこと自体が、「本歌取」をめぐる種々の言説に、構造的な一貫性が欠けていることを示唆してもいる。その要因として、「本歌取」には、特定の時代・方法に限定された内実と、過去の作品を再利用するという行為の総体を包括する外延とが並存することが挙げられる。この問題を整理するために、まずは限定された「本歌取」の内実についての、先行研究の成果を確認してみたい。

「本歌取」の内実を定めんとし、その表現論的な特質の解明を試みた研究は、枚挙に暇がない[5]。その中で一つの到達点として位置づけられているのが、川平ひとしの論考である[6]。川平は、「本歌取」という語が江戸時代中期になってはじめて文献にあらわれることに注意を促した上で、現在一般的に「本歌取」と呼ばれる方法を、慎重を期して「本歌取的方法」と称しかえている。それは「簡略に言えば、未知・未生の〈新〉に属する作品を創作するために、既知・現在の〈古〉もしくは〈旧〉に属するテキストを〈もと〉とし、摂取して、これに依拠する方法」と定義づけられる。また本歌取的方法は、「引喩 allusion」の問題としてとらえることができ、「〈本歌取的方法〉の引喩論的転移」を果たした歌人として、藤原定家（一一六二―一二四一）を位置づけている。

川平は、定家の言説に「本歌」を「取る」という用語を見出すことができないという事実に、何より着目している[7]。そして、定家がいうところの「（古歌を）本歌とす」という行為は、「本歌の映像や情調を〈想起する〉ことであり、この行為の次元と古歌・旧歌を摂取し新歌中に組入れる具体的な技術・方式の次元とは別である」と喝破した。さらに、本歌取的方法においては、「いつも『世界』が、すなわち詩的な時間・空間が輻輳《ふくそう》せしめられている」と、その表現論的な特質を説明した。以上の考察結果は、渡部泰明や藤平春男らに代表される「本歌取」に関する先行研究にも裏打ちされたものであり[8]、「本歌取」の定義、および特質の記述として、言を尽くしている。川平以降の「本歌取」研究は、必ずこの論考を経由することによって成立しているといってよい。その言説が「本歌取」という語の内実をあらわす現在の到達点とされる所以である。

次に、「本歌取」の外延に目を向けてみたい。川平のいう「古歌・旧歌を摂取し新歌中に組入れる具体的な技術・方式の次元」において、「（古歌を）本歌とす」、すなわち古歌の世界を想起するという行為とは、次元を異にするような方法がありうる。それはいわば、限定された本歌取以外の「本歌取」と見なされる。この様相に関しても、川平の考察が示唆を与えてくれる。本歌取的方法において「本歌の映像や情調」を〈想起〉し、「詩的な時間・空間が輻輳せしめられ」る際、「本歌」とされる古歌が「一旦は解体され、映像・情調の断片でさえある〈素材〉」、「新歌を構成・構築するための素材」となることを、川平は指摘する。このような古歌の「素材化」は、「〈心〉〈詞〉の深い絆に亀裂を生じさせて、〈詞〉のみを元の詩的世界や文脈から切離された〈ことば〉の次元として措定する契機」と見なされる。川平はこの事態を、「摂取されたことば」の次元の「分立」として重視している。川平の用語にいう「詞」から「ことば」への次元の転移によって、本歌取的方法はその引喩性を失う、ととらえ返すこともできよう。

しかしながら、この見解には、「本歌取」の外延を設定するに際して、誤った分割線を引いてしまうおそれがつきまとうことになる。というのも、そこでは引喩性の喪失が、本歌取的方法の確立の帰結として把握されているからである。「ことば」とは本質的に共有物である以上、引喩性に依拠しない「摂取されたことば」の次元は、いわゆる本歌取的方法と並行して、さらにいえばその確立に先んじて、すでに存在していたと考えなければならない。つまり、もともと引喩性に立脚しない古歌の再利用法がありうる、ということである。本書ではその証を、同時代の歌論書や歌合判詞などにおいて「古歌を取る」と記述される方法に見出す。従来の「本歌取」研究は、「古歌を取る」方法を、「本歌取」に包摂されるものとして扱ってきた(9)。しかし、用語として「本歌」をでなく「古歌」を「取る」と明記されている方法を、「本歌取」の余剰として看過することは、同時代の表現意識に即しているとは到底いえない。このような視点に立脚するならば、ついには「本歌取」の実相を見誤ることにもなろう。

さらに、芸術学的な立場から見て注意しなければならないのは、一首の価値を判断する上で、「古歌を取る」方法が「本歌取」的方法に比して、劣っていると見なされていたわけではない、という事実である。現代の和歌研究においては、定家に「新古今和歌」を代表させ、その実践を頂点として、次世代以降の和歌表現は衰退の一途を辿ったという見解が、大勢を占めている。[10] しかもその理由は、新古今時代以降の歌人たちが「本歌取」に関して正しく理解できておらず、それを満足に実践することができなかったところに見出される。極論すれば、中世和歌の芸術的価値の衰退は、「本歌取」の衰退と軌を一にしている、とさえ理解されている。[11] このような中世和歌史の把握において、しばしば定家と対照されるのが、その跡を継いだ藤原為家（一一九八—一二七五）であった。

文弥和子は、「心と詞を本歌取り技法上の二元論」としてとらえた最初の歌論書として、順徳院（一一九七—一二四二）が編纂した『八雲御抄』に着目した。この二元論的な対置によって「定家的な意味での」本歌取、すなわち川平のいう、本歌の映像や情調を「想起する」ものとしての「本歌取的方法」の役割が終焉した、と文弥は見なしている。それは取りも直さず、「詞を単に詞（語彙）として生かす方法の始まりを告げるものであった」。この見解は、本歌取的方法から引喩性が失われたことによって、「ことば」の次元が分立した、という川平の見解と合致する。文弥は「詞を詞としてのみ再生させよう」とした歌人として為家を挙げ、定家の理論は為家には受け継がれるところではなかった、と結論づけている。[12]

為家の歌論書『詠歌一体』には「古歌をとる事」という項目があり、そこではたしかに、断片化し素材化した詞を語彙として生かすという志向性が打ち出されている。しかし先に強調しておいたとおり、「古歌をとる事」は「本歌取」と同一視してよい方法では決してない。ところが現代の研究においては、定家の「本歌取」を至高とする先験的な価値判断にもとづいて、「古歌を取る」方法による表現の特質が無視されているといわざるをえない。たとえば岩佐美代子は、『詠歌一体』「古歌をとる事」に関して、次のように述べている。[13]

為家の「本歌取」が、定家のような深いもの——本歌を背景に置いて全く新たな世界を創り出し、三十一字で表現し得る以上の劇的な効果を演出するていのものでない事は明らかであろう。

後半の意見に異存はない。しかしそうであればこそ、本来ならば「為家の『本歌取』」という語自体が成り立たず、それを定家の「本歌取」と比べて「浅い」と判断することなどできようはずがない。そもそも文弥のいうような、受け継がれるべき確固たる「定家の理論」なるものが、実際にあったのかどうかという点にも、疑問が残る。ましてや、それに最高の価値を認めるような言説が、同時代に普及していたわけではない。

以上のような言説構造は、辞典類に載る「本歌取」に関する記述に凝縮されることになる。たとえば『新編和歌の解釈と鑑賞事典』「主要和歌用語解説」において、それは次のように説明されている。[14]

古歌の表現を下敷きにして新しい歌を構成する手法のことで、広義には古歌の慣用句を用いることや、古歌から発想上の影響を受けることも含まれる。しかし、新古今時代に藤原俊成・定家によって完成された狭義の本歌取りとは、古歌の表現の一部を自歌に取り入れることにより、その古歌の持つ世界までも移して、新しい歌の情趣を重層的で複雑微妙になさしめる技法を指す。狭義の本歌取りには、本歌から取る歌詞は二句と三、四字を限度とし、本歌と主題を変えて新しい歌を詠むべきこと、本歌として取ってもよいのは三代集の作品に限ることなど様々な規則がある。

あるいは『和歌大辞典』における説明は、以下のとおりである。[15]

広義には特定の歌の歌詞を取り入れて作歌する表現技巧をいう。このような作家法は万葉集や古今集にみえるが、本歌取が技巧として発達するのは院政期からで、題詠が一般化し、百首歌が主要な詠歌法となっていくのと並行して高度化する。特に俊成において意識的に実践され、定家において確立され、理論化された。定家の本歌取は、古典主義・道統主義の歌観に立ち、古歌の詞を取ることを主とした、余情妖艶の歌を作るためのものであった。つまり、三代集・伊勢物語・源氏物語・白氏文集・和漢朗詠集などの古歌をふまえ、その詞を取ることによって、その美的小世界を背景や部分とし、自歌の場面構成に奥行や暗示を与え、古典美を濃厚にし、イメージや情趣を複雑化・重層化しようとする技法であった。

両書の記述に共通しているのは、「本歌取」は「広義」と「狭義」とに分けられる、という認識である。「広義」の「本歌取」とは、古歌の着想やその詞を再利用すること自体を指す。その中でも、「狭義」の「本歌取」は、古歌の詞によって喚起される古歌の情景・世界の上に立って、新たな内容を重層的に表現する方法であると定義されている。そしてこの「狭義の本歌取」は、例外なく藤原俊成（一一一四―一二〇四）・定家父子によって、新古今時代に先鋭化されたものだと説明される。特に定家については、それを「確立し、理論化した」とされ、「狭義の本歌取」は「定家の本歌取」と同義となるに至っている。

本書は、「本歌取」を「広義」と「狭義」とに分けて考えること、および「狭義の本歌取」を「定家的本歌取」として、それのみに「本歌取」を代表させることに、疑義を呈する。辞書的な定義において「広義」とされていることが端的に示しているように、古歌の着想と詞を再利用するという方法は、中世の和歌世界に普遍的なものである。さらに、「広義の本歌取」という語の用法自体にも問題がある。いうまでもなく「本歌取」という語は、中世の歌論書類に頻出する「本歌を取る」という語を体言化したものである。しかし、古歌の着想および詞を再利用するという行為に言及する際、それを「本歌を取る」と記述しない例は少なくない。先述した「古歌を取る」という用語がその代表であり、「本歌取」を大成したとされる俊成や定家も、しばしばこの語を用いている。しかしこの語は、新古今時代以降、「本歌取」論を載せる歌論書類の中で、しだいに「本歌を取る」という用語の中に吸収されていく。いわば、用語の整理と混同が起こったと考えることができる。ところが現代の研究では、この変遷が顧みられることなく、「古歌を取る」すなわち「本歌を取る」と自明視される傾向がある。つまり

「広義の本歌取」という規定は、はじめに「狭義の本歌取」「定家の本歌取」を立てた上で、それに外れるような方法論のすべてに適用されたものである。古歌再利用意識の総体を「本歌取」と呼ぶことの妥当性は、今一度問い直されなければならない。

以上より、現代における「本歌取」概念をめぐる言説について、その構造全体にかかわる三つの問題点を指摘することができる。

① 「本歌取」という語が、その限定された内実とは異質な「古歌を取る」方法を包摂してしまっている点。

② 「本歌取」の駆使を、藤原定家（ないしは藤原俊成）に代表させ、彼らの実践を無批判的に至上の古歌再利用法と見なしている点。

③ 「古歌を取る」方法の表現論的な意義が、「本歌取」のそれに比して劣っていると自明視されている点。

これらの問題点を解決するために、まずは淵源に立ち戻って、定家が「本歌」という語をどのように用いているかについて分析することによって、「本歌」あるいは「本歌取」概念の再措定を試みる。さらに、「古歌を取る」という方法を中心に、同時代の古歌再利用意識がどのようなものであったかを俯瞰することによって、新古今時代の古歌再利用意識の実相を明るみに出したい。以上をもって、「本歌取」をめぐる言説構造を再構築することが、序章としての本章の目的である。

1　藤原定家の「本歌」観

「本歌取」を確立・理論化し、「定家的」な本歌取を創出したとまでいわれる藤原定家であるが、その言説の中に「本歌」を「取る」と表現した例を見出すことはできない。むろん、定家が自らの詠歌を「本歌」という語とともに説明したこともない。この事実こそが、何よりもその用語の指示内容の規定を錯綜させている。しかし、種々の歌合の判詞や歌論書類から、定家の用いる「本歌」という語の内実を帰納的に措定することは充分に可能である。もとより、現代の和歌研究においても、このような方法を用いた成果は蓄積されている。問題なのは、「定家的本歌取」という演繹的前提を自明のものとして定家の言説を分析するという、その解釈の立脚点である。[16]それに加えて、一四世紀の『井蛙抄』や『愚問賢注』に代表されるような、同時代資料ではない歌論書に載る言説や分類項目を、あたかも定家自身の言説であるかのように扱い、それらをもって新古今時代の古歌再利用意識を測ろうとする姿勢は、対象の輪郭を著しく歪めるものである。後世の「本歌」解釈は、何よりもまずその時代の表現意識の反映として読むべきであろう。

本節では、定家が「本歌」という用語をどのように用いているかについて、その言説から離れることなく解釈し直すことを試みる。ここで看過されるべきでないのは、定家の歌論書類が基本的に、初心の歌人のための指導書としての性格を色濃くもっているという点である。そこでの言説は、定家の「本歌」観を余すところなく伝えているとはいえない。実際に、歌論書類での自らの言説から、定家の実践は大きく逸脱している。そこで本節では、歌論書に出る用法を分析すると同時に、歌論書類の執筆に先立つ建仁二年から翌三年（一二〇二―〇三）にかけて成立した『千五百番歌合』における判詞の中で、定家が用いている「本歌」の語に着目したい。これらは実際の詠歌に対しての評語であるため、定家の「本歌」観を明確に浮かび上がらせる素材となり、歌論から導き出された「本歌」の内実と相互に補完するものとなるであろう。

『千五百番歌合』の中で、定家は「秋四」と「冬一」の部の計三百首、百五十番の判詞を担当しているが、そのうち「本歌」という語を四度用いている。まずはその用例から、定家の「本歌」観に迫ってみたい。なお分析対象が煩雑になるのを避けるため、用例を示す際に番いとなっている詠歌と判詞すべてを記すことはせず、定家が「本歌」という語を用いながら判詞を書いている当該箇所のみを記し、必要に応じて詠歌を併せて参照することにする。

1-a 「証歌」としての「本歌」

七百九十二番　左

ききわかぬ　このはははのはの　しぐれにて　鹿のねすさむ　ながづきのくれ

（秋四・藤原保季　一五八二）

このはは庭のしぐれにてとおきては、そのすぢの心、詞のよせなどしもにあらまほしくや侍らん。すさむといふ詞、ふるくききならはずや侍らむ。三代集にいらぬ歌は本歌ともせずなどたて申す人も侍れど、それはさるべき事にも侍らず。うちきくにをかしき歌はかならず集にいれらんにもより侍らじ。詞はふるくよめる詞のよしあるをおきて、はじめてこのみよまん事もかつはときにより事にしたがふべくや侍らん。

ここでは、「本歌とする」古歌の資格に関する言及となっている。それによれば、「三代集」すなわち『古今和歌集』（九〇五頃成立）『後撰和歌集』（一〇世紀後半成立）『拾遺和歌集』（一〇〇五頃成立）に収録されていない和歌は「本歌とする」に値しないとの意見もあるが、そうではない、とまず反論している。しかしかといって、聴覚的な印象にすぐれた趣深い歌が、必ずしも勅撰集に収められるわけでもない。そして、詠歌に用いる詞に関して、古来詠まれてきた詞で、なおかつ由緒のあるものを用いるべきであり、そうしながら、今はじめて詠み出だすような新しい詞をも、時と場に応じて使用していくべきではないか、と結んでいる。この意見は、保季の詠歌における「すさむ」という詞に対して表明されている。定家は「すさむ」という詞が、和歌に詠み慣わされてこなかったことを非難している。[17] しかしそれは「三代集」に載っていないから、という皮相的な理由によるのではなく、和歌に詠まれるべき詞としての由緒がないことによる、という見解である。つまりここでの「本歌」という語は、表現が由緒あるものであることを示す先例として、その正統性を担保する歌、すなわち「証歌」とほぼ同じ意味を付加されて用いられている。[18] 定家において「本歌」の条件とはまず、「ふるくよめる」「よしある」詞、すなわち、古来より用いられてきた由緒正しい詞が詠みこまれた歌を指すものであった。

鎌倉の源実朝に定家が贈呈した歌論書『近代秀歌』（一二〇九成立）において、この見解は詠歌理念に関連した「本歌」の定義に踏襲されている。

古きをこひねがふにとりて、昔の歌の詞を改めずよみすゑたるを、即ち本歌とすと申すなり。
［古き歌の様を切望するという動機のもとで、昔の歌の詞を改めずにそのまま自らの歌に詠み据えることを、すなわち「本歌とする」と申します］

定家において重要な詠歌の動機は、古歌の様態を志向するというものである。それを達成するために、古歌に用いられている由緒ある詞を再利用するという手段がとられる。そのような詞を、改めずそのままのかたちで自らの詠歌に詠み据えるという行為を、「本歌とする」と定家は規定する。したがって「しかのねすさむ」のように由緒のない詞を詠んだ保季は、ある古歌を「本歌とする」ことができていない。それどころかそもそも、そのような古歌が仮にあったとしても、それは「本歌」となる資格がないと見なされる。きわめて簡潔な論旨であり、この定義において「本歌」を「証歌」と置きかえても、その内実は変わらないことがわかる。従来この箇所は、定家による「本歌取」の定義として、しばしば引用されてきた。しかしここには、「本歌」の詞を摂取することによって、その表現内容・イメージを重層化させるという、いわゆる「定家的本歌取」の要素は全くあらわれていないことに注意すべきである。

ちなみに『千五百番歌合』判詞に見える「三代集に入集していない歌は、本歌とするに値しないと定めている人もいるが、必ずしもそのように決めなくともよい」という見解は、『近代秀歌』を改訂した後に著されたと考えられる『詠歌大概』（一二二一以降成立）において、次のような逆の主張となっている。[19]

詞は旧きを以て用ゆべし（詞は三代集の先達の用ゆる所を出づべからず。新古今の古人の歌は同じくこれを用ゆべし）

しかしこれは、初心の歌人に向けての指導書としての性格、および定家自身や同時代歌人たちの実践に鑑みて、便宜的なものであると見てよい。歌合判詞の方が、実践に即したより実情に近い見解をあらわしているといえよう。

1-b　内容的親縁性を保持する古歌としての「本歌」

七百九十八番　左

あきはいぬと をぐらの山に なくしかの こゑのうちにや しぐれそむらん

（秋四・慈円　一五九四）

この左歌の中の三句、あまりや本歌にかはらず侍らん。

慈円の詠歌について、「中の三句」があまりにも「本歌」と変わりがないという点を、定家は難じている。「中の三句」すなわち「をぐらの山になくしかのこゑのうちにや」から、「本歌」として想定されているのが次の歌であることは明白である。

ながつきのつごもりの日大井にてよめる

ゆふづく夜 をぐらの山に なくしかの こゑの内にや 秋はくるらむ

（『古今集』秋歌下・紀貫之　三一二）

慈円の歌は『千五百番歌合』の中で、晩秋の鹿を詠んだ歌の一群に配置されている。「秋は去っていってしまったと嘆いている、ほの暗い小倉山の中で鳴く鹿の声のうちに、早くも時雨が降り始めたのであろうか」というのが歌の意である。妻問う鹿の声に、去りゆく秋の寂寥感を感受し、それを初冬の景物である時雨の到来に託している。一首の末を推量の助動詞「らん」で結んでいることとも相まって、長月の晦日に、鹿の鳴き声によって喚起される暮秋の悲哀を詠んだ「本歌」との内容的な差別は、ほとんど図られていないといってよい。

ここで「あまりに本歌にかはらず」と非難されているのは、「をぐらの山になくしかのこゑのうちにや」という詞の配置、および古歌から摂取する詞の分量にほかならない。この批判は、『近代秀歌』において、ある古歌を「本歌とする」際の、以下のような規制へと昇華されている。

かの本歌を思ふに、たとへば、五七五の七五の字をさながら置き、七々の字を同じく続けつれば、新しき歌に聞きなされぬところぞ侍る。

「本歌」の詞をあまりに多く用いすぎてしまうと、「新しい歌として聞こえなくなる」と定家は注意する。「聞こえなくなる」とは、まず聴覚的印象の問題ではあるが、詞が不可避的に指示機能を発揮する以上、「本歌」の詞はそれらが多く摂取されればされるほど、より濃厚に「本歌」の詠出している内容を表出することになる。

『近代秀歌』において表明される定家の詠歌理念は、「詞は古きを慕ひ、心は新しきを求め」るというものである。「古きをこひねがふにとりて、昔の歌の詞を改めずよみすゑたるを、即ち本歌とすと申すなり」という先に見た定義は、その延長線上にある。「本歌」の詞を多量に摂取し、その配置を変えずに用いることによって、詠まれた内容という面においても「新しさ」がなくなってしまうことを懸念する定家において、「本歌」とは、新たに詠まれた歌と表出内容において親縁性を保持するものでもあると推定できる。一見自明ではあるが、これを裏返せば、古歌を「本歌」としながらも、なお新しい歌、新しい「心」を詠出することは可能である、という考えを示唆している点で重要である。古歌を「本歌とする」ことによって達成されるこの「心」の「新しさ」は、中世和歌の根幹に関わる問題であるため、本書の進行の中で随時考察していきたい。

1―c 「ふるき歌を本歌としてよむ」際の「本歌の心」

八百十三番　右

露しぐれ もるやまかげの したもみぢ ぬるともをらん 秋のかたみに

（秋四・藤原家隆　一六二五『新古今集』秋歌下「千五百番歌合に」五三七）

したばのこらずもみぢする山に、ぬるともをらんといへる、秋のかたみ、本歌の心にかなひていとをかしくもみえ侍るかな。

『千五百番歌合』判詞に見られる四つの用例のうち、定家が「本歌」という語を肯定的に用いている唯一の箇所である。まず定家による「本歌」の選定過程に着目したい。判詞から判断するに、定家が藤原家隆（一一五八―一二三七）の歌の「本歌」として想定している古歌が次のものであることに、疑いを差し挟む余地はない。

守山《もるやま》のほとりにてよめる

白露も 時雨もいたく もる山は 下葉のこらず 色づきにけり

（『古今集』秋歌下・紀貫之　二六〇）

定家による「本歌」の選定は、たしかに家隆詠の詞を通路としてはいる。しかしそれと同時に、判詞において「したばのこらずもみぢする山」という、家隆の詠歌には直接使用されていない詞を提示しているところから、家隆詠の表出内容の全体から「本歌」を導き出しているように見える。つまりここでの「本歌」は明らかに、新しく詠まれた歌と表出内容の次元で親縁性を保持する古歌を指し示している。

次に問題となるのが、定家の評価基準である。家隆の詠歌では、「露しぐれもるやまかげのしたもみぢ」という上句のみで、すでに「白露も時雨も甚だしく漏れ落ちてくる守山では、木々の下の方の葉も残らず色づいていることだ」という「本歌」にあらわされる情景の全容を表出しえている。「したばのこらずもみぢする山」と判詞にいっているところから、少なくとも定家はそう解釈していることがわかる。そして「たとえ濡れてしまったとしても、それを折り取ろう、秋のかたみとして」という、「本歌」にはなかった新たな内容が、「本歌の心」に適っていてとても興趣を誘うと定家は評価している。ここでいわれている「本歌の心」とは、定家が「したばのこらずもみぢする山」という語によって提示しているもの、すなわち一首の〈主題〉にほかならない。

中世和歌の世界においては、ある主題に対峙した時、詠まれるべき理想的内容は、あらかじめ限定されている。これが「本意」と呼ばれるものであり、主題の「本意」から逸脱することは、歌合などにおいてはとりわけ、真先に批難の対象となる。家隆の歌は、「本歌」の提示する主題の「本意」から逸脱せず、その主題に対して詠まれるべき内容を正しく受け継いでいる、というのが定家の高評価の所以である。つまり定家において、ある古歌を「本歌」とする時、そこに詠まれている主題を保持しながら、そこに「本歌」にあらわされていない内容を重ね合わせているかどうかが、一首の価値を判断する際の基準となっている。このような詠み方こそが、定家のいうところの「詞は古きを慕ひ、心は新しきを求め」るという理念を達成するものであると考えられる。ここでの「新しさ」とは、それまでに誰も詠んだことがないという意味での〈独自・唯一性〉を示すのではなく、すでに詠まれてある古歌の「心」を踏襲することによって創出されるものである。「本歌の心」の中に、そのつど「本意」、すなわち先達が和歌に詠んできたものの総体としての理想的詩情を見出し、その範囲の中で過去には詠まれなかった「心」を表出すること。これを「本歌の心」の〈更新〉と名づけてもよいであろう。

このような「本歌」という語の用法が、現代にいわれる「定家的本歌取」に接続していくと考えられる。しかしこの詠歌一首を見てもわかるように、それは定家一人が到達した詠法ではなく、同時代歌人たちの間で共有されていたものであったことがうかがわれよう。

さらに重要なのは、慈円の詠歌に対する定家の判詞から明らかなように、ある古歌を「本歌」としてその詞を摂取するだけで、直ちに「本歌の心」が〈更新〉されるわけではないということである。これは、慈円の歌への批判と同様、再利用する詞の分量と配置に関する次の判詞においても証立てられる。

八百十四番　右

深草や　あきさへこよひ　いでていなば　いとど　さびしき　野とやなりなん

（秋四・藤原［飛鳥井］雅経　一六二七）

ふるき歌を本歌としてよむ時おほくとりすぐすはむかしよりのならひに侍れど、上句をしもにもするゝ下句をかみにもひきちがへ、又五七句はさながらよみするゝ侍る事も歌のさまにしたがひてはつねに侍るめれど、いでていなばいとど、野とやなりなん、文字のおき所いたくかはれるところなくや。

「いでていなばいとど」および「野とやなりなん」という詞の配置が変わっていないといわれているところから、雅経が「本歌として」いるのは次の古歌であると考えられる。

深草のさとにすみ侍りて、京へまうでくとてそこなりける人によみておくりける

年をへて　すみこしさとを　いでていなば　いとど　深草　のとやなりなむ

（『古今集』雑歌下・在原業平　九七一　『伊勢物語』第一二三段）

そこに詠まれた詞を多く取りすぎていることと、その配置が変わっていないことを、定家は再び難じている。定家において「本歌」とは、あくまでも新しく詠まれた歌と「心」の次元で関連性をもつ、すなわち主題を共有する一首の古歌であるという内実を超えるものではない。「本歌の心」を〈更新〉するためには、「本歌の心」の延長線上に、「本歌」にはあらわされていない情景を現出させなければならない。摂取する詞の分量とその配置に関する規制は、「本歌の心」の〈更新〉のための条件と見ることもできる。

1-d 「本歌を取りて新しく聞ゆる姿」

定家は『近代秀歌』において、ある古歌を「本歌」としてそこから摂取する詞の分量と配置に関して、「かの本歌を思ふに、たとへば、五七五の七五の字をさながら置き、七々の字を同じく続けつれば、新しき歌に聞きなされぬところぞ侍る」と注意していた。この「新しき歌」とは、「聞きなされぬ」といわれているところから、まず聴覚的に判断されるものである。しかし当然、家隆詠に関する評価を見ても明らかなように、「新しさ」の判断基準は内容面にも及んでいる。ここで『近代秀歌』に附属する、定家が編集した「近代六歌仙」の秀歌撰の中に、「本歌を取りて新しく聞ゆる姿」の例が挙げられていることに着目したい[20]。以下に、定家が「本歌」と想定していると考えられる歌を補って示す。

君来ずは　一人や寝なむ　ささの葉の　み山もそよに　さやぐ霜夜を

（『新古今集』冬歌・藤原清輔「崇徳院御時百首歌たてまつりけるに」六一六）

［本歌］
ささの葉は　み山もさやに　さやげども　我は妹思ふ　別れ来ぬれば
（『万葉集』巻第二・柿本人麿　一三三）

「笹の葉が深山にさやさやと音を立てているけれども、私は愛する人を想う、別れ来てしまったので」という人麿の歌。そこから「ささの葉」および「み山もそよにさやぐ」という詞を摂取しながら、藤原清輔（一一〇四―七七）は「君が来なかったならば、霜夜に独り寝るのだろうか」と詠む。孤独の中で恋人を想うという「本歌」の主題は正しく踏襲されているものの、霜夜の独り寝という内容的差別が図られていることがわかる。

難波女の　すくもたく火の　下こがれ　上はつれなき　わが身なりけり
（『千載集』恋歌一・清輔「題しらず」六六五）

［本歌］
つのくにの　なにはたたまく　をしみこそ　すくもたくひの　したにこがるれ
（『後撰集』恋三・紀内親王「題しらず」七六九）

「津の国の難波という名のように、噂になってしまうのが惜しいからこそ、すくもを焚く火のように、目立たないように下の方で燃えているのです」と詠む「本歌」。それに対して清輔は、「難波女がすくもを焚く火が下の方で燃えているが、その上にいるのはつらい我が身であることだ」と詠んでいる。「すくもたく火の下こがれ」が、後撰歌に詠まれたとおり、人には明かせない想いの隠喩となり、それに燻される「わが身」がつらいという趣向である。これも本歌の主題を踏襲しつつ、本歌には詠まれていない内容を表出したと解釈できる。

思ひきや しぢのはしがき 書き つめて 百 夜も同じ まろねせむとは

（『千載集』恋歌二・巻第十二巻軸・俊成「法住寺殿の殿上の歌合に、臨期違約恋といへる心をよめる」七七九）

［本歌］

暁の 鴫の羽がき 百 羽がき 君が来ぬ夜は われぞ数 かく

（『古今集』恋歌五・よみ人しらず「題しらず」七六一）

「本歌」は「暁方の鴫の羽ばたきが激しいように、あなたが来ない夜は私もその数を数えて身もだえする」との意である。しかし俊成詠における「しぢのはしがき」は、百夜通い通せば逢うことを約束された後に、一夜ごとの証として、牛車の轅《ながえ》の端につける印のことである。それを百夜書き続けたにもかかわらず、やはりこれまでと同じ独り寝をしようとは思わなかった、という俊成詠の主題は、詞書にあるように、逢う約束をいざとなって反故にされた悲恋の感情である。待てども来ない想い人を待つ狂おしさという「本歌」の主題が踏襲されているとはいえず、両詠の内容に明確な連関はない。定家が挙げるのは「本歌を取りて新しく聞ゆる姿」の例であるが、あるいはこの俊成詠は「新しく聞ゆる」という要素を強調する例であろうか。註釈書類はすべて、この古今歌を「本歌」として挙げているが、実はこれが定家の想定する「本歌」であるという確証はない。ここではひとまず、主題を踏襲しない「本歌」の例外として見ておくにとどめたい。

あたら夜を 伊勢の浜荻 折り しきて 妹恋ひしらに みつる月かな

（『千載集』羈旅歌・藤原基俊「月前旅宿といへる心をよめる」五〇〇）

［本歌］

神風の　伊勢の浜荻　折り伏せて　旅寝やすらむ　荒き浜辺に

（『万葉集』巻第四「碁檀越《このだにをち》、伊勢の国に行く時に、留まれる妻の作る歌」五〇〇）

「本歌」は、旅先の夫を想いながら「神風の吹く伊勢の浜に咲く荻を折り伏せて、旅寝をするのだろうか、その荒れた浜辺に」と、その身を心配した妻の歌である。これに対して藤原基俊（一〇六〇—一一四二）は、「惜しくも、伊勢の浜荻を折り敷いて、都の妻を恋しく思いながら眺めている月である」と、あたかも「本歌」を詠んだ妻に、旅先から想いを馳せる夫のように詠んでいる。詠歌主体を反転させているという点で「本歌」の主題は踏襲されており、さらに新たな内容を詠出した歌であると解釈できる。

以上のように、定家において「本歌を取りて新しく聞ゆる姿」とは、「本歌」の主題を受け継ぎながら、そこに新たな内容を詠み加えている歌の様態を示すと見て、ほぼ間違いはない。『近代秀歌』秀歌撰の同じ箇所に、

これより多く取れば、わがよみたる歌とは見えず。もとの人のままに見ゆるなり。

といわれるように、その達成条件として「本歌」の詞を多く摂取しすぎないことが説かれている。定家が高く評価していたことを先に確認した家隆の歌も、摂取される詞の分量として、ここに挙げられている例とほぼ等しい。また慈円や雅経の詠歌に対する批判とも正確に対応していることが窺われよう。定家が挙げる「本歌を取りて新しく聞ゆる姿」の例において、今日「定家的本歌取」とされる方法の内実の妥当性は、一部認められる。しかし

次節において確認されるように、定家自身の実践は多様であり、この段階でそれを「定家的」と呼ぶことは躊躇される。

ここまで、『千五百番歌合』判詞と『近代秀歌』を素材として、定家の「本歌」観を検討してきた。定家における「本歌」とは、詠歌の表現の正統性を担保する「証歌」と同様の内実をもつものであると同時に、その主題としての「心」が踏襲され、その内容が表出されている古歌である、という以上の内実をもっていない。本節で得られた考察結果から、仮に「本歌取」を定義するなら、端的に〈古歌の詞を摂取することによって、その主題としての「心」を踏襲するような詠み方〉となるであろう。

これは、辞書的な定義における「広義」でも「狭義」でもない、いわばその間に流動するものと位置づけることができる。ここから「狭義の」あるいは「定家的」といわれるような「本歌取」に到達するためには、「本歌の心」の〈更新〉という条件が付加される。現代における「本歌取」の定義の中には、形式的な分類と価値判断とが混在してしまっているということができよう。自明のこととして看過されてきた傾向のある「本歌取」の概念規定が、再措定を要すると考える所以である。

2 「本歌を取る」と「古歌を取る」

2-a 「本歌」・「本歌取」概念の錯綜：『毎月抄』再考

定家の用いる「本歌」の概念を規定する上で大きな問題となるのが、『毎月抄』における「本歌」という語の用法である。『毎月抄』は、定家の息、藤原為家（一一九八―一二七五）の奥書を持つ伝本によると、承久元年（一二一九）に書かれたものであり、時期的には『近代秀歌』と、後述する『詠歌大概』との間に位置づけられる歌論書である。しかし『毎月抄』に関しては、現代、それが定家の著作であるという確信を未だもっていない研究者も多く、定家の「本歌」観を考察する素材としては、些か不適合の感は否めない。しかし辞書的定義をはじめ、『毎月抄』の言説を定家のものとして、それを「定家的本歌取」に結びつける先行研究もしばしば見られ、本節においても無視することはできない。

『毎月抄』には、『近代秀歌』が収載する「近代六歌仙」の秀歌撰と同様に、「本歌」を「取る」という書き方があらわれる。これが「本歌取」という語の起源の一つになっていることは、想像するに難くない。「本歌」に関する言説は、以下の箇所である。

本歌取り侍るやうは、さきにも記し申し候ひし花の歌をやがて花によみ、月の歌をやがて月にてよむ事は、達者のわざなるべし。

春の歌をば秋冬などによみかへ、恋の歌は雑や季の歌などにて、しかもその歌を取れるよと聞こゆるやうによみなすべきにて候。

本歌の詞をあまりに多く取る事はあるまじきにて候。そのやうは、詮とおぼゆる詞二つばかりにて、今の歌の上下句にわかち置くべきにや。

たとへば、夕暮は雲のはたてに物ぞ思ふ天つ空なる人を恋ふとてと侍る歌を取らば、雲のはたてと物思ふといふ詞を取りて上下句に置きて、恋の歌ならざらむ雑・季などによむべし。

まず「本歌」を「取る」あり様について、花の歌を「本歌」として取ってそのまま花の歌を詠み、月の歌を「本歌」として取ってそのまま月の歌を詠むようなことは、「達者のわざ」であるといわれていることに注意したい。これに関して、前節で見た、紅葉する秋の山を主題的情景として、それを踏襲した家隆の歌が思い起こされる。家隆のように、ある古歌を「本歌」としながら、その「心」を〈更新〉させていくような詠み方こそが、ここでいわれる「達者のわざ」であろう。他方、慈円・雅経の歌は、「本歌」から詞を摂取しすぎており、その配置を変えてもいないことから、その心を更新できていなかった。この意味で「達者のわざ」になりそこねていると見ることができる。

繰り返すと、ある古歌を「本歌とす」という詠歌行為は、古歌の詞を摂取しながら、その主題としての「心」を受け継ぎ、それにしたがって、古歌の詠出内容としての「心」を、自らの詠歌の中にも表出することであった。しかし『毎月抄』では、春の歌を「本歌」とするなら秋や冬の歌に詠み変え、恋の歌を「本歌」とするなら雑歌や季節の歌に詠み変えるべきだと説明されている。「本歌」の詞を取りすぎないこと、その配置を変えることに関しては、先に見た歌合判詞や『近代秀歌』と同様である。しかしその取り方の例として、

夕ぐれは 雲のはたて に 物 ぞ 思ふ あまつそらなる 人をこふとて

(『古今集』恋歌一・よみ人しらず「題しらず」四八四)

という恋歌から「雲のはたて」と「物思ふ」という二語を取ってきて、その配置を逆転させた上で、雑歌や季節の歌に詠み変えるべきことを教示している。(21) ところが、もしこのとおりに実践するならば、「本歌」の「心」は

新たな詠歌において踏襲されず、その内容も充分に表出されえない。たとえば、新古今時代の次世代歌人であり、定家に師事したこともあった葉室光俊（法名真観　一二〇三―七六）は、「物思ふ」「雲のはたて」という詞を用いながら、以下のような「秋」の歌を遺している。

物思ふ　雲のはたてに　秋立ちて　いくかもあらねど　袖はぬれつつ

（『洞院摂政家百首』「早秋」五七八）

夕暮時、雲の彼方を眺めながら、遥かに隔てられた想い人を恋しく思うという古歌の「心」が、「秋が到来してまだ幾日も経っていないにもかかわらず、雲の彼方を眺めていると物思いに誘われて、涙が袖を濡らしている」という光俊の詠歌から表出されているとはいえない。このような詠み方を「本歌取る」と定義することによって、「本歌」は単に、詞を摂取する対象を指すものでしかなくなってしまう。いいかえれば、主題・表出内容の踏襲は、「本歌」の条件として除外されることになる。『毎月抄』を定家の著作と認めるならば、その「本歌」という語の用い方は、第一節で見た「本歌」観に照らして、矛盾を孕んでいるといわざるをえない。[22]

ここにおいて、「本歌取」の内実が「広義」「狭義」に分割される端緒が開かれたと見ることができる。実際に、『毎月抄』を参照したと考えられる新古今時代以降の歌論書において、「心」の次元での親縁性を保たないまま、その古歌の詞のみを再利用するという詠歌行為を、「本歌を取る」という用語によって説明したものは少なくない。現代の辞書的な定義においても、「定家の本歌取」には「本歌と主題を変えて新しい歌を詠むべきこと」などの規則がある、というような矛盾した説明が見えていた。[23] 本節では、『毎月抄』が定家の真作か否かについての議論には立ち入らない。しかし「本歌」および「本歌取」概念の措定という目的のもとで、中世和歌世界に頻出する「本歌」という用語の指示内容の揺らぎは、それが実際に用いられているという事実を重視しすぎることなく、そのつど修正されなければならない。したがってここでは、『毎月抄』の言説を「本歌」概念を規定するために取り入れることは避け、第一節で見た定家の言説から、ある古歌がある詠作の「本歌」となっているかどうかを判断する基準を、両者が主題としての「心」を共有しているかどうかという点にのみ置くこととしたい。

2-b 「古歌を取る」という方法①:『詠歌大概』再考

『近代秀歌』とともに、定家の真作として認められる歌論書に『詠歌大概』がある。これは承久三年(一二二一)のいわゆる「承久の乱」以降に著されたものとされ、新古今時代もその全盛期を過ぎた、定家晩年の歌論として位置づけられている。従来この歌論書も、定家の「本歌」および「本歌取」観をあらわすものとして、頻りに援用されてきた。しかしここで何より着目したいのは、『詠歌大概』の中に「本歌」という語がまったく用いられていないという事実である。この著作に定家の「本歌」あるいは「本歌取」を見ようとする姿勢は、現代の研究における「本歌取」という用語規定の曖昧さを示す証となるものであろう。『詠歌大概』では、古歌を再利用するという行為に関して、以下のように述べられている。

古人の歌においては多くその同じ詞を以てこれを詠ずる、既に流例たり。但し、古歌を取りて新歌を詠ずるの事、五句の中三句に及ばば頗る過分にして珍しげなし、二句の上三四字はこれを免す。

まず、「古の歌人の詠歌に関して、そこに詠まれるのと同じ詞を用いて新たに詠じることは、今日ではすでに一般的になっている」と、同時代における古歌再利用意識の普遍化について明示している。定家はその行為を、

「古歌を取りて新歌を詠ずる」と表現している。以下に記される、摂取すべき詞の分量については、『近代秀歌』と同様の主張が見える。これに続けて、次のように述べられていることは、『毎月抄』における「本歌」概念の矛盾を修正する上で示唆に富む。

猶これを案ずるに、同事を以て古歌の詞を詠ずるは頗る念なきか（花を以て花を詠じ、月を以て月を詠ず）。四季の歌を以て恋雑の歌を詠じ、恋雑の歌を以て四季の歌を詠ず、かくの如きの時は古歌を取るの難なきか。

定家はここで、花の歌を詠んだ古歌の詞を用いて花を詠み、月の歌を詠んだ古歌の詞を用いて月の歌を詠むように、古歌の詞を再利用しながらその古歌と同じ主題を詠むことは、非常に考え足らずでつまらなくはないか、と疑念を表明している。そして『毎月抄』と同じく、四季の歌は恋歌・雑歌に、恋歌・雑歌は四季の歌に詠み変えられる時、「古歌を取る」という詠法は問題なく成立するという。『毎月抄』では「本歌取るやう」の規範として挙げられていた要素が、『詠歌大概』では全く同じ文脈で「古歌を取る」ことに関する規範となっていることがわかる。ここにおいて、歌合判詞や『近代秀歌』にあらわれていた定家の「本歌」観と矛盾していた、『毎月抄』の「本歌」概念は無効化する。歌合判詞や『近代秀歌』において、ある古歌に共鳴する「心」を詠じることを「（古歌を）本歌とす」としていた定家の規定は、古歌の詞を摂取しながら、その「心」を表出させない詠み方を「古歌を取る」と定義することによって、整合性を帯びる。

定家が「昔の詞をあらためずよみすゑ」るのは、何よりもまず「古きをこひねがふ」という動機のもとにおいてであった。それは「古歌を取る」、すなわち古歌の詞を摂取することのみによっても、充分に達成できる。その古歌が「本歌」と呼ばれるためには、新たに詠まれた歌から見て、その主題としての「心」が古歌と共有されていなければならないという構図が成り立つことが了解できよう。したがって、古歌を「本歌とす」ることは、

「古歌を取る」ことに内包される方法として、位置づけ直すことができる。

2-c 「古歌を取る」という方法②：『無名抄』に見る同時代の共通認識

定家と同時代を生きた歌人の著した歌論書の中で、「古歌を取る」ことに関する言及が見られるものに、鴨長明（一一五五?―一二一六）の『無名抄』（成立年次未詳。長明最晩年の著作と考えられている）がある。『無名抄』において、長明は項目の一つに「取古歌事」を立て、例歌を挙げながらその内実を説明している。当該箇所は以下のとおりである。

古歌を取る事、又やうあり。古き歌の中に、をかしき詞の歌にたち入れて飾りとなりぬべきを取りて、わりなく続くべきなり。たとへば、

夏か秋か 問へど白玉 岩 根より離れて落つる滝川の水

（『正治初度百首』「夏」一三三七『拾遺愚草』九三四）

これら体なり。

長明は、「古歌を取る」ことには一つのあり様があると述べた上で、「古歌の中に詠まれた興趣を誘うような詞であって、自らの詠歌に裁断するように入れることによって一首の飾りとなるに違いない詞を摂取して、月並みにならぬように詠み続けるべきである」と、詞の選定基準とその詠み据え方を、独特の隠喩をもって示す。それを充たした例として長明が挙げるのは、奇しくも定家の詠歌である。「問へど白玉」という詞から、定家が「取っ

た」古歌は、以下のものであると考えられる。

五節のあしたに、簪の玉の落ちたりけるを見て、誰がならむととぶらひてよめる
ぬしやたれ　とへどしら玉　いは　なくに　さらばなべてや　あはれとおもはむ
（『古今集』雑上・源融　八七三）

この古歌は、五節の舞の翌朝に、舞を披露した乙女たちがつけていた簪の玉が落ちていたのを見て、誰のものであろうかと尋ね求めて詠まれたものである。「誰のものですか」と問うても「知らない」という意を「しら玉」という詞の響きに託し、「白玉は答えてくれないのだから、誰のものかわからないならばいっそのこと、舞姫たちを皆一様にいとおしく思おう」と続けている。それに対して定家の歌は、長明の解釈にしたがえば、「問へど白玉」という詞をあたかもコラージュするように裁ち入れながら、「夏なのか、それとも秋なのか」と問うても「知らない」という語意と響き合う「白玉」を、岩肌から距離を置いて勢いよくたぎり落ちる滝川の飛沫の隠喩とし、それによってあたりに漂う、秋に紛うばかりの涼感を詠んでいる。これは『正治初度百首』（一二〇〇）の題が明示するとおり「夏」の歌であり、五節の舞姫への情愛をあらわす源融の詠んだ古歌と、「心」の次元での親縁性は全く保たれていないといってよい。定家は、『詠歌大概』における「古歌を取る」ことに関する自説そのままに、「恋雑の歌を以て四季の歌を詠」じている。ここでは古歌の主題は共有されておらず、その内容も表出されていない。つまり、古歌の詞のみが再利用されている。

このように、長明は「古歌を取る」という方法の規定に関して、定家の言説と共通する見解を見せている。これは新古今時代において、「古歌を取る」という用語が「本歌とす」あるいは「本歌を取る」とは異なる内実をもって普及していたことを示す有力な証であろう。しかも長明の言説からは、古歌の主題・内容でなく「をかし

き詞」を摂取することによって、それが一首の「飾り」となるといったように、「古歌を取る」方法に対する積極的な価値づけを読みとることもできる。新古今時代において「本歌を取る」ことのみがつねに志向されていたわけではないことを物語る箇所である。

本節では、「本歌」の概念規定の曖昧さの淵源を『毎月抄』に見出し、その揺らぎを「古歌を取る」という新たな用語によって解決しようと試みた。「古歌」という語は文字どおり、「古い時代の歌」という一般名詞にすぎない。しかしだからこそ「古歌を取る」という用語は、中世の和歌世界における古歌再利用法をあらわすものとして、汎用性をもつということもできる。古歌の「詞」を再利用しながら詠歌におよぶ際に、その古歌の主題・内容としての「心」をも併せて踏襲するのか否か。この簡明な区別こそが、中世和歌における古歌再利用法を分類する際の要となる指標である。古歌の詞を摂取しながら、その「心」を変える詠み方は「古歌を取る」と呼ばれ、新たに詠まれる歌の中に古歌の「心」をも生かしていく時、その古歌はじめて「本歌」となる。[24] 新古今時代以降、一般的なものとなっていく「本歌を取る」という呼称は、「古歌を取る」という呼称がまずあった上に、「古歌」が「本歌」へと置きかわることによって生じた、と見てもよいのではなかろうか。

3　新古今時代における古歌再利用の複雑化

古歌を「本歌とす」る、あるいは「古歌を取る」という方法論的な観点から、さらに視野をひろげて新古今時代の実践を眺めてみると、これらの方法と複雑に絡み合う古歌再利用意識が浮かび上がる。前節までに考察の素材とした詠歌は、「本歌」あるいは「古歌」と一対一の関係にあった。しかし原理的に考えれば、複数の古歌から詞を摂取するという方法も、容易に想定できる。古歌を「本歌とす」る際にも、再利用される「本歌」の詞以外の部分に敷きつめられる詞が、また別の古歌から摂取されていないとはかぎらない。さらに、実験的な詠歌の場において、同時代歌人の詠み出した詞を詠歌に取りこむという事態も、しばしば起こっている。[25] 本節では例を挙げながら、それらの方法が並存し、相互に連携しながら、新古今時代の実践を形成していたことを示したい。

3-a　複数の古歌の再利用

2-bで考察した家隆の歌、

露しぐれ もるやまかげの したもみぢ ぬるともをらん 秋のかたみに
（『千五百番歌合』秋四　一六二五、『新古今集』秋歌下　五三七）

は、定家の解釈によれば

白露も 時雨もいたく もる山は 下葉のこらず 色づきにけり
（『古今集』秋歌下・紀貫之　二六〇）

を「本歌」とし、その「心」に照応しているとして高評価を得ていた。その解釈にしたがえば、家隆詠は「本歌の心」に立脚しながらも、新たな世界を詠み出したもの、すなわち「本歌の心」を〈更新〉したものであった。

ここで注意したいのは、家隆の歌において、定家が「本歌の心」の〈更新〉を達成する要素と見なしていたであろう、「ぬるともをらん」「秋のかたみ」という詞の出自である。これらの詞には、それぞれ先行する使用例がある。「ぬるともをらん」に関しては、たとえば次の歌が、家隆の念頭にあったと考えられる。

みなそこに　しづめる枝の　しづくには　ぬるともをらむ　山ぶきのはな
（源俊頼『散木奇歌集』春部・三月「水辺のやまぶきを」一六九）

「秋のかたみ」は、暮れてゆく秋を惜しむ歌の中で、種々の景物と組み合わされる常套句であり、古来その用例は夥《おびただ》しい数に上る。殊に「もみぢ」を「秋のかたみ」として「折る」ことを詠んだ先行例として、次の古歌が参照される。

みなそこに　かげのみみゆる　もみぢばは　あきのかたみに　なみやおるらむ
（大中臣頼基『頼基集』「寛平の御ときの屏風の歌」六）

この二首はともに、水底に沈む景物の影を愛でるという〈趣向〉において共鳴しているが、詞を摂取しながら、愛でる対象を水底から引き揚げたところに、家隆の工夫が見える。「したもみぢ」とは、木々のうちで背の低い位置に生えている枝の紅葉を指し、これも古来、多く詠まれてきた詞である。家隆は「秋のかたみ」として折り取られる紅葉という景物を、「露しぐれ」がしきりに漏れ落ちてくる、守山の木の下陰という具体的な場へと移植している。この意味で、頼基詠を「本歌」としているととらえてもよい。さらに、源俊頼（一〇五五―一一二九）の歌に詠まれる、たとえ濡れようとも水底に沈む山吹の枝を折り取ろうとする行動に関して、濡れる原因を、これも頭上から降り落ちる「露しぐれ」に変えている。これは「古歌を取る」方法に当てはまる。以上のように家隆の歌は、複数の古歌から詞を摂取して配列し直すという、複雑な過程を経て詠まれたものである。

判詞において、定家が『古今集』の貫之詠を「本歌」と推定したのは、家隆の歌が、摂取する詞の分量とも相まって、貫之の歌の「心」を最も強く表出していたからにほかならない。しかしそこに混ぜ合わされた詞は、また別の古歌から摂取されたものであった。ここで行われているのは、それまで詠まれたことのない新たな詞の創出ではなく、古歌に詠まれた詞の〈再構成〉である。家隆の歌のように、その再構成の仕方一つで、志向されるべき新たな「心」は詠出されうる。「詞は古きを慕ひ、心は新しきを求め」るという動機が、新古今歌人たちの間でただしく共有され、様々の方法を駆使しながら実践されていたことが看取できよう。この古き詞の再構成に関しては、第Ⅰ部においてさらに詳しく考察する。

3-b　歌詞の同時代的共有

定家をはじめ、新古今時代を代表する歌人たち、具体的には後鳥羽院（一一八〇―一二三九）の主催する歌壇のメンバーたちの間で、各々が詠んだ歌詞が共有されていたことは、先行研究が夙に指摘するところである[26]。もとより、同時代の詠歌を「古歌」と呼ぶことは適切でないが、時系列的に過去の時点において詠まれた歌に用いられている詞を摂取するという点で、これも新古今時代の「古歌」再利用意識の一様相として位置づけうる。

まず確認しておきたいのは、同時代歌人の詠んだ詞を詠歌に再利用することに関して、定家がその歌論において、厳しく戒めている点である。

今の世に肩を並ぶるともがら、たとへば世になくとも、昨日今日といふばかり出で来たる歌は、一句もその人のよみたりしと見えむことを必ず去らまほしく思う給へ侍るなり。

（『近代秀歌』）

近代の人の詠み出づる所の心詞は、一句たりと雖も謹みてこれを除き棄つべし（七八十年以来の人の歌、詠み出づる所の詞はゆめゆめ取り用ゆるべからず）

（『詠歌大概』）

しかし前述のとおり、定家の歌論書は基本的に、初心者に宛てての指導書的性格が濃く、そこにあらわされる規制や主張から、定家自身の実践は頻繁に逸脱している。同時代歌人による歌詞の共有は、この逸脱の最たるものである。歌合判詞においても同様の批判はしばしば見られるが、定家は自身に最も近い歌人サークルの間では、明らかにこれを容認していた節がある。

たとえば、定家と家隆との詞の共有例として、「〜宿かせ」という詞が挙げられる。

摂政太政大臣家百首歌に、野遊の心を

思ふどち　そことも知らず　行暮ぬ　花の「やどかせ」　野べのうぐひす

（『新古今集』春歌上・家隆　八二）

この歌は、建久四年（一一九三）頃に完成した『六百番歌合』春中・六番で、和歌史上はじめて「〜宿かせ」という詞を詠み出したものであり、ほかならぬ定家の歌と合わされて「持」となった（『六百番歌合』では第三句「そ

こともいはず」)。判者の俊成は、家隆の歌が

素性法師、おもふどち春の山べにうちむれてそこともいはぬたびねしてしか、といへる歌をとりすぐせるにや侍らん。

と判詞に述べ、『古今集』に載る素性の歌から詞を摂取しすぎているのではないか、と一旦は難じている。ところが続けて、

これは鶯に花のやどかれる、あまりさへ艶なるにや、ふるからずは持などにや侍らん。

と、野辺の鶯に花の宿を借りるという趣向が「艶」であって新しいと評価し、最終的には持と判定した。『新古今集』に採録されているところから、この歌の同時代における評価とその知名度を端的にうかがい知ることができる。それに加えて定家が、自ら編纂した秀歌撰である『定家八代抄』にこの歌を収録していることは、注目に値する。なぜなら、『六百番歌合』が編まれた約二十年後、建保元年（一二一三）二月の内裏詩歌合において、定家は以下のように詠んでいるからである。

桜がり　霞のしたに　けふ暮れぬ　一夜やどかせ　春の山風　（八番右「山中花夕」）

「山中花夕」という題を歌詞に変換するにあたって、直ちに定家の脳裏に浮かんだのが、家隆の「花のやどかせ」

の歌であったことは想像に難くない。春も盛りの桜狩りの最中、霞に紛う満開の花の下に日が暮れてしまい、春の山風に一夜の宿を請う、というのが定家の詠んだ内容である。これは、気のおけない仲間同士、春の山辺に遊んでいるうちに日が暮れてしまい、鶯に花の宿を請う、という家隆が詠んだ情景を翻案しているといってよい。その要となるのが、第四句に置かれた「一夜やどかせ」という詞である。

さらに目を引くのが、この「一夜やどかせ」という定家の歌詞を、今度は家隆が再利用しているという事実である。

田鶴の住む　冬のあら田の　うねの野に　一村薄　一夜やどかせ

（『洞院摂政家百首』雑「旅五首」のうちの一首）

冬の旅の途上、鶴の住んでいる荒れ田の畝が広がる野で、一叢の薄に一夜の宿を請うという情景こそ、春の桜狩りから転換されているとはいえ、「一夜やどかせ」という詞が、定家の歌を通路として導き出されたことは確実であろう。

定家は自身の「一夜やどかせ」の歌を、自ら編んだ『百番自歌合』に撰び入れている。つまりこの歌は定家自讃の歌であり、それが家隆の歌を通路として詠出されたという事実は、決して欠陥と考えられていない。以上のように、新古今時代における歌詞の同時代的共有は、「本歌取」という一語によっては到底括ることができず、同時に「古歌を取る」という表現意識の枠内からも逸れていくものであった。但しこのような共有は、次世代の藤原為家によって厳しく制限されることになる。これについても、次章以降で詳しく検討したい。

結

今日、多様な事象へと適用されることになった「本歌」あるいは「本歌取」という概念には、明らかな錯綜を見出すことができた。「序」において提起した「本歌取」をめぐる言説構造のもつ三つの問題点に対する見解とその解決案を、ここにまとめてみたい。

①「本歌取」という語が、その限定された内実とは異質な「古歌を取る」方法を包摂してしまっている点。

「古歌を取る」とは一義的に、古歌を何らかのかたちで〈再利用〉しようとする意識の総体を包括しうる用語である。ある古歌と、その「古歌を取る」ことによって詠まれた歌とが、主題・内容としての「心」を共有している場合、古歌を「本歌とす」ることと同義としてもよい。但し第二節でみた、定家の『詠歌大概』および長明の『無名抄』における用法では、「古歌を取る」とは、古歌が新たな詠歌と「心」の次元での親縁性を保持せず、詞のみを摂取している場合に限定されていると考えることができる。したがって、「本歌取」が尖鋭化された新古今時代の方法論において、広義と狭義とに分けられるべきなのは、むしろ「古歌取」とも呼ぶべき方法であったといえよう。

②「本歌取」の駆使を、藤原定家（ないしは藤原俊成）に代表させ、彼らの実践を無批判的に至上の古歌再利用

法と見なしている点。

複数の古歌からの詞の摂取や、同時代歌人たちによる互いの歌詞の共有という方法が混ぜ合わされて、新古今時代の古歌再利用法は複雑な様相を帯びるに至っていた。このような表現意識は、新古今歌人たちにおいて普遍的なものであり、それを俊成・定家に特権的に代表させる必然性は見あたらない。

次世代の歌人たちは、「詞は旧きを以て用」いる(『詠歌大概』)ことが詠歌の前提となっている世界において、新古今時代に実験し尽くされた感のある古歌再利用法の中から、いかに自らの方法を構築していくか、という課題を与えられたといってよい。このような状況を受けて、「古歌取」的方法に和歌表現の可能性を見出した歌人が、定家の跡を継いだ藤原為家であった。

③「古歌を取る」方法の表現論的な意義が、「本歌取」のそれに比して劣っていると自明視されている点。

為家は、その歌論書『詠歌一体』の中に「古歌をとる事」という項目を立て、新古今時代の実践を例に挙げながら、「古歌取」の表現論的な特質を論じている。古歌の「心」を表出しないようにその詞を再構成することによって、詞に新たな属性を付加し、聴覚印象の次元においても、表現の次元においても、予想を裏切っていくこと。これが「古歌取」に託された為家の理念であった。「めづらし」という語であらわされるこの理念と、為家の「古歌取」については、第I部において詳述する。このことは、新古今時代の段階では並存していた「本歌取」と「古歌取」のうち、為家が後者に対して積極的な価値づけを行ったことを示しており、本歌取的方法の確立によって「ことばの次元」が「分立」したとする、川平の見解の再考を促すものである。

最後に、新古今時代以降の古歌再利用の様相を概観しつつ、「本歌取」をめぐる言説構造のとるべき、新たなかたちを提示したい。『詠歌大概』や『無名抄』に説かれていた「古歌を取る」方法の内実は、新古今時代末期にあたる『八雲御抄』における言説を経て、次世代の為家の言説へと継続されていく。そこでは「古歌を取る」ことは古歌を「本歌とす」ることと峻別されていた。しかし早くも、為家の同時代歌人たちにおいて、まず用語法的な混乱が起こる。すなわち、真観の歌論『簸河上』（一二六〇成立）、為家の側室であり、冷泉家の祖、為相（一二六三―一三二八）の母となった阿仏（？―一二八三）の歌論『夜の鶴』（一二八一―八三頃成立）あたりから、「古歌を取る」ことは「本歌を取る」という用語に吸収されはじめる。為家の嫡流である二条家においても、為家の子、源承（一二二四―一三〇三）の『和歌口伝』（一二九四―九八頃成立）には「本歌をとる」という語が見え、為家の孫、二条為世（一二五〇―一三三八）の『和歌用意条々』（一二九二成立）に至っては、「本歌をとる事さまざまの体あり」として、種々の古歌再利用用法を「本歌をとる」という語によって包括しようとしている。このような用語の変化こそ、「本歌取」という語によって古歌再利用用法の総体をとらえようとする、現代の把握の淵源であるといってよい。

以上のような「本歌取」の用語法を承けた、一四世紀後半の歌論書『井蛙抄』と『愚問賢注』の両書における「本歌とる事」の分類は、現代の「本歌取」に関する認識に決定的な影響を及ぼした。というのも、著者である頓阿（一二八九―一三七二）は、新古今時代からその次世代にかけての詠歌を多く収集した上で、それらを分類するに際して、定家の歌にのみ焦点を当てた項目を立て、それに最も高い価値を認めているからである。種々の古歌再利用用法に関する総括的な分類と、それらに対して設けられた価値序列は、和歌史上、『井蛙抄』『愚問賢注』の当該記事を待ってはじめてあらわれる。『井蛙抄』『愚問賢注』以降の歌論書や註釈書は、基本的にその見解を踏襲しているといってよい。現代の和歌研究や註釈も、連綿と書き継がれてきたそれらの蓄積の上に立っている。つまり「定家的本歌取」とは、新古今時代の共通認識でも、もちろん定家自身が掲げたものでもなく、定家歿後百年以上を経た和歌世界において、はじめて出現したものであった。

さらに重要なのは、「定家的本歌取」の内実も、『井蛙抄』『愚問賢注』の解釈の延長線上にあるということである。『井蛙抄』『愚問賢注』ではそれぞれ、以下の項目の例として定家の詠のみ（『井蛙抄』では十一首中十首）が挙げられている。

本歌の心になりかへりて、しかもそれにまとはれずして、妙なる心をよめる歌。これは拾遺愚草のうちに常にみゆる所也。（『井蛙抄』）

［本歌の「心」を追体験しながらも、それにまとわれることなく、不思議なまでにすばらしい「心」を詠んだ歌。これは、『拾遺愚草』の中につねに見えるところである］

本歌の心になりかへりて、しかも本歌をへつらはずして、あたらしき心をよめる体。（『愚問賢注』）

［本歌の「心」を追体験しながらも、それに盲従することなく、新しい「心」を詠んだ歌］

頓阿の解釈は、「本歌の心」の追体験を強調しているという点で、その上に立って新たな内容を重層的に表現するという現代の解釈を導くものであることがうかがわれよう。しかし当然ながら、至高の「本歌取」としての「定家的本歌取」という認識は、頓阿の恣意にもとづくものであることに注意しなければならない。その証として、『愚問賢注』を頓阿と共同で執筆した二条良基（一三二〇―八八）の歌論『近来風体』（一三八七成立）では、古歌再利用法を分類した中で、次のような項目が設定されている。

本歌の詞をとりて風情をあらぬ物にしなして、本歌のこと葉を上下の句にをきたる、つねの事也。これをよしとす。

ここから、「古歌取」が「つねの事」、すなわち一般的な古歌再利用法として認知されていたことが確認できる。しかも良基は、「これをよしとす」と、他の分類項目にはない評語を付しており、そこに最も高い価値を認めている。つまり南北朝時代末の段階で、「本歌取」と「古歌取」とは、いわば再び併存するに至ったといってよい。このことはまた、本書の論じる時代範囲を定める根拠でもある。

新古今時代における古歌再利用の実践は、「定家的本歌取」などに収斂するものでは決してない。定家自身の実践においてさえ、様々の古歌再利用意識が交錯している。新古今歌人たちが、古歌の再利用を尖鋭化することによって、和歌史上の一つの頂点を築いたことに変わりはないとしても、「本歌取」にのみその達成を帰することはできない。新古今時代、そしてその次世代以降も連綿と詠み継がれていった「中世」和歌における古歌の〈再利用〉は、「本歌取」と「古歌取」との、いわば弁証法的な展開の帰結として、そのつどあらわれる。この新たな言説の構造をもって、古歌再利用の諸相を把握することによって、衰退の一途を辿ったとされる中世和歌を新たに価値づけ直すことが可能となり、その表現史を書きかえることにつながっていくであろう。

附　「本歌」推定の不確実性
――定家詠「大空はむめのにほひにかすみつつくもりもはてぬ春のよの月」の本歌

現代の和歌研究書および註釈書類において、「狭義の本歌取」あるいはより直接的に「定家的本歌取」と呼ばれる詠法の実践例としてしばしば挙げられるのが、以下の歌である。

守覚法親王家五十首歌に
おほ空は　むめのにほひにかすみつつ　くもりもはてぬ　春のよの月
（『新古今集』春歌上・藤原定家　四〇　『定家卿百番自歌合』春　三）

これに対して、種々の註釈では、「本歌」として必ず次の詠歌を載せる。

文集、嘉陵春夜詩、不明不暗朧朧月といへることをよみ侍りける
てりもせず　くもりもはてぬ　春の夜の　おぼろ月よにしく物ぞなき
（『新古今集』春歌上・大江千里　五五）

再三述べてきたように、定家の言説の中には、「本歌取」によって詠まれた自身の歌の例を具体的に挙げている箇所はない。定家の歌を「本歌を取る」歌の例として挙げる歌論書は、新古今時代の次世代をまってはじめてあらわれる。このような状況の中で、定家の膨大な詠作の中から、「大空は」の歌が「てりもせず」の歌と対になって「本歌取」の代表例として認知されるに至った背景には、この一対の歌が一四世紀の歌論書『愚問賢注』に引かれたことが、大きくかかわっていると考えられる。

「本歌」は、唐代の詩人、白居易の詩の中の句を題として、煌々と輝くでもなく、かといって全く曇ってしまうわけでもない朧月に、幻想的な春宵の情景のすばらしさを代表させて詠んだものである。定家はこの「本歌」から、「くもりもはてぬはるのよの」そして「つき」という詞を摂取して配列し直し、朧月が浮かびかかる空間

として、梅花の香に満ちながら霞む「大空」を新たに設定することによって、千里の詠歌の幻想性をいっそう推し進めている。というのが定家の歌に対する基本的な解釈であり、このような詠み方こそが「定家的本歌取」の様相を余すところなく伝えていると考えられている。(27) これは本章で見てきたように、「本歌」の詞をそのまま取り用いることによって、そこに詠まれている内容を表出しながら、さらに自らの詞を混ぜ合わせて内容を重層的にあらわす方法、すなわち「本歌の心」の〈更新〉である。しかしながら、以下に挙げる古歌を参照するや否や、この解釈の妥当性は揺らぎはじめる。

小野宮にて、二月の月のいとあかかりしに、むめの花もてあそぶこころを、人人よむ

おほぞらに　みちぬばかりの　むめの香に　かげさへやみ〔　〕はるのよの月

（『大弐高遠集』三〇〇）

現存する藤原高遠（九四九―一〇一三）の家集には欠脱部があるため、一首全体の内容は確定できない。ただ「大空に満ちるばかりの梅の香によって、その光さえもが〔欠脱〕春の夜の月」(28)と詠まれており、着想、詞遣いともに、定家の「大空は」詠との酷似は瞭然としている。『大弐高遠集』を定家が参照していたという事実を立証することが、ここでの目的ではない。(29) しかし「時に当たりて、本歌を覚悟す」(30)ことをもって自讃するほど、古歌に関する自らの記憶力を恃んでいた定家が、この高遠の歌を知らず、その詠みぶりと似てしまったのは偶然にすぎないと考えることは、やはり不自然であると考えたい。

定家の歌は、『新古今集』春歌上の配列の中で、「梅」を主題とした一連の歌の中に入れられている。この歌を鑑賞する際、『愚問賢注』をはじめ、種々の註釈書に提示される大江千里の「本歌」に注意が向けられたことによって、従来「くもりもはてぬ春の夜の月」の方に視点が偏りがちであった。しかしこの歌がまず、「梅」の

「心」を詠んだものであるという事実からも、高遠による「むめの花もてあそぶこころ」を詠んだ歌が定家の念頭にあったことは推察できる。ところが、現代の註釈書類のうち、この高遠詠を「本歌」として挙げたものは、管見の及ぶかぎり一冊もない(31)。

この歌を基点として、定家の「大空は」の歌を解釈し直せば、大空が梅の香によって「かすむ」という趣向、また「くもりもはてぬ」という詞によって、それが千里の歌に詠まれる朧月であることが暗示されるという重層性は認められるものの、高遠の歌によって表出される情景の圏域から出るには至っていないといってよい。このように、ある詠歌に対して複数の古歌の影響が想定できる場合、基点とする古歌を定め直すことによってその解釈は輻輳し、「本歌取」という方法的な立場がたちまち霧消してしまうことは、先に見た家隆の歌と同様である。

しかし定家の「大空は」詠が、高遠の歌に着想を借り、同時に千里の歌から詞を摂取することによって、それまでに詠まれなかった、梅花の香と朧月とを取り合わせた春宵の情景美の表出に成功していることに、疑いを差し挟む余地はない。この歌は『新古今集』に入集しているという点において同時代の高評価を確認でき、さらに定家はこの歌を自讃歌として『百番自歌合』に自ら収録している。つまり一首の価値は、古歌の「心」の〈更新〉の成否によってのみ決められているわけではない。まして、影響関係が認められる古歌が複数存在する場合、どの古歌を基点とするかによってその「心」の〈更新〉度合は著しく変化するため、歌の価値判断に際して「本歌取」というフィルターを設置することは、限られた局面においてしか有効性をもたない。とはいえ、新古今時代の和歌が、過去の作品を再利用するという表現意識を尖鋭化したのは紛れもない事実である。詠作の実態とその現代における解釈方法との間には、大きな溝があるといわざるをえない。

この解釈の方法論的な欠陥も、「本歌」あるいは「本歌取」の概念規定の曖昧さそのものに起因していると考えられる。「大空は」詠のように、ある歌に対して複数の古歌からの影響を看取することができるという様相は、新古今時代以降の中世和歌においても変わらない。また古歌のみならず、同時代の詠歌からの表現の摂取という事態も、決して特殊なものではない。もちろんこれらのことは、現代の研究においても自覚されており、註釈書ではしばしば「本歌」とともに「参考歌」「先行歌」「影響歌」などの項目が立てられている。ところが「本歌」の規定が曖昧なため、各々の境界線は引かれていないに等しいといわざるをえない[32]。また前述のように、定家の「大空は」詠の註釈において、高遠の歌が一切挙げられていないという事実が示すように、「本歌」「参考歌」「先行歌」「影響歌」の選定は網羅的とはいいがたい。

今日、現存する膨大な和歌集の電子データベース化はほぼ完遂しており、ある詠歌の詞遣いに対して、これまでの註釈書類が発見できなかった古歌および先行する歌が、今後新たに発見されていく可能性は高い。しかし重要なのは、先行する歌を新たに発見すること自体ではない。中世和歌の実践を「古」の再利用という汎用的な観点から把握し直し、それがいかに多様な相をとっているかをあらためて自覚することが、まず必要である。そのためには、新旧の詠歌を一対一の関係性でしかとらえることのできない「本歌取」という概念の是非が、今一度問い直されなければならない。

註

（1）久保田淳「本歌取の意味と機能」『中世和歌史の研究』（明治書院、一九九三）一三〇頁。

（2）錦仁は、この久保田の見解を引いて、古歌・古典・古代を追慕する尚古思想およびその実践方法は、その根源において他ジャンルの創造エネルギーとも通底しているはずであると述べている。その一例として、源頼政の働きかけに応じて平家打倒に立ち上がった以仁王が、古代、壬申の乱によって新しい国家体制を築いた天武天皇の旧儀にもとづいて、決起を促す令旨を東国の武士たちに向けて発していることをも「本歌取」と見ることができるとしている。錦仁「〈古歌を取る〉詠法　〈心〉と〈詞〉」：日本文芸研究会編『伝統と変容　日本の文芸・言語・思想』（ぺりかん社、二〇〇〇）五八頁および七六頁。

（3）「座談会　引用（表現の拡大と新生）をめぐって」『日本の美学　第一二号　特集：引用』（ぺりかん社、一九八八）

九頁。但しここで話題となっているのは、後述する限定された意味での「本歌取」である。

（4）高階は自身の提起する「剽窃」を、他人の作品を下敷きにしているという点では模倣であり、借用であるが、同時に、借用したものにもとづいて奔放自在に自己の創造力を展開して見せる点で「変奏」と呼ぶこともできると説明している。高階秀爾『ピカソ　剽窃の論理』（ちくま学芸文庫、一九九五）八頁。

（5）「本歌取」研究史と、代表的な研究成果をひろく概括した論考として、中川博夫「中古『本歌取』言説史試論」‥平安文学論究会編『講座平安文学論究　第十五輯』（風間書房、二〇〇一）がある。

（6）以下、川平ひとし「本歌取と本説取―〈もと〉の構造―」『中世和歌論』（笠間書院、二〇〇三）七六頁、八四―五頁、および八九―九〇頁を参照。

（7）川平は『毎月抄』を定家の真作と認めていないので、そこに載る「本歌取り侍るやうは［…］」という用例を定家の言から除外している。「本歌取」概念の規定に慎重な姿勢をもって臨むべく促している点は、本書の前提となるものである。但し川平の論考には、『近代秀歌』所収の秀歌撰中に「本歌を取りて新しく聞ゆる姿」と定家が述べている箇所に関しての言及がない。この問題については後述する。

（8）渡部泰明は、鑑賞者的立場から見た本歌取りの特質について、次のように述べている。

本歌取りした歌を味わうと、その背後に本歌が朦朧と浮かび上がる。その朦朧さに入り込んだ気分は、帰るべき理想世界のあの甘美な身体感覚と、限りなく近いものではないだろうか。本歌取りは、始原的世界への回帰の感覚を、人為的に作り出そうという方法なのであろう。

小林幸夫編『【うた】をよむ　三十一文字の詩学』（三省堂、一九九七）。

藤平春男は、本歌取りによって導かれるのが、「本歌が創り出した美的小世界を、いま新たに創ろうとする世界の中に吸収する」という詩的現象であると定めている。『藤平春男著作集　第二巻　新古今とその前後』（笠間書院、一九九七）一四七頁。なおこの箇所は、川平によって自説に引用されている。

（9）たとえば藤平は、「『無名抄』でも、『八雲御抄』でも、本歌取のことを『古歌を取る事』といっている」（藤平、註（8）前掲書、一三一頁）と述べている。古歌を再利用する方法の総体を「本歌取」という用語によって演繹的に総括しているため、「古歌を取る事」の内実が無視されている好例である。

(10) 久保田は『新古今和歌集』の成立を頂点として、下降の一途を辿る中世和歌」と明言している。註（1）前掲書、七三六頁。

(11) 川平は「本歌取的方法」の条件として、「〈もと〉となるテキストと、テキストに封入されている詩的世界を知的に共有する想像力と、個々に詠出される表現をともに享受・鑑賞・理解し、また批評・解釈する共同性」を挙げている。新古今時代の詩的潜勢力が高まり充溢していた時期、「本歌取的方法」は共同性の中で鍛えられたが、諸力の寄り集う共同性の力そのものが弛んで凝縮度を喪い、収斂する地点を見失う時、その方法は自ずと、亜流と通俗化、拡散と頽廃の道を進むほかない、というのが、川平の主張である。川平は「本歌取的方法」の「達成点」を『新古今集』に見ているため、狭義の新古今時代の後、いわゆる建保期（一二一三―一九）以降を、頽廃へと至る時期であると見なすことになる。川平、註（6）前掲書、九六―七頁。

(12) 以上、文弥和子「本歌取りへの一考察―定家以後の歌論における」『立教大学日本文学』二九（一九七二）。なお、川平の見解から文弥の見解へと接続する視点に関しては、鹿野しのぶ「冷泉為秀の和歌表現―「古歌」を取る詠法について―」『語文』第一二二輯（日本大学国文学会、二〇〇五）から示唆を受けた。

(13) 岩佐美代子『藤原為家勅撰集詠　詠歌一躰　新注』（青簡舎、二〇一〇）三九八頁。

(14) 井上宗雄・武川忠一編『新編　和歌の解釈と鑑賞事典』（笠間書院、一九九九）「主要和歌用語解説」「本歌取り」八九五頁。強調は筆者による。

(15) 『和歌大辞典』（明治書院、一九八六）「本歌取」八九六―七頁。

(16) 上條彰次は「鎌倉前期ないし中期の歌論書類に説く本歌取的技法についての立言にのみ依拠してなされる本歌取りの考察には、当時の歌界の多用な実態を一面的に捉える危険性がつきまとい易い。本歌の認定にはさらに広い多面的な目配りも必要になる」ことを指摘している。上條彰次『百人一首古注釈『色紙和歌』本文と研究』第二部・第二章・五節（新典社、一九八一）。

(17) 「すさむ」は「勢いが盛んになる」という意。『新古今集』には、

松にはふ　まさきのかづら　ちりにけり　外山の秋は　風すさぶらん
（秋歌下・西行「題しらず」五三八）

と「すさぶ」のかたちで載っており、風が激しい様子をあらわしている。「風すさむ（すさぶ）」は西行以降、新古今歌人たちによって多く詠まれる詞になるが、保季詠のように、鹿の声が「盛る」ことをあらわす先行例は、ほとんど見当たらない（一〇世紀頃の賀茂保憲女に「春駒のすさむる」という用例有）。定家は「すさむ」を動物の声とともに用いていることを、特に難じていると考えられる。

(18)「本歌」を「証歌」と同じ意味に用いる同時代の例として、たとえば、建保四年（一二一六）内裏歌合の判詞が挙げられる。そこでは、

雲のゐる　とほ山姫の　花かづら　霞をかけて　ふくあらしかな
（二番左・源通光）

に対して、

遠山花をおしなべて山姫の花かづらといはむこと少し本歌のあらまほしくや侍らん

また、

風になびく　さののかは浪　打ちさやぎ　しらぬ露ちる　夕立のそら
（三十二番左・通光）

に対して、

さのの川浪、本歌侍るにや、当座不覚悟之由右方申出で侍りし

とあり、表現の先例の有無が問題となっている。この歌合は衆議判であったが、判詞は後日定家が執筆している。『新編国歌大観』解題参照。

(19) 原文の漢文を、書下し文に改めた。後述するように、『詠歌大概』には「本歌」という語は用いられていない。ちなみに川平は、『詠歌大概』の成立年代を、嘉祥二年（一二三六）を中心とする前後各五年の枠に収まる時期と推定している。註（6）前掲書、三六頁。

（20）『近代秀歌』には定家自筆本が現存するが、自筆本系統の伝本には「近代六歌仙」の秀歌撰はなく、代わりに八代集から抜粋した秀歌撰が収載されている。したがって「近代六歌仙」の当該箇所が定家自身によって書かれたものでなく、後補である可能性も捨てきれない。ここでは「近代六歌仙」所収本系統が、定家自筆本系統の原形であるという『新編日本古典文学全集　八七　歌論集』所収『近代秀歌』解題（藤平春男）の見解を受け、「近代六歌仙」の当該箇所を定家の言として扱う。

（21）『毎月抄』ではこの箇所に続いて、次のようにある。

このごろもこの歌を取るとて、夕暮の詞をも取り添へてよめるたぐひも侍り。

古今歌から「雲のはたて」「物ぞおもふ」という詞を摂取して、それらを下句に置きかえ、さらに「夕ぐれ」という詞をも併せて取り用いている歌が、『新古今集』に採録されている。

ながめわび　それとはなしに　ものぞおもふ　雲のはたて　の　ゆふぐれ　の空
（『新古今集』恋歌二・源通光「千五百番歌合に」一一〇六）

この歌の「心」は、「じっと見つめるのにも倦んで、何ということもなく物思いに耽る。雲の涯の夕暮れの空を」という、諦めはてた恋情である。それは古今歌の身分違いの恋の切なさをあらわした古今歌の「心」を受け継ぎ、それをさらに時系列的に進行させたと解しうる。新古今歌人、源通光（一一八七―一二四八）のこの歌は、『毎月抄』筆者が当該箇所を執筆するにあたって念頭に置いたものとして、一見適合する。しかしそれは、雑歌や四季の歌に詠みかえられた歌ではなく、むしろ「達者のわざ」による歌であることは明白である。

（22）定家の子息、藤原為家が撰進した、第十番目の勅撰和歌集『続後撰和歌集』（一二五一奏覧）には、次のような歌が採録されている。

あまつそら　雲のはたて　の　秋風に　さそはれわたる　はつかりのこゑ
（秋歌中・衣笠家良　三一二　＊出典の『現存和歌六帖』では題「かり」）

この歌は、「夕ぐれは雲のはたてに物ぞおもふ」の古今歌から「あまつそら」と「雲のはたて」の二語を摂取しつつ、秋の景物である初雁の声を詠んでいる。この点で、『毎月抄』にいわれる「本歌取り侍るやう」の例としてふさわしい。但し後述するように、古歌の詞をこのように再利用する方法は、新古今時代において「古歌を取る」と称される。また、もしこの歌の「本歌」について考えるならば、次の歌を見逃すわけにはいかない。

秋風に さそはれわたる 雁がねは 雲ゐはるかに けふぞきこゆる
（『後撰集』秋下・よみ人しらず「題しらず」三五五）

秋風に さそはれ渡る かりがねは 物思ふ人の やどをよかなん
（『後撰集』秋下・よみ人しらず「題しらず」三六〇）

定家の教えを受けたこともある家良の歌は、明らかにこれらの後撰歌を「本歌」としている。前者には「雲ゐはるかに」、後者には「物思ふ」と詠まれているように、いずれも「雲のはたてに物ぞおもふ」古今歌へと、詞の連結を経た連想を容易に導きうる。ちなみに後者は、『定家八代抄』秋歌下、『近代秀歌』自筆本にある秀歌の例、『詠歌大概』「秀歌体大略」の例のいずれにおいても収録されていることが示すように、定家が高く評価した歌であった。

（23）註（14）前掲書。

（24）この意味で、紙宏行が「本歌取は、『春の歌をば秋冬などに詠みかへ、恋の歌をば雑や季の歌などにて、其歌を取れるよと聞ゆるやうに詠みなすべきにて候』（『毎月抄』）とあるように、特定の歌の明確な引用と異化の方法であり、『詞は古きを慕ひ、心は新しきを求め』の示す作歌の制度的なありようとは、むしろ向き合う関係にある」と述べるところの「本歌取」は、むしろ「古歌を取る」ことと改めるべきであろう。紙宏行「詞のつづけがら―新古今の方法と表現構造」『文芸研究』一二二（日本文芸研究会、一九九八・五）一一頁。

（25）歌詞の同時代的な共有は、新古今時代に特有の現象ではなく、すでに『古今集』の時代にも見られる。片桐洋一は、同時代の歌人の詠んだ歌を即座に利用することの多い凡河内躬恒（生歿年未詳）の特性に触れ、そのようにして『古今集』撰者たちが「歌壇活動」を盛り上げていたことを指摘している。いわく「当時、和歌は集団の中で披講され、集団の中で鑑賞されることを前提にして作られていた」。この前提は、新古今時代においてもただしく当てはまるであろう。片桐洋一『古今和歌集の研究』（明治書院、一九九一）Ⅲ・5参照。

(26) 俊成卿女の実践における同時代歌人との詞の共有については、渡邉裕美子『新古今時代の表現方法』(笠間書院、二〇一〇)第一章第一節「俊成卿女にみられる同時代歌人の影響—『千五百番歌合』」が参考となる。九条良経の実践における同時代歌人との詞の共有については、小山順子「藤原良経の本歌取り凝縮表現について—『後京極殿自歌合』を中心に—」(『国語国文』七〇・五所収、中央図書出版社、二〇〇一)に詳しい。

(27) 佐藤恒雄は「この『大空は……』の歌は、本歌を抜きにしては充分味わえない」とした上で、その表出内容と「本歌」との関係性について、次のように説明している。

漢詩を句題として、また詩歌を踏まえ背景として歌を詠むということは、定家らが積極的に推奨した方法であったが、この歌の場合、「曇りもはてぬ」という詞をはじめ朧月を千里の歌から借りることによって本歌の世界を十分に取り込み、さらにその背後に白楽天の詩の世界がほのかに見えている、という重層的な構造の歌である。もちろん本歌そのままではなく、朧月に梅香をとりあわせ、非論理的でありながらきわやかに表現したところがやはりこの歌の眼目で、そこにこの歌の新しさがある。

註(14)前掲書「藤原定家」の項。

(28) 仮に意が通るように欠脱部を補い「かげさへやみつ」であるとすれば、遍満する梅の香とともに、その「光さえもが満ちるのだろうか」と、春の夜の月光の輝きを讃える歌だと解釈することができる。

(29) 『新編国歌大観』の定本は冷泉家時雨亭文庫の蔵本であり、有吉保の解題によると、『大弐高遠集』には伝定家筆の「高遠集切」が存在するという。もとより、これをもって定家が高遠のこの歌を閲覧したことがあったと直ちにいうことはできないが、定家による参照を完全に否定し去る意見に対する反例とはなりえよう。

(30) 『徒然草』第二三八段に、次のような挿話が載る。

後鳥羽院の、「御歌に、袖と袂と、一首のうちに悪しかりなんや」と、定家卿に尋ね仰せられたるに、「『秋の野の草の袂か花薄穂に出でて招く袖と見ゆらん』と侍れば、何事か候ふべき」と申されたることも、「時にあたりて本歌を覚悟す。道の冥加なり。高運なり」など、ことことしく記し置かれ侍るなり。

本文は、小川剛生訳注『新版　徒然草』(角川学芸出版、二〇一五)による。ここでの「本歌」は、ある詞遣いに先例があることを示す「証歌」の意である。但し小川の註によれば、この箇所は『明月記』の一節と推定されるが、現存する『明月記』に当該記事は見出せないという。

(31) 代表的な註釈を挙げると、石田吉貞『新古今和歌集全註解』(有精堂出版、一九六〇)、久保田淳『新古今和歌集全釈』(講談社、一九七六—七七)、同『訳注 藤原定家全歌集』(河出書房新社、一九八五—八六)、『日本古典文学大系 二八 新古今和歌集』(岩波書店、一九五八)、『日本古典文学全集 二六 新古今和歌集』(小学館、一九七四)、『新日本古典文学大系 一一 新古今和歌集』(岩波書店、一九九二)、『新編日本古典文学全集 四六 新古今和歌集』(小学館、一九九五)に、高遠の歌への言及はない。

(32) 久保田淳『新古今和歌集全評釈』の凡例には、「《本歌》には、本歌取における本歌と認定される和歌を掲げた」とあり、また「《参考歌》には、解釈の上で参考となると認められる和歌を掲げた。新古今時代の作者の方法論からは本歌取と見られるものでも、院政期乃至はそれ以前の、本歌取が方法論として確立していない時代の作者の場合は、先行歌を参考歌として扱い、この欄に掲げた」とも記される。「本歌取における本歌と認定される」といわれるように、ここでも、「本歌取」という語を先験的に古歌再利用法の総体に適用しようとする姿勢が明白にあらわれており、畢竟「本歌」の選定は、同語反復的な様相を呈するに至っている。

I

「めづらし」の詩学と〈擬古典主義〉

第一章　藤原為家の「古歌取」論

序

序章において、「本歌を取る」こととは区別される方法として、「古歌を取る」方法が抽出された。「古歌を取る」とは、過去の詠歌の着想や詞を自詠に取りこむことを指す、いわば一般動詞である。その中で特に、古歌を「本歌」とする、すなわち、古歌の詞を摂取することによって、古歌に詠まれる「心」を新たな詠歌の中に表出させる方法が、「本歌取」と呼ばれるべきものであった。他方、古歌の「心」を表出しないようにその詞のみを再利用することも、「古歌を取る」とされて「本歌取」とは区別されていた。この方法を、本書では便宜的に「古歌取」と呼ぶことにする。さらに複数の古歌の再利用や同時代歌人たちによる詞の共有という方法がそこに混ぜ合わされて、新古今時代における古歌の再利用は複雑な様相を帯びるに至っていた。次世代の歌人たちは、「詞は旧きを以て用」いる（『詠歌大概』）ことが詠歌の前提となっている世界において、前時代に実験され尽くした感のある古歌再利用法の中から、いかに自らの方法論を構築していくかという課題を与えられたといってよい。

このような状況を受けて、「古歌取」に新たな可能性を見出した歌人こそ、定家の息、藤原為家（一一九八―一二七五）にほかならなかった。

為家は、祖父俊成・父定家の跡を継いで、歌道の家としての御子左藤原家の繁栄を体現した歌人である。為家の歿後、御子左家は二条・京極・冷泉の三家に分裂して歌道の正統を争い合うようになるが、そのいずれにおいても、家祖の一人として尊崇されることは、俊成・定家に勝るとも劣らなかった。勅撰集撰者として、第十番目の『続後撰和歌集』（一二五一奏覧）を単独で編纂しており、続く『続古今和歌集』（一二六六完成）においても撰者の一人となっている。その歌論書『詠歌一体』（一二六一―六四頃成立）は、定家の歌論書同様多くの伝本を生み、以降の和歌世界においてひろく分布したものである。

『詠歌一体』において、為家は「古歌をとる事」という項目を立てている。先行研究において、この箇所は為家による「本歌取」論として扱われてきた。たとえば岩佐美代子は、この項目について、

本歌取のあり方について述べるが、為家は必ずしもこれを奨励しない。思うに、本歌取の技巧は新古今・定家において極まり、後人の及ぶ所でない上に、歌人にも鑑賞者にも古歌の知識は乏しくなり、本歌取の妙味を演出し、またそれを享受する能力の薄れた時代を見据えて、こうした発言に至ったのであろう。

と解説している[1]。また藤平春男も、為家による「古歌をとる事」についての言説が、「定家の本歌取論のような表現性の特質に触れる本歌取観」を示していないと断じている[2]。序章において繰り返し強調したように、「本歌取」という規定の曖昧な概念を、とりわけ定家の実践に代表させ、「古歌」を何らかのかたちで詠歌に取りこむ方法のすべてにそれを演繹的に適用しようとする姿勢は、今日の研究において常態となっているといってよい。このような前提は、中世和歌において普遍的な、古歌を再利用するという方法の実態を、根本から誤解させかね

ないものであった。

本章では、「古歌をとる事」において為家が「本歌」という語を用いていないという事実をまず重視する。すなわち、中世と現代とを行き来しながら、輻輳する「本歌取」概念を帰納的に規定するという過程の一環として、引き続き「本歌」という語の現代的な用法をリセットし、為家の用語に即しながら、「古歌を取る」方法論を集中的に俎上に載せる。本章の目的は、『詠歌一体』における言説、および挙げられる例歌の分析を通して、「古歌を取る」方法の特質と、創作上の可能性を導き出すところにある。さらに、そこで得られた成果を為家自身の実践に敷衍し、各々を比較することによって、「古歌取」が、新古今時代の次世代においてどのような展開を見せたかを明らかにしたい。以上をもって、衰退の一途を辿ったとしばしば説明される、新古今時代以降の中世和歌を価値づけ直すべき、新たな表現論的基盤の設立を試みる。

1　為家の「本歌」観

1-a　題詠と「本歌取」

為家は『詠歌一体』の中で、「本歌」という語を一度しか用いていない。それは「題を能々心得べき事」という項目における、

難題をばいかやうにもよみつづけむために、本歌にすがりてよむ事もあり。

という箇所である。

一一世紀の後半にはじまる、いわゆる院政期から、中世の全域を経て近世に至るまで、歌の詠まれる中心的な場は種々の歌会や歌合であり、そこでは参加歌人の詠み出した歌の優劣が競われた。その優劣を判断する基準として、つねに歌人たちの念頭にあったのは、参会の前にあらかじめ与えられる「題」を、いかにして歌へと詠みあらわすかということであった。題詠は詠歌行為の根本的な前提であり、したがって歌の道に連なる歌人たちは、その歌論の中で、題の詠みこなし方についての考えを陳述している。源俊頼（一〇五五―一一二九）の著した『俊頼髄脳』（一一一一―一一一四頃成立）を嚆矢とする、題詠論を詳述した歌論書類においては、題詠法について述べた後に、しばしば古歌の再利用法が説かれている。この事実が端的に示すように、古歌を何らかのかたちで摂取するという方法は、題詠という前提のもとでしだいに詠歌意識の表面にあらわれ出てきたものであると見ることもできる。

為家は『詠歌一体』において、「難題」を何とかして歌詞に変換するために、「本歌」に頼りきることもあるといっている。このように、「本歌」を題詠のための方法と直接的に関連づけて説明した先例は、見出すことができない。しかも「本歌にすがる」という、これも歌論書類に初出の用語には、その行為が一義的でなく、積極的に実践されるべきではない、といった含意がある。「本歌にすがる」とは、「本歌」に詠出されている心に全面的に依存して、それをそのまま自詠に取りこむことにほかならない。つまり「本歌」を選定しえた時点で、詠まれるべき内容はすでにその歌によって指定されている。この意味で、為家の用いる「本歌」という語は、定家の用いるそれと同じ内実をもつものといってよい。定家においては、「新しき心」の詠出を達成するために、古歌を「本歌とする」方法が打ち出されていた。それに対して、為家のいう「本歌にすがる」方法によっては、「本歌の心」に重ね合わせられるべき「新しき心」は望むべくもない、ということになろう。

『詠歌一体』では、「難題」の詠み方について論じる直前に、まさに難題を詠みこなした好例が挙げられている。しかしそれらは、あくまで難題詠の例であって、歌の価値判断を明示するための例ではないと考えた方がよい。

以下に一例を挙げる。(3)

乍来不遇恋

わがこひは木そのあさぎぬきたれどもあはねばいとどむねぞくるしき

(『新撰和歌六帖』「くれどあはず」真観　一五九〇)

［本歌］

さらしなやきそのあさ衣袖せばみきたるかひなしむねのあはぬは

(『久安百首』「恋二十首」藤原親隆　六六四)

「恋人のもとを訪れたものの逢うことができない」という恋の題に対して、真観(一二〇三―七六)は「私の恋は、木曾の麻衣のようだ。それを着ても衿が合わないために胸が苦しくなるのと同様に、あなたのもとを訪れても逢えないから、いっそう胸が苦しい」と詠む。一首の眼目は、「乍来不遇」という題の意をあらわすための「来たれども逢はず」という詞が、「木曾の麻衣」を「着たれども(衿が)合わず」という縁語から導き出されているところにある。この縁による真観の歌の意は、藤原親隆(一〇九九―一一六五)の歌に「木曾の麻衣の袖幅が狭いため、衿が合わず着た甲斐もないように、あなたと逢えないなら来た甲斐もない」と詠まれる内容から、ほとんど進展していない。つまり真観の歌は、「本歌の心」を〈更新〉することができていない。それゆえに、「本歌にすがる」という行為の内実をあらわす例として挙げられることになる。

この歌はたしかに、「難題」を詠みこなしたという点で、一定の注目には値する。しかしながら、当代および後代の勅撰集や秀歌撰に収録されていないという事実が、一首の評価を端的に示している。また「難題をばいかやうにもよみつづけむために」と条件をつけ、「よむ事もあり」と頻度を限定しているように、為家が「本歌」として用いるために古歌を検索し選定することに消極的なのは、「本歌にすがる」詠み方が、「難題」を詠みこなす場合のみならず、ともすれば通常の題詠にも安易に適用されていたからだと考えられる。

1-b　「本歌取」への評価

ここでいったん『詠歌一体』を離れて、為家による「本歌」という語の用例を、『文応三百首和歌』（一二六〇成立）の評詞の中に見てみたい。この三百首は「中務卿親王三百首和歌」とも呼ばれ、宗尊親王（一二四二―七四）が一九歳の時に詠んだ習作である。当時の歌壇を牽引していた歌人たちにより合点が付され、代表として為家と九条基家（一二〇三―八〇）が評詞を書いている。この三百首の評詞うち、為家が「本歌」という語を用いているのは二箇所のみである。(4)

おほともの　みつのはま松　かすむなり　はや日のもとに　春やきぬらん

（春七十首　一　＊為家の合点有）

首尾相叶姿詞共調候、本歌被取成候之体、殊珍重候

「本歌」と推定されるのは、次の歌である。

もろこしにてよみ侍りける

いざこども はやく日のもとへ おほとものみつの浜松 まちこひぬらん

（『新古今集』羇旅歌・山上憶良 八九八）

為家は、宗尊親王の「本歌」の取りなし方がとりわけ「珍重」であるとして、高評価を与えている。「取りなす」という語は、現代語に「間に立って取りもつ」という意味が残るように、「主観的に引きつけて解釈する」という意味合いを帯びている。(5) この意味で、「本歌の心」の更新を志向していた、定家における「本歌」と同等の内容をもつといってよい。『新古今集』に採録されたこの古歌は、詞書が示すように、遣唐使として唐の地にいた山上憶良（六六〇—七三三）が、いよいよ帰国できるという段になって「大伴の御津の浜松が私たちを待ち焦がれている、早く日の本の国に帰ろう」と家人たちに呼びかけた歌である。ようやく故郷に帰ることができるという期待感と、それを待ちきれない焦燥感とが綯い交ぜになって、この歌の心となっている。為家の解釈によれば、宗尊親王の歌はこれを「本歌」とし、すなわちその心を表出しつつ、あたかも帰朝して待望の故郷を眼前にした憶良の心もちになって、日の本への来春を寿いでいる。これは「本歌にすがる」ような詠み方ではなく、まさに「本歌の心」を更新した歌であるといえよう。

他方、為家がもう一例「本歌」の語を用いている箇所では、親王の歌への評価は厳しい。

光なき 谷 のうぐひす いかにして よそなる 春 の 色をしるらん

（同 七 ＊為家の合点無）

如此本歌存旨候之間、故《ことさらに》不申子細候

「光なき谷」「よそなる春」という詞から、為家のいう「如此本歌」は次の詠と考えられる。

時なりける人のにはかに時なくなりてなげくを見て、みづからのなげきもなくよろこびもなきことを思ひてよめる

ひかりなき谷には春もよそなればさきてとくちる物思ひもなし

（『古今集』雑歌下・清原深養父　九六七）

「子細を申さず」としてこの詠に合点を付けない為家は、この歌のいかなる要素を難じたのであろうか。清原深養父（生歿年未詳）の歌は、栄達のよろこびに無縁であるがゆえに没落の嘆きを感じることもない不遇の境地を、花が盛りとなっては散っていく「春」から疎外された「ひかりなき谷」によってあらわしたところに眼目がある。しかし宗尊親王の歌においては、「光なき谷のうぐいす」という詞は「光が差しこまない谷の鶯」を指示するにとどまっており、それが「どのようにして谷の外の春の到来を知るのであろうか」という疑問へとつながれ、一首の心となる。ここで注目したいのは、深養父の歌が雑歌に入れられているものの、両詠ともに「春」の歌であるという点である。「ひかりなき谷」の「春」が「よそなり」という詞は、深養父の歌を直ちに想起させる。それらの詞を摂取して、同じ「春」の歌を詠むならば、深養父の歌の心が下地となってしまうことは避けられず、詠歌の志向性はその心の更新へと固定される。ところが両首を並置してみると、不遇を嘆く深養父詠の心が、親王詠において全く表出されていないことがわかる。あるいは、「本歌の心」に依存しながら、それを更新することができていないという意味で、「本歌にすがる」よりもなお評価しがたい詠みぶりであるともいえよう。

この歌は、難題詠ではなく、一般的に「春」を詠んだ歌である。この歌の評詞以後、為家が「本歌」という言葉を用いなくなるのは、偶然ではなかろう。若年の習作という理由による、古歌の詞の摂取はやむをえないとしても、古歌の心を下地とし、それを更新していくような歌を見出すことを、為家は早くもこの段階で断念したのではないか。以上のように為家は、「本歌」を選定した上で詠歌に及ぶことに対して、消極的であったというこ

とができる。それでも「本歌」を用いて歌を詠むのであれば、その心の更新を目指すべきであるという限定的な「本歌取」観を、為家の用いる「本歌」の用法からは読みとることができる。

為家は『詠歌一体』の中で、「古歌を本歌とする」方法については全く言及しなかった。膨大な古歌の蓄積の中から、与えられた題を詠みこなすにふさわしい「心詞」を見つけ出す精緻な検索能力と、その心を更新する表現力は、強靭な「稽古」に支えられてはじめて獲得しうる。だからこそ『詠歌一体』においても、「稽古」の重要性は繰り返し説かれる。しかし実のところ、為家が「稽古」の先に見ていた詠歌は、「本歌取」とは志向性を異にするものであった。「古きをこひねがふ」、すなわち詠歌行為の動機がつねに過去から到来する新古今時代以降の歌人たちにとって、過去に詠まれた歌を何らかのかたちで摂取するという行為からは、もはや逃れることはできない。そこで為家が採用した方法こそが、「古歌取」であった。

2　「古歌取」論の系譜

『詠歌一体』「古歌をとる事」において、為家は五対の例歌を挙げている。ここではまず、為家が最初に挙げる一対に注目する。それを収録する先行歌論の考察と併せて、為家がこの項目を立てた思惑の背景に、どのような和歌史の認識があったのかを探ってみたい。

為家が「古歌とりたる歌」として最初に挙げるのは、以下の一対である。

むすぶての　しづくににごる　山の井の　あかでも人に　わかれぬるかな

（『古今集』離別歌・紀貫之「志賀の山越えにて、石井のもとにて、もの言ひける人の別れける折によめる」四〇四）

［古歌］

むすぶての　いはまをせばみ　おくやまの　いはがきし水　あかずもあるかな

（『古今和歌六帖』第五・柿本人麿・題「はじめてあへる」＊第二句「いしまをせばみ」二五七五）

この一対の例においては、人麿の詠んだ「古歌」を貫之が「取った」と見なされている。『万葉集』時代の歌人の詠歌を『古今集』時代の歌人が「取った」とする考え方は、源俊頼の『俊頼髄脳』においてすでに見られ[6]、以降の和歌世界において共通の認識となっていたといってよい。まず注意されるのは、この一対が、『俊頼髄脳』を踏襲した藤原清輔（一一〇四―七七）の『奥義抄』（一一五〇頃成立）に、「盗古歌証歌」の例として挙がっている点である[7]。

「証歌」とは、「表現の先例・準拠となる、『万葉集』「三代集」等の古歌」を指す。とりわけ、俊頼を中心とする院政期和歌以降盛んとなった優劣意識の強い歌合においては、新奇な詞遣いは批難の対象となるため、その詞遣いが先例のあるものであることを示す「証歌」の有無は非常に重視された[8]。為家の祖父、藤原俊成（一一一四―一二〇四）も、その歌論『古来風体抄』（初撰本　一一九七、再撰本　一二〇一成立）の中で、『万葉集』の歌に関して

まことに心もをかしく、詞づかひも好もしく見ゆる歌どもは多かるべし。

と積極的に評価しながら、

まことに証歌にもなりぬべく、文字遣ひも証になりぬべき歌どもも多く、おもしろくも侍れば［…］

と、それらを表現の準拠とすることを推奨している。「古歌をとる事」において、為家は「証歌」という語を用いてはいない。しかし『奥義抄』『古来風体抄』を踏まえた上で、人麿の歌が貫之の歌を裏打ちする「証歌」となっているという認識は、同時代に根づいていたと考えられる。

次に着目したいのは、為家と同世代人であり、詠歌を通して密接な交渉もあった順徳院（一一九七―一二四二）の著した『八雲御抄』（精撰本　一二四二までに成立）に、この一対が「古歌をとる事」という、まさに『詠歌一体』と同じ項目の例として挙げられている点である。この歌論書は、承久三年（一二二一）のいわゆる「承久の乱」後に佐渡に流される以前に草稿が書かれ、順徳院の宸筆本が定家のもとに送られ伝えられたという「為家本」が現存している。(9) したがって『八雲御抄』の項目「古歌をとる事」は、『詠歌一体』における為家の立論に直接的な影響を与えたものとして位置づけることができる。

『八雲御抄』において「古歌をとる事」は、「これ第一の大事、上手ことに見ゆることなり」と、歌を詠む際にもっとも重視される要素として把握されている。さらに順徳院はこの方法を、「詞をとりて心をかへ」る詠み方と、「心ながらとりてものをかへたる」詠み方とに分類している。しかし、挙げられる例歌の数が、後者は一首のみなのに対して前者は一一首に上り、また、

詞をとりて風情をかへたるはよし。風情とる事は尤見苦し。

と述べているところから、古歌の詞を取ってその「心」や「風情」、すなわち主題・表出内容や趣向を変えるような詠み方に重点が置かれていることは明らかである。「詞をとりて心をかへたる」歌に挙げられる例は、すべて『万葉集』の詞を取った『古今集』あるいは『後撰集』『伊勢物語』の歌であり、順徳院と同時代の、あるいは同時代に近い例は一首も挙げられていない。これは、「第一の大事」である「古歌を取る」という方法が、勅撰集の嚆矢である『古今集』の時代から、すでに積極的に実践されていたことを示す意図があったためではないかと考えられる。

重要なのは、『詠歌一体』「古歌をとる事」の冒頭に為家が挙げている一対の例が、『八雲御抄』において「詞をとりて心をかへたる」歌の例としても挙げられている点である。[10] 為家は、この一対を「古歌とりたる歌」の冒頭に置くことによって、『八雲御抄』の認識をさらに進めて、貫之の歌が「詞をとりて心をかへたる」ものであると解釈しながら、その詠み方を範例として価値づけることを意図したのではなかろうか。この貫之詠は古来、多くの秀歌撰や歌論書に引かれてきた。俊成の『古来風体抄』においても、「大方、すべて、詞、ことの続き、姿心、限りなく侍るべし」と絶賛され、「歌の本体は、ただこの歌なるべし」と、言語芸術としての和歌の指標とまで位置づけられている。為家も、「古歌とりたる歌」は「歌の本体」ともなりうると認識していたことが推測できよう。つまり「古歌をとる事」は、順徳院の考えと同様に、為家にとっても「第一の大事」であった。

貫之の歌と対になる人麿の歌は、逐語訳すれば「すくおうとする手が、岩の間が狭くてつかえてしまうから、奥山の岩に囲まれて湧き出る清水を、満足のいくまで飲むことができない」という意である。但し、『古今和歌六帖』において「はじめてあへる」という項目に収録されていることが示すように、岩間の湧き水を心ゆくまで飲むことができないという状況が、逢って間もない想い人に、何らかの妨げによって満足に逢えないという事態の隠喩としても詠まれている。

一方で貫之は、人麿詠に用いられていた「むすぶ手の」「飽く」という詞を、感嘆詞の「かな」とともに摂取しながら、「すくい上げる手からしたたる雫のせいで、濁ってしまって飲めない、山の泉の水に飽き足りないように、満足のいくほどには逢うことができないまま、想い人と別れてしまった」という離別の哀しさを詠んでいる。また『貫之集』の詞書には、「しがの山ごえにて、山の井に女の手あらひて水をむすびてのむをみてよみてやる」とあり、この歌が再録された『拾遺集』の部立が「雑恋」であるところから、別れを惜しむ恋歌としても解釈することができる。(11)

『古今和歌六帖』の分類にしたがえば、両詠は同じ恋歌となり、詞を摂取しながら類似する「心」を詠んでいるという意味で、貫之は古歌の「心をかへ」ていないと判断することもできる。しかし一首の表出する内容として、人麿の歌が「おくやまのいはがきしみづ」に飽きることがないと詠んでいるように、山中の実景とそれにもとづく実感をあらわしているという解釈も、蓋然性をもつ。(12)したがって、人麿の詠んだ実景・実感を、貫之が離別・恋の歌に仕立て直したと理解することは、充分に可能である。『八雲御抄』においても『詠歌一体』においても、それぞれの歌の出典、および詞書や背景までは記されていない。以上の要素から、人麿による叙事・叙景の歌を、そこに詠まれた詞を再利用しながら、貫之が離別を哀しむ恋の歌に転換したと、順徳院、そして為家が解釈していたとするのが妥当である。詳しい考察は次節に譲るが、為家が「古歌とりたる歌」に挙げる他の四例はすべて、「古歌」に用いられている「詞」を摂取しながらも、主題・内容としての「心」を変えて詠んだと見なすことのできる歌である。貫之の歌は、時代の面でも知名度の面でも、それらの冒頭に置かれるにふさわしかったと考えたい。

承安二年（一一七二）に催された『広田社歌合』の判詞において、俊成は「歌は古歌一二句とるはつねの事」であると述べている。(13)また定家も『詠歌大概』において、「古人の歌においては多くその同じ詞を以てこれを詠ずる、既に流例たり」と断言していた。このように、古歌の詞を摂取して自らの詠歌に用いることは、すでに一般的となっていた。その方法論が先鋭化されたのが、為家の直接対峙した俊成・定家の時代、すなわち「新古今時代」であったことは、先行研究が夙に指摘し、序章において確認したところである。このような時代背景のもとで、為家が『八雲御抄』を継承しながら自らの歌論に「古歌をとる事」という項目をあえて立てたという事実は、「詞をかへて心をかへたる」方法にこそ価値創出の可能性を見出さんとする、為家の強い決意をあらわしているといえよう。

3　為家の「古歌取」論

『詠歌一体』の「古歌をとる事」が『八雲御抄』のそれと全く異なるのは、前者が自らの時代に直結する新古今時代の詠歌を、「古歌とりたる歌」の例として挙げている点である。これは、古歌の詞を再利用するという表現意識が普遍化された状況を踏まえると、当然の帰結のように見える。しかし為家が立てた項目が「本歌を取る事」ではなかったことに、何より注意を払わなければならない。新古今時代の多面的な古歌再利用意識のあらわれであるその膨大な実践例の中から、為家が選択してきた歌こそ、その志向性を示すものと見なしてよい。また古歌を再利用する新古今時代の詠歌を、歌論史上はじめて俎上に載せたことに関して、以降の和歌史における方法論の立脚点を設けたという意味で、その後世への影響は大きい。

前節で見たように、『詠歌一体』における「古歌を取る」とは、古歌に用いられる詞を再利用しながら、その表出する「心」を変えることであった。では、「心を変える」詠み方とは、いかなる内実をもつのか。より詳しくいえば、古歌の「心」を変えながら詞を再利用することによって、表現論的な観点から見てどのような事態が起こり、そこにどのような方法上の特質が生ずるのか。本節では残る四例の分析を通して、このことを明らかにしていきたい。

3-a　前提：「本歌取」との区別

思ひあれば　袖にほたるを　つつみても　いはばやものを　とふ人はなし
（『新古今集』恋歌一・寂蓮「家に歌合し侍りけるに、夏恋を」一〇三二）

［古歌］
つつめども　かくれぬ物は　夏むしの　身よりあまれる　思ひなりけり
（『後撰集』夏・よみ人しらず「桂のみこのほたるをとらへてといひ侍りければ、わらはのかざみのそでにつつみて」二〇九　『大和物語』四〇段）

寂蓮の歌について、為家は次のように解説している。

此の歌はかならずしもとるとなけれど、かのかざみの袖にすかされたる事を思ひてよめるなり。

『後撰集』の「古歌」は、「夏むし」すなわち蛍の光が、童女の着る単衣を透かしているところを、蛍の「思ひ（火）」の強さとしてあらわしている。この歌は『後撰集』では「夏」の部に入れられているが、蛍の光を恋の「思ひ（火）」の隠喩とすることは、恋歌の常套的な発想である。したがって「夏恋」という題を詠んだ寂蓮の歌は、その表出する主題・内容において、古歌とのつながりを保っている。つまりこの歌は、古歌の「心」を全く別の主題・内容へと移転しているわけではない。この意味で寂蓮は、古歌を「本歌」としていると見てもよい。為家が「必ずしも『古歌を取る』歌であるとはいえない」と述べていることは、その規定の整然性をまず示している。

但しこの古歌は、『後撰集』収録時の詞書によると、「桂のみこ」（孚子内親王、?—九五八）に「蛍を捕まえて」と頼まれたのを受けて、童女のかざみに包んで渡しながら詠んだ歌、とある。この詠歌主体に関しては種々の説があるが[14]、それを内親王の命を受けた「わらは」であるとするならば、この古歌を『後撰集』の部立が示すように、かざみを透かす蛍の光の意外な力強さを即興的な機知によって詠んだ、夏の景物詠と見なすことも充分に可能である。したがって寂蓮の歌は、夏の景物である蛍を詠んだ歌の「心」を、その詞を再利用しながら恋の「心」に詠み変えていると解することもできる。とはいえやはり、解釈しだいで古歌の「心」を変えたか否かの判断が分かれてしまうため、「古歌を取る」例としてはやや適性を欠くといわざるをえないであろう。為家が「古歌とりたる歌」の例としてこの詠歌を挙げたのは、「古歌を取る」方法においては、古歌とは明確に異なる文脈にその詞を適用しているかどうかが問題となることを、補説によって示さんとしたためであろうか。あるいは一番目に挙げた貫之詠と併せて、「古歌を取る」方法の中に「本歌を取る」方法が内在していることを、判定の困難な例を提示しながら明らかにしたとも考えられよう。

3-b 動機：「めづらし」という価値

寂蓮の歌とは異なり、恋の歌を春の歌に詠み変えていることが確実な以下の三首は、為家における「古歌とりたる歌」すなわち「詞をとりて心をかへたる」歌の代表例として位置づけられるものである。まずはその三対の例を左に挙げる。

名もしるし　峰の嵐も　雪とふる　山桜戸の　あけぼのの空

（『新勅撰集』春歌下・定家「建暦二年春、内裏に詩歌をあはせられ侍りけるに、山居春曙といへるこころをよみ侍りける」九四　『定家卿百番自歌合』春　二四）

［古歌］

あしびきの　山桜戸を　あけをきて　わがまつ君を　たれかとどむる

（『万葉集』巻第十一・正述心緒・作者不詳　二六一七）

ちる花の　忘れがたみの　峰の雲　そをだに残せ　春の山風

（『新古今集』春歌下・九条良平「千五百番歌合に」一四四　＊題「春」）

［古歌］

あかでこそ　思はん中は　はなれなめ　そをだにのちの　忘れがたみに

（『古今集』恋歌四・よみ人しらず「題しらず」七一七）

桜花　夢かうつつか　白雲の　たえてつねなき　峰の春風

（『新古今集』春歌下・藤原家隆「五十首歌たてまつりし時」一三九　＊題「春」『家隆卿百番自歌合』二七）

［古歌］

風吹けば　峰にわかるる　白雲の　たえて　つれなき　君が心か

（『古今集』恋歌二・壬生忠岑「題しらず」六〇一）

以上のような「古歌を取る」歌のいかなる要素に、為家は価値を認めているのであろうか。この問題に関して、『詠歌一体』において頻用される「めづらし」という語は示唆に富む。「めづらし」という形容詞は、愛着・思慕・賞美などの情意を語義とし、それらが引き起こされることの稀であることをもあらわすようになっていったとされる。(15) 現代語の「珍しい」のように、頻度が稀であり新奇であることを第一義とするのではなく、対象が称賛に値すること自体をまず示し、その根拠として、対象が何らかの稀少性を帯びていることを含意する。さらにその稀少性を判定する際に、普通・普段とは異なるという要素に焦点を当てることにより、意想外であってめったになく、それゆえにすばらしい、といった一連の意を内包する。

為家は歌合判詞においても、「めづらし」という語をしばしば用いている。たとえば、寛元元年（一二四三）十二月に行われた「河合社歌合」において、

興つ風　あら磯波の　いやましに　立つことやすき　さよ千鳥かな

（十八番右・九条行家　三六　＊題「千鳥」）

という歌について、為家は次のように評して勝をつけている。

たつことやすき、つねのことも、あら磯なみ千とりにてはめづらしく聞え侍れば［…］。

「立つことやすき」という詞はまず、次の古今歌を想起させる。

けふのみと　春をおもはぬ　時だにも　立つことやすき　花のかげかは
（『古今集』春歌下・巻第二巻軸・凡河内躬恒「亭子院の歌合のはるのはてのうた」一三四　『和漢朗詠集』春「三月尽」五六　『定家八代抄』春歌下「三月尽の心を」一八九　等）

「今日をもって春は終わってしまうと思わない時でさえ、心をしずめて桜の木蔭に立つことは容易でない」という、暮春を惜しむ屈曲した心を詠んだ歌である。この歌以来、「立つことやすき」という詞は、桜の木の下に立つことを詠む際に盛んに再利用されることになる。たとえば次の歌は、躬恒の歌の内容を時間的に進展させながら、「たつ」を「衣」との縁を用いて、字義どおり「容易に立つことができる」と詠んだ例である。

ちりはてて　花のかげなき　このもとに　たつことやすき　夏衣かな
（『新古今集』夏歌・慈円「更衣をよみ侍りける」一七七）

以上のような「立つことやすき」の常套的な使用の仕方、すなわち「つねのこと」に対して、九条行家（一二二三—七五）は、風によっていっそう波が荒れて立つこと、そこから千鳥が立つことを詠む。この、普通・普段とは異なる詞の使い方を、為家は「めづらし」と評価していることになる。(16)

また宝治元年（一二四七）九月の『院御歌合』における次の判詞は、とりわけ高い評価をあらわす上で「めづらし」が用いられた例である。

塩がまの　うらの煙も　絶えにけり　月みむとての　あまのしわざに
（五十三番左・後嵯峨院　一〇五　＊題「海辺月」）

左このしほがまのうらこそ、業平朝臣我がみかど六十余国の中に似たるところなしと申し侍るにも猶すぎて、めづらしくありがたきあまのしわざとみたまへ侍れ、いまのよまでいかでよみのこし侍るにか、世くだれりとはおもふべくも侍らざりけるものを、みちもかく侍らめとたのもしくも侍るかな。

古来、名所として幾度となく歌に詠まれてきた「塩竈の浦」であるが、今の世までそれについて詠まれていない「あまのしわざ」を、為家は「めづらしくありがたし」と絶賛している。もとよりこの判詞に、当時の歌壇を牽引し、この歌合を主催した後嵯峨院（一二二〇―七二）に対する、いささか誇張された讃辞が含まれていることは否定できない。しかし実際に、浦に煙が絶えた原因を、海人が月を眺めようとしたところに求めるという内容は稀少であって、ゆえに「塩竈の浦」を詠む歌として普通でなく、その意味でまさしく「めづらし」と判定して誤りはない。為家はこの歌を、『続後撰集』に入集させている。[17]

以上のような「めづらし」という要素の創出が、為家において古歌の「詞をとりて心をかへ」る上での動機になっていると考えられる。殊に三首目の家隆の詠歌について、為家は以下のように述べている。

この歌の、句のすへ所かはらぬは、恋の歌を春の歌にとりなしてめづらしきゆへに、くるしからぬ也。

古歌から詞を摂取して詠歌に用いる際に、その詞の「すへ所」、すなわち五句中の配置を古歌と変えないことは、序章で確認したように、定家の戒めるところでもあった。[18] しかし為家は、もともと恋の歌であったものを、春の歌に仕立て直している点が「めづらし」いことの方を重視している。つまり、古歌の詞を自らの詠歌に取りこみながら、一首の「心」を古歌とは全く異なるものへと変容させていること自体が、評価の対象となっている。序章で見た、古歌を再利用する際に古歌を「本歌」とし、新たな詠歌がその「心」に照応しているかどうかに評価基準を置いていた『千五百番歌合』における定家の判詞とは、対照をなしているといえよう。

また「古歌をとる事」には、以下のような主張も見える。

> 題もおなじ題の、心もおなじ心、句のすへどころもかはらで、いささか詞をそへたるは、すこしもめづらしからねば、ふるものにてこそあれ、何の見所かあるべき。

さらに、『詠歌一体』が次のような主張で結ばれていることにも着目したい。

> 歌は心をめぐらして案じ出して、わが物としつべしと申せど、さのみあたらしからむ事はあるまじければ、おなじふる事なれど、言葉のつづきなし様などの珍しくききなさるる体をはからふべし。

これらの主張をまとめると、まず為家は詠歌において、表出内容の独創性を理想としてはいるものの、つねにそれを達成することの困難さを認めている。[19] そして、すでに詠み古された内容であっても、それをあらわす詞の配列の生み出す聴覚印象において、「めづらし」という要素を志向することを促している。[20] これは、為家が「詞」の配列の意外性をもって、表出内容としての「心」の新しさに代えようとしていたことをあらわしている。為家において、この要素は「詞をとりて心をかへ」ることによって達成されるものであった。この主張の延長線上に三首の例を置いて、為家のいう「めづらし」さの内実について、さらに考察していきたい。

3-c　特質：「めづらし」の諸相

定家の歌において、「山桜戸」と「あけぼの」との縁が誕生していることにまず着目したい[21]。古歌では「開け」て待ち人を迎え入れるためのものであった「山桜戸」は、その「心」から切り離されることによって「あけぼの」に「開け」るものという属性を付加されている。他方「あけぼの」という詞は、「(山桜)戸」を「開ける」刻限という属性を獲得している。さらに定家は、散る花を吹雪に見立てる伝統的な発想をそこに添加し、古歌においては山桜の木で造った板戸を指示するものでしかなかった「山桜戸」の中から、文字どおり「山桜」を導き出している。このように、「古歌」の詞をその詠出する「心」とは別の文脈に移しかえて用いることによって、同じ詞に新しい属性や指示内容が加わるという事態が起こりうる。これが為家の考える、「詞をとりて心をかへ」ることによって生ずる「めづらし」という要素の一つの特質であろう。

定家の取った「古歌」として、為家は例示していないものの、山の名に関連して「雪とふる」「桜」を詠むという着想については、以下の歌が参照されていると考えられる。

法皇六条の御息所、かすがにまうづるときに、大和守忠房朝臣あひかたらひて、このくにのなのところを、倭歌八首よむべきよしかたらふによりて二首［ママ］おくる、于時延喜廿一年三月七日

さくらばな　ゆきとふるめり　みかさやま　いざたちよらむ　なにかくるやと

（『躬恒集』三二八）

この歌は、「三笠山」の名から落花＝雪を遮る「笠」を導き出している。それに対して、「嵐山」の名から落花＝雪を舞わせる「嵐」を導き出す定家の表現過程において、躬恒の歌は「本歌」となっているともとらえうる[22]。但

し定家の歌には「嵐山」という詞が明示的に用いられているわけではなく、「雪が降るように散る山桜」という常套的な着想のみから「三笠山」を詠んだ躬恒詠へと到達することは、鑑賞者的な視点から見て容易でなかったと推察する。実際に、定家詠の註釈にこの躬恒の歌を挙げているものは、管見の及ぶかぎりにはない。定家の歌では、主題としての「本歌の心」を言語変換した内容が〈更新〉されているとまではいえない。これは序章・附節で見たように、基点とする「古歌」によって解釈が輻輳する好例であり、多様な古歌再利用意識の交点としての新古今和歌の姿があらわれている。

ちなみに定家はこの歌を、自ら一人が撰者となった『新勅撰和歌集』、および自讃歌集である『百番自歌合』に収録している。序章において詳述した定家の「本歌取」観のとおり、その志向性が、決して「狭義の本歌取」にのみ重なるものではなかったことがうかがわれよう。中世和歌における古歌の再利用が、「定家的本歌取」と呼ばれる方法に収斂するわけではないことを示す、一つの証である。

次の九条良平（一一八四―一二四〇）の詠歌において再利用されている古歌の詞は、「そをだに」「忘れ形見」という二語である。この二語は良平の歌において、古歌の表出内容の総体としての「心」を表出していない。「別れが必然ならば、互いに飽かず想い合っているうちに、せめてそのことを忘れ形見にして別れてしまいたい」という、凄絶な恋愛感情とは全く別のところに、良平詠の「心」は生き直している。しかし二首の「心」を並置してみると、古歌の「心」とは異なる文脈の中でも、「忘れ形見」と「そをだに」とが組み合わさって記述される内容は変わらない、という事実を確認することができる。より詳しくいえば、この二語によって、何かが何かの「忘れ形見」であって、それに対して「せめてそれだけでも（～したい）」と願う、という詞の指示機能が、自律的に発動することになる。これはいわば、〈指示機能の枠〉とでも名づけるべきものである。良平はこの枠に、春歌に一般的な、散る花を惜しむ心情、および花と白雲との類似性を当てはめて、一首を構成している。それまで恋歌にしか用いられなかった、この二語が形成する詞の枠を適用することによって、散りゆく花を惜しみ、それを白雲に紛えるという常套的な春の「心」は、意外性を帯びる。それと同時に、恋の歌に用いられていた詞に春の「心」を表出する詞が組み合わされることによって、「そをだに」「忘れ形見」という既出の詞も、斬新な響きを獲得することになる。

ここで問題となるのが、『八雲御抄』「古歌をとる事」における分類項目の一つであった「心ながらとりてものをかへたる」歌との相違である。この項目に関して、順徳院は以下のように述べている。

> 心をとりて物をかふとはたとへば古今歌に「月よよし夜よしと人につげやらば」とよめるは、万葉に「わがやどの　むめさきたりと つげやらば こてふににたり ちりぬともよし」といへるをとれり。これは心も詞もかへずして梅を月にかえたる許也。かかるたぐひこれにかぎらず。

ここで「心をとりて物をかふ」例として挙げられているのは、次の古今歌である。

> 月夜よし　よよしと人に つげやらば こてふににたり またずしもあらず
> （『古今集』恋歌四・よみ人しらず「題しらず」六九二）

これと『万葉集』（巻第十六　一〇一六）に載る、春の到来も近い十二月半ばの宴に「歌儛所の諸王・臣子等」が詠んだ歌とを比較すると、「つげやらばこてふににたり」という詞が同じである上に、月夜の美しさであろうと自邸の梅の開花であろうと、それを人に告げさえすれば、その人の到来は自ずから約束される、という趣向の枠組は変わっていない。順徳院は、古今歌において変わっているのは「梅」から「月」へという「もの」、すなわち景物のみであると判断し、景物に関係なく、両首の「心」は変わっていないと解釈している。『八雲御抄』「古歌

をとる事」には、

詞をとりて風情をかへたるはよし。風情とる事は尤見苦し。

という主張も見えることから、順徳院がここで用いている「もの」という語は、一首の趣向を指す「風情」という語と対になっており、このような古歌の取り方は「いかにも見苦しい」ものであるとして斥けている。もとよりこの主張は、「月夜よし」の古今歌自体を貶めているわけではなく、批難の対象となっているのは、このような詠み方をしている同時代の歌人たちであろう。この意味で、順徳院の用いる「風情」という語は、俊頼の用いる「節」という語にも近似している。[23]

但し注意しなければならないのは、万葉歌と変わっていないと判断されている趣向の枠組みを形成しているのが、「つげやらばこてふににたり」という詞のみではなく、そこに「またずしもあらず」という詞も大きく寄与している点である。古今歌においては、万葉歌と「つげやらばこてふににたり」という詞の配置が全く同じであることが、その表出内容の類似に大きくかかわっている。同時に、詞は変わっているとはいえ、結句に置かれる「待たなくてもよい」という意は、「人の到来が約束されている」という趣向を補強するにすぎない。「つげやらばこてふににたり」という詞は、たしかに「〜を人につげたならば、私のもとに訪ねてきてください、といっているのと同じだ」という指示機能の枠として自律的に機能している。しかし「心」が同じであると判断される要素は、むしろ結句にある。したがって、変わっているのは「もの」のみであるという見解に帰着することになる。この意味で、古今歌は万葉歌を「本歌」としているといってもよい。順徳院の分類では、「古歌を取る事」の中に「本歌を取る」ことが内包されており、古歌を「本歌」とするのみでその「風情」＝「節」が全く変わっていないような歌を、「心ながらとりてものをかへたる」と表現したのではないだろうか。

これに対して良平詠では、「そをだに」「忘れ形見」という詞の指示機能の枠を、古歌とはその配置を変えて機能させながら、枠を内包すべき一首の「風情」＝「節」として、峰の雲だけでも散らさずに残してくれるよう、春の山風に呼びかけるという趣向を新たに加えることによって、結果的にその「心」は変容している。したがって、良平詠が古歌を「本歌」とするのではなく、あくまで「古歌を取る」ものであるとする解釈の妥当性が成立している。

続く家隆の歌についてまず指摘しておきたいのは、春の「心」の着想をあらわす上で用いられている、「夢かうつつか」という詞の出自である。この詞は、次の古歌から摂取されたと考えられる。

世の中は　夢かうつつか　うつつとも　夢とも知らず　ありてなければ

（『古今集』雑歌下・よみ人しらず「題しらず」九四二）

この古歌においてすでに、「夢かうつつか」「知らず」という詞によって、何ものかが「夢だったのか現実だったのか、わからない」という〈枠〉が打ち出されている。咲き誇っていたかと思えばすぐに散ってしまう夢幻のような桜の花、という着想を歌詞に変換する際、家隆はこの枠の助けを借りて、「桜花」という詞をそこに当てはめた上で、「知らず」に桜の隠喩となる「白雲」を接続している。これは定家の「名もしるし」の歌が、「山桜戸」を「開け」るという古歌の詞から、「あけぼの」へと接続した仕方と全く同様である。そして「白雲」という詞が、古歌から「たえてつれなき」という詞を手繰り寄せた後、「つれなき」を「つねなき」と微妙に変化させることによって、結句の「峰の春風」を導いている。[24] 古歌において、想い人の自分に対する態度のそっけなさの隠喩であった、峰に別れるように流れゆく白雲は、家隆詠では散ってしまった桜の隠喩となっている。このように、古歌の「心」とは関係なく、詞自体のもつ指示機能によって不可避的に形成される枠を合成することによって、散ってしまった桜、白雲、春風という常套的な春の主題は、既存の表現による期待を裏切るかたちで、すなわち「めづらしき」様相のもとで眺められる。それに加えて、詞がそこにおいて従来詠まれてきた文脈とは異なる文脈の中の詞と出会うことによって、意想外の組み合わせが生じ、その配列は意外な響きを獲得することになる。

以上のように、為家が設定する「古歌を取る」方法では、古歌の詞がその「心」とは異なる表出内容を詠むために適用されることによって、詞は新たな属性を付加され、また詞の組み合わせ自体の形成する〈枠〉が再利用されていた。その結果、幾度となく歌に詠まれてきた「心」であっても、そこに内包される趣向やそれを変換した詞の配列、ないしはその響きが、意外性を獲得していた。為家は、これらの要素を「めづらし」という語によってあらわし、そこに価値創出の可能性を見出したと考えられる。

結

本章では、藤原為家の歌論書『詠歌一体』に設定される「古歌をとる事」の内実を考察することによって、為家において「古歌取」という方法がいかなる意義をもっていたかを解明した。古歌の詞を摂取しながら、その「心」の圏域から離れた「心」に到達することを志向する「古歌取」によって、詞には新たな圏域にまつわる属性が付加されるという事態が起こっていた。また古歌の詞が自律的に構成する指示機能の〈枠〉が、古歌の「心」とは異なる心を詠むために再利用されることによって、詞の配列は表出内容においても聴覚印象においても意外性を獲得していた。この「めづらし」という要素こそ、為家の重視する価値判断の基準であり、「古歌取」

を積極的に推進した動機であったと考えられる。たとえ詠まれるのが常套的な「心」であったとしても、それを変換する詞の配列が「めづらし」ければ、一首の価値は認められる。為家が「おなじふる事」を避けようとしていないことに、注意を払いたい。「めづらし」はつねに、過去に対するずれを含みこんだ対象について用いられている。いわば「古」との差異のうちにこそ、「めづらし」という価値は宿る。「古歌取」によって創出される「めづらし」という価値の重視は、為家にかぎったものでは決してない。建長八年(一二五六)の『百首歌合』において、

これも又 誰によそへん 百敷の 人めかきほの やまぶきの花
(三百八番左・鷹司院帥 六一五)

という歌に対して、蓮性(藤原知家一一八二―一二五八)は次のような判詞を記している。

左、人めかきほのなでしこはといふ古歌の侍るを、山吹の花にとりなされたる、めづらしくをかしう侍る[…]。

蓮性が言及している「古歌」は、以下のものである。

もろただのおほんこのむすめの女御
しるらめや かきほにおふる なでしこを 君によそへぬ 時のまはなし
かへし

ももしきを 人めかきほの なでし子を 我のみならず よそへてやみる

（『村上天皇御集』九〇・九一）

古歌においては、なでしこ＝大切な子に冠されていた「人めかきほの」という詞を、山吹の花に流用したことに対して、蓮性は「めづらしくをかしう侍る」と高く評価している。ここには、古歌の詞を異文脈の中で再利用することによって生じる「めづらし」という要素の価値づけという、為家と共通する見解を看取することができる。蓮性と為家は好敵手として、歌壇においてはしばしば対立していた。しかし「めづらし」という価値の重視については、同時代の主潮として共有されていたことがうかがわれる。

とはいえ、為家自身の実践には、同時代歌人に隔絶したところがあることもたしかである。『詠歌一体』において、「常に古歌をとらむとたしなむはわろきなり」と、古歌の詞に依存しきることを戒めてはいるものの、新古今時代の実践を見れば、新しい詠歌の誕生にいかに古歌の詞が寄与していたかは明白である。為家は自らの詠歌において、新古今時代の古歌摂取を踏まえた上で、それさらに推し進めたような古歌の取り方を試みている。次章では、為家の詠歌を分析しながら、新古今時代以降の中世和歌世界において「古歌を取る」という方法がどのような展開を見せたのかを跡づけてみたい。

附　『簸河上』に見る真観の「本歌」論

『続後撰集』を単独で撰進し、『千載集』『新勅撰集』をそれぞれ撰進した俊成・定家の跡を名実ともに襲った為家であったが、歌道の家としての御子左家の歌壇における位置は、父祖の時代と比較すると決して安寧なものではなかった。定家の歿後五年、『続後撰集』完成の五年前にあたる寛元四年（一二四六）、後嵯峨院歌壇の中心歌人たちによって『春日若宮歌合』が催されたが、この成員から為家が排除されるという事態が起こった。いわゆる「反御子左家」勢力の結集である。当時の歌壇における勢力関係に関して、詳しく論じる余裕はないが、この反対勢力の中心人物として、自覚的に為家と対抗したのが、真観（一二〇三―七六）であった。真観は、定家を師と仰いで直接その指導を受けた時期もあったが、『続後撰集』に対して為家の撰集方針を批難した『難続後撰』（散佚）を著し、晩年は主に関東の武家歌壇の指導者として鎌倉で活躍した歌人である。この真観の歌論書に『簸河上』（一二六〇成立）があるが、ここには為家のものとは異質な古歌再利用意識が開陳されており、新古今時代の表現意識・方法論に関して、ほかには見られない意見もうかがわれる。したがって『簸河上』は、中世和歌世界における古歌再利用意識の変遷を見る上で刮目すべき資料であり、新古今時代以降、この表現意識・方法論が各々の歌人たちによって独自に解釈され、錯綜していった一つの端緒として位置づけられる。本節では、『簸河上』における真観の言説を素材として、錯綜する古歌再利用意識の一例を見てみたい。

『簸河上』が他の歌論書と異なるのは、新古今時代の古歌再利用意識を踏まえた上で、それを無批判的に鑽仰するのではなく、同時代に踏襲されている方法論をも含めて批判している点である。藤原公任（九六六―一〇四一）の『新撰髄脳』（一一世紀初頭成立）を引きながら、真観は次のように述べている。

> 古く人のよめる詞をふしにしたるわろしとある、これ歌の肝心なるべし。近代の歌を見れば古きまでもいはず、昨日の歌をば今日とり、今日の歌をば明日の風情とおもへり。此事一人歎けども歎くにかひなし。古歌を本文にして詠めることとあり、それはいふべからずとある、これみな昔今の姿なり。

『新撰髄脳』に、「古い時代の歌人が詠み出した詞を一首の趣向として用いるのは悪いことである」とある見解を根幹として、真観は「近代」、すなわち新古今時代をも含めた当代の歌を槍玉に挙げる。それによれば、近代の歌は古歌のみならず、同時代に詠まれた歌の詞さえも摂取して憚りがないと指摘し、このような事態を嘆いているのは自分一人のみであるという。但し「古歌を本文にして詠める」ことに関しては、昔も今も行われていることなので、『新撰髄脳』と同様に、咎めることはしない。『新撰髄脳』にいわれるところの「古歌を本文にして詠める」とは、古歌の主題・内容を詠歌の土台とする方法と理解してよい[25]。つまりそれは、古歌を「本歌とする」方法と志向性を共有している。したがって、ここで真観は、古歌からの詞の摂取という行為自体を非難しているわけではない。その主張を翻訳すると、近代歌人たちが、同時代の歌に詠まれた詞を自らの詠歌の趣向をつくるために摂取していることこそが厳しく戒められるべきであり、それはまた同時代の詠歌を「本歌」とするという事態にも当てはまる、ということになろう。これに関して、定家や家隆ら新古今歌人たちによる、同時代的な歌詞の共有という現象が思い起こされる【序・3】。真観はこの現象を正確に把握した上で、疑問視していたと考えられる。新古今歌人たちに便乗するかのように、自らの周囲の歌人たちが、同時代に詠まれた歌の詞を憚りもなく摂取していることを、真観は苦々しく思っていたのであろう。ここには、為家が「ぬしぬしある事」を設定して、それのみで一首の全容を表出しうるような詞を摂取することを戒めていたのと、共鳴する意識が読み取れる。

この箇所に続く真観の表現は、同時代の詠歌状況をあらわすものとして示唆に富む。

此頃の歌は本歌をとると思ひては本歌を取りたる後歌をとる、草創はかたく守文はたやすきに似たり。あひつくところすでに歌の孫にあたれり。かくて本歌にはへだたり、後歌をばやぶるものなり。

真観は同時代の詠歌に関して、「本歌を取っている」と自分では思っているものの、実は「本歌を取った歌」を再び「本歌」としているにすぎないと述べている。このような二重構造を持つ詠歌のことを、真観は嫌悪感をあらわにしながら「歌の孫」と表現する。それは詩的草創の祖たる「本歌」からはるかに隔たり、それを摂取することによって新たな詩的領野を切り拓いた詠歌の価値をもないがしろにするものであると見なされる。新たな創造は困難であり、それを達成した跡を辿ることはたやすいといわれるが、ここでは、古歌を「本歌」として詠まれた歌までが「草創」の範囲に含まれていることに注意したい。前述したように、真観は古歌からの詞の摂取や、古歌を「本歌」とすること自体を咎めているわけではない。それらはむしろ、詩的領野の拡張手段ととらえられている。新古今時代における古歌再利用意識の先鋭化は、もとより積極的に評価されているといえよう。これに続けて、真観の詠歌理念が表明される。

唯こひねがふところは、十餘代勅撰三十六人家集などを抜きて優なる詞をとり、深き心を学び侍るべし。

「十餘代勅撰」とは、『万葉集』を含めた、『古今集』から『新勅撰集』までの一一の勅撰集を指しているが[26]、それらの歌集や「三十六人家集」などからすぐれた詞を摂取し、そこに詠まれている深遠な「心」を「学ぶ」べきであると真観はいう。「まなぶ」が「まねぶ」と同根の語であることを指摘するまでもなく、これは先達が詠み出してきた表出内容としての「心」を踏襲し、我がものとせんとする姿勢である。「学ぶ」範囲として、「近代」の撰集である『新古今集』や『新勅撰集』が含まれ、そこには当然「近代」の歌が含まれているが、真観のいう詞の摂取や「心」の学習は、それらに収録される「古歌」を対象としたものであると考えられる[27]。以上の時代認識や批判されるべき方法を踏まえて、真観独自の「本歌を取る」方法論が展開される。

古歌の第一二句をとりて今歌の第三四句におき、又古第三四句を今の第一二句におく事先達の教へ久しくなれり。かくて上下句をちがふる事もたび重りぬれば例の事と見ゆ。又花の歌を本として紅葉の歌にあらため、雪の歌をとりては霞の歌に詠みなどしたるを見れば、題目はあらねども心詞すべて本にかはる所なし。ただ花の歌を花に、月の歌を月に本歌をはたらかさずして、しかもその心をかへて其姿をめづらしく詠まむと思ふべし。

まず、古歌の詞を摂取する際の配置に関して、『毎月抄』に「本歌の詞」の取り方として「そのやうは、詮とおぼゆる詞二つばかりにて、今の歌の上下句にわかち置くべきにや」とあったことが思い起こされる。『毎月抄』における「本歌取り侍るやう」は、古歌の「心」を表出しないままその詞を摂取する「古歌を取る」方法と、用語的に混同されていた【序・2-a】。真観の主張において、その区別はひとまず措いてよい。ここで重要なのは、古歌から詞を摂取する際の新古今時代における一手法が、すでに常套化していると見なされ、必ずしもそれにしたがう必要はないと考えられていることである。この主張には、新古今時代の古歌再利用意識を念頭に置きながらも、その方法論を改新していこうとする、次世代の表現意識を垣間見ることができる。

さらに、「花を詠んだ歌を本歌として紅葉の歌を詠み、雪を詠んだ歌を取って霞の歌を詠むなどした詠歌を見れば、『題目』があるわけではないにしても、その心と詞はすべて、本の歌と変わるところがない」と真観は考えている。古歌の「心」を変える方法に関する主張に独自の解釈が施され、『詠歌大概』や『毎月抄』とはその論点が微妙にずれていることが看取できよう。「題目」とは一義的には書物などの表題を指すが、ここではおそらく、詞書などに明示される一首の「題」のことをいっている。真観がここで問題としている「心」とは、花を紅葉に詠み変え、雪を霞に詠み変えても、両詠の表出内容のうちで同じように機能する趣向のことであると考えられる。この意味で、真観の見解は『八雲御抄』「古歌を取る事」の分類において見た、「心ながらとりてものをかへたる」あるいは「心をとりて物をかふ」方法論を受け継ぐものである。そこでは、

月夜よし　よよしと人に　つげやらば　こてふににたり　またずしもあらず

という古今歌が、「〜を人に告げさえすれば、その人の到来は約束されたも同然である」という趣向の枠組を万葉歌と共有し、変わっているのは梅から月へという「もの」すなわち景物のみであると解釈されていた。真観はこのような詠み方が、「本歌」を取った歌を再び「本歌」とするような詠み方とともに、同時代において蔓延していると認識していたのであろう。この状況を打開するために、「花を主題とした歌を取ってそのまま花を詠み、月を主題とした歌を取ってそのまま月を詠む」ことが提唱される。それは真観において、「本歌」を機能させないまま、しかもそこに詠まれる「心」を変えて、「姿」を「めづらし」く仕立てる、と把握される方法であった。
　例が挙げられていないため、真観の提唱する方法が具体的にどのような詠歌に結実するものであったかは判然としない。ここでは真観自身の実践を一例挙げて、その内実に迫ってみたい。

中務卿親王の家の歌合に
月を見ば　おなじそらとも　なぐさまで　などふるさとの　こひしかるらん
（『続古今集』羈旅歌・真観　八八三）

真観が「本歌」としているのは、おそらく次の歌であると推定される。

書写のひじりにあひにはりまのくににおはしましてあかしといふところの月をごらんじて

月かげは　たびのそらとて　かはらねど　なほみやこのみ　こひしきやなぞ

（『後拾遺集』羇旅・花山院　五二二）

花山院（九六八―一〇〇八）の歌は、「月の光は旅の途上の空にあっても変わらないのに、それでもやはり都のみが恋しく思われるのは、いったいなぜなのか」と、旅中に京を懐かしむ念をあらわす。それに対して真観は、「月を見ると、それが故郷と同じ空にかかっているのだと慰みになることもなく、なぜこのように故郷が恋しいのであろうか」と、同じく旅先での懐郷の念を詠んでいる。

旅先で月を見て懐郷の念に浸るという主題は、特に斬新なものではない。加えて、真観が詠出する懐郷の「心」は、「本歌」に重ね合わされることによっていっそう増幅されるわけでもない。そもそも真観は、「本歌」に自らの歌を重ね合わせようともしていないのであろう。これが、「本歌」を自詠において機能させないということの内実であると見られる。真観の詠出内容においては、旅先の地と故郷との間で不変なものの強調点が、「月」ではなく「空」へとずらされており、その事実を認識する契機として「月を見る」という行為が設定されている。「本歌」の推定が正しければ、このような詠み方を「心をかへて」という真観において、「心」は趣向の強調点のわずかな操作によって変化すると考えられていたことになろう。真観は、「本歌」に詠まれる「月」「そら」「こひし」という詞の配置を変えない上に、助詞や副詞の響きを微かに変化させつつ「本歌」のそれに重ね、初句の仮定形や「なぐさまで」「ふるさと」という詞を「本歌」の詞に組み合わせている。「本歌」想起の期待を逸らす、このような「本歌」摂取の仕方を、真観は「姿を珍しく詠む」と表現したのではなかろうか。

しかしこのような詠み方は、ともすれば『八雲御抄』に「風情とる事は尤見苦し」といわれるような非難に該当するものになってしまうであろう。というのも、一首全体の趣向を「心」とする『八雲御抄』の用語にしたがえば、真観詠は「心をとりて」なおかつ「物」すなわち「月」という景物を変えてもいないと解釈されうるからである。「本歌」を機能させないまま、その「心」を変えると真観はいっている。ところが景物を変えない以上、「月を見て懐郷の念を催す」という主題としての「心」は、自詠のうちに揺曳せざるをえない。このような古歌の再利用法は、『詠歌一体』「古歌をとる事」に見た為家の方法論や、その実践にあらわれている表現意識とも、全く共鳴するところがない。歌詞の同時代的な共有を廃するという点で、両者の志す方向性は一致していた。しかしここで見た真観の歌は、反御子左家歌人の実践が、いかに為家のそれとかけ離れていたかを示す、一つの証となりえよう。しかもこの歌は、真観自身も撰者の一人に加えられた『続古今集』に入集した歌である。したがってそれは、同時代の評価を得ていたか、少なくとも真観自身にとっては自讃の歌であったと考えてよい。古歌再利用意識が、為家の同時代において歌人たちに共有されるものではなくなり、各々の解釈にもとづいて錯綜の一途をたどりつつあったことは、想像に難くない。[28]

註

（1）岩佐美代子『藤原為家勅撰集詠　詠歌一躰　新注』（青簡舎、二〇一〇）三五二頁。強調は筆者による。
（2）『藤平春男著作集　第二巻　新古今とその前後』（笠間書院、一九九七）第一章・Ⅱ・三「本歌取」一三一頁。
（3）本歌の選定は、岩佐、註（1）前掲書、および『新編国歌大観』による。
（4）和歌および評詞本文に関しては『新編国歌大観』「宗尊親王三百首」に依拠し、『新日本古典文学大系　四六　中世和歌集　鎌倉篇』（岩波書店、一九九一）所収『文応三百首』を併せて参照しながら、適宜改めた。本歌の選定については、後者の注釈を参照した。
（5）『小学館　古語大辞典』（小学館、一九八三）。
（6）『俊頼髄脳』には、

歌を詠むに、古き歌に詠み似せつればわろきを、いまの歌詠みましつれば、あしからずとぞうけたまはる。

と述べられており、「古き歌」に対して「詠みまし」た歌の例が、当該古歌とともに八対挙げられている。そのうち、『万葉集』の歌を「詠みまし」た例として、

思ひつつ ぬればや 人の 見えつらむ 夢 としりせば さめざらましを
（『古今集』恋歌二・小野小町　五五二）

思ひつつ ぬればや かもと ぬまたまの 一夜もおちず 夢 にし見ゆる
（『万葉集』巻第十五・中臣宅守　三七六〇）

がある。小野小町の歌は、「思ひつつぬればや」「夢」という詞を摂取すると同時に、「愛する人を想いながら眠りに就けば、夢でその人に逢えるかもしれない」という万葉歌の主題・内容の上に立っている。そしてさらに、逢瀬を遂げられたものの、それが夢とは気づかずに、目を覚ましてしまった後の虚無感が詠み加えられる。小町の歌は、まさに序章で見た「古歌を本歌とする」詠み方による。それが「詠み似せ」るのでなく「詠みます」という語によって把握されているところに、すでに古歌再利用による「心」の重層表現についての自覚がうかがわれる。

（7）佐佐木信綱編『日本歌学大系　第一巻』（風間書房、一九七四）所収『奥義抄』二四七頁。なお渡部泰明は、この項目を立てた清輔が、『古歌』の作者の言葉の巡らし方を我が身のものとする、という方法」を「証歌」から学ぶべきであると考えていたのではないか、と推測している。「言葉の巡らし方」とは「単なる言葉の使用法ではなく、特定の状況における自分と事物との関係のつけ方、言うなれば作者としての身の処し方を含んだ言葉の発し方のこと」であり、渡部はその意味でこれを「演じ方」と呼んでいる。但し渡部は、清輔が見出そうとした、作者としてのあるべき姿についての指針と方法としての「盗」は、好奇心が優先された結果、方法として煮つめられずに終わったと把握しており、俊成や定家らの「本歌取」が立ち上がってくるのは、こうした背景からであったと結論づけている。渡部泰明「藤原清輔の「本歌取り」意識―『奥義抄』「盗古歌証歌」をめぐって―」『国語と国文学』第七二巻・第五号（至文堂、一九九五・五）八八頁および九四頁。

（8）『新編日本古典文学全集　八七　歌論集』巻末付録「歌論用語」解説、六二七頁。

（9）片桐洋一・八雲御抄研究会『八雲御抄　伝伏見院本』（和泉書院、二〇〇五）解題、二〇九―一〇頁。

（10）「しづくににごる山の井のといへるは、人丸がむすぶてのいしまをせばみおくやまのいはがきしみづあかずもあるかなといふ歌をとれり」。

（11）『拾遺集』雑恋　一二二八。詞書は「しがの山ごえにて、女の山の井にてあらひむすびてのむを見て」。なおこの歌は、貫之撰『新撰和歌』においては「別旅」、『古今和歌六帖』においては「やまの井」にそれぞれ収録されている。

（12）順徳院・為家の当時から時代は下るが、この歌は『新千載集』において「夏歌」の中に収録されている（「題しらず」三〇一）。

（13）『新編国歌大観』所収『広田社歌合』廿三番左に対する判詞。

（14）片桐洋一は、蛍をかざみのうちに捕まえる「わらは」に関して、かざみは童女が衵《あこめ》の上に着るものであることを指摘しながら、この歌を「桂の皇女の許に来た（よみ人知らずの）ある男性が、女の童のかざみを借りてそれに包んで」詠んだものであると解釈している。また『後撰集』二荒山本は、「かつらのみこの、ほたるをとらへてといひはべりければ、わらはのかのみやをおもひかけたるが、かざみのそでにつつみて」という詞書をもち、男の童が内親王に贈った歌となっている。一方で『大和物語』四〇段では、内親王に仕えていた女の童が、内親王のもとに通って来た式部卿敦慶親王に思いを寄せて詠んだ歌とある。以上、『新日本古典文学大系　六　後撰和歌集』（岩波書店、一九九〇）六五頁。いずれも、女童が自らのかざみの袖に捕まえた蛍を、内親王に捧げながら詠んだ歌であるという、もっとも単純な解釈をとっていない。

（15）『角川古語大辞典第五巻』（角川書店、一九九九）、および註（5）前掲『小学館　古語大辞典』の「めづらし」の項を参照。また山口直子は、『万葉集』および記紀における「めづ」「めづらし」の用例を検討している。それによれば、「めづ」とは、自分とは決定的に異なるものを見出し、それをこちら側に引き寄せ、融和させようとする行為であり、形容詞「めづらし」になると、源にある「異界性に対する憧れ」という意よりも、自分とは隔たったところにある素晴らしいものに対する敬意という要素が強調され、自然や人に対する讃美表現として多く用いられるようになっていったと結論づけている。山口直子『「めづらし」考―動詞「めづ」との関係から―』『フェリス女学院大学日文大学院紀要』第一一号（二〇〇四・三）。

(16) 但し、「あら磯波」に「立つ」「千鳥」については、行家の歌と同じ「千鳥」の題を詠んだ、以下の先例がある。

いはこゆる　あら磯なみに　たつ千どり　心ならでや　うらづたふらん

（『千載集』冬歌・道因法師「千鳥をよめる」四二六）

「立つことやすき」を鑑賞の基点とすれば、その使い方が普通と違うという点で評価に値する。ところが「千鳥」に主眼を置けば、その心は道因の歌の心を出ていない。行家の歌が勅撰集に採録されなかった理由は、道因の歌との類似に求められる。

(17) 為家はこの歌を含む三首の後嵯峨院詠に対して、絶賛を示す「めづらし」を用いている。それらの歌はすべて『続後撰集』に採録されている。

(18) 鴨長明の『無名抄』には、以下のような挿話が載る。正治二年（一二〇〇）九月の院当座歌合において、「暁更聞鹿」という題で長明自身が詠んだ歌、

今来むと　つまやちぎりし　長月の　有明の月に　を鹿鳴くなり

は、判者俊成によって勝が付けられた。しかし定家はその場で、以下のように難じたという。

かの素性が歌に二句こそは変りて侍れ、かやうに多く似たる歌はその句を置きかへて、上の句を下になしなどつくり改めるこそよけれ。これはただもとの置きどころにて、胸の句と結び句とばかり変れるは難とすべし。

自らの歌が勝とされたにもかかわらず、思わぬ批難を浴びたため、長明は定家のこの発言を克明に記憶していたのであろう。長明の歌は、『古今集』の名歌

今こむと　いひしばかりに　長月の　ありあけの月を　まちいでつるかな

（『古今集』恋歌四・素性法師「題しらず」六九一）

から、「今こむと」「長月のありあけの月」という詞を取っているが、このように多くの詞を古歌から摂取する場

合、それらの配置を変えて、古歌に似すぎないよう工夫しなければならない、と定家は述べている。このような見解は、『近代秀歌』において、

たとへば、五七五の七五の字をさながら置き、七々の字を同じく続けつれば、新しき歌に聞きなされぬところぞ侍る。

と、古歌の詞の配置を変えずに自らの詠歌に取り用いると、「新しい歌に聞えない」ために、これを戒めている箇所に踏襲されていた。

（19）同様の主張は、『八雲御抄』「古歌をとる事」にも見られる。順徳院は、「すべて末代の人、いまは歌のことばもよみつくし、さのみあたらしくよきことはありがた」いと述べている。趣向や歌詞は、すでに先人たちによって詠み尽くされてしまったという認識と、その上に立って独創性を達成する困難さの自覚は、早く『俊頼髄脳』にも「詠みのこしたる節もなく、つづけもらせる詞もみえず。いかにしてかは、末の世の人の、めづらしき様にもとりなすべき」とあり、中世和歌世界に通底する和歌観であったといってよい。まして新古今時代を経た順徳院や為家の世代にとって、この自覚には痛切なものがあったであろう。この認識にもとづいて、今の歌人に対して「めづらしき様」を志向することを提唱する俊頼の表現意識は、為家のそれと共鳴している。

（20）岩佐『藤原為家勅撰集詠　詠歌一躰　新注』では、当該箇所は次のようになっているところを、『日本歌学大系第五巻』所収『八雲口伝』によって改めた。

歌はめづらしく案じ出だして、わが物と持つべしと申す也。さのみあたらしからむ事はあるまじければ、おなじふる事なれども、こと葉つづき、しなし様などを、珍しくききなさるる体を斗らふべし。

「めづらしく」案出して、自らの表現としてもつべきであるという主張は、「珍しくききなさるる体を斗らふべし」という結論と矛盾しない。「しなし様」について、岩佐は「仕立て方」と解釈しているが、詞の配列と「仕立て方」とは同趣旨のことであると考えられるため、ここでは詞の「つづきなし様」と、一語に連ねた本文をとる。なお、岩佐『新注』は『冷泉家時雨亭叢書　第六巻　続後撰和歌集　為家歌学』（朝日新聞社、一九九四）所収の冷泉為秀筆本を、『歌学大系』は二条為氏奥書本をそれぞれ底本としている。

(21)「山桜戸のあけぼのの空」という詞の配列は、飛鳥井雅経(一一七〇—一二二一)の詠歌に以下の先例がある。
　　春風に　ありかをとへば　足引の　山さくら戸の　あけぼのの空
(『明日香井集』「春日社百首」「春」五四〇)
但しこの詠歌は、雅経が個人的に寺社に奉納した百首歌中の一首であるため、定家が雅経の歌を参照しえた可能性は低い。したがって「山桜戸のあけぼのの空」は、建暦二年(一二一二)の詩歌合の段階で、定家自身によって詠み出だされたと考えたい。

(22)久保田淳はこの定家の歌について、「場所を嵐山の山居に設定することによって、強く烈しい動きのある美を表現し得ている秀歌であると考える」と述べている。久保田淳「藤原為家の和歌」『中世和歌史の研究』(明治書院、一九九三)七一六頁。

(23)『俊頼髄脳』では、理想的な詠歌に関して、以下のようにいわれている。
　おほかた、歌の良しといふは、心をさきとして、珍しき節をもとめ、詞をかざり詠むべきなり。

ここでの「心」とは、歌詞に変換すべき主題、および着想を指すと考えられる。表出内容の良し悪しにかかわるのは、その着想を具現する「珍しき節」、すなわち意想外の趣向である。ある景物の魅力を人に伝えさえすれば、その人の到来は約束されたようなものであるという「節」は、古今歌においてすでに意表をつく類のものではない。さらに俊頼の用語にしたがえば、古今歌は「古き歌」に対して「詠みまし」たものでもない。これらの要素に鑑みて、「月夜よし」の古今歌を古歌の摂取という観点から見た場合、その価値は認められなかったと考えられる。

(24)家隆の私家集『壬二集』、および自撰の『百番自歌合』において、第四句は古歌と同じ「たえてつれなき」のままであるが、結句「峰の春風」に接続する上では「つれなき」でも特に問題はない。ところで、序章に見た家隆の歌「思ふどちそことも知らず行暮ぬ花のやどかせ野べのうぐひす」の第二句は、その出典である『六百番歌合』においては、「本歌」と同じ「そこともいはず」であった。この詞を含めて判者俊成による批難の対象になったためか、『新古今集』入集の際には「そこともしらず」に改変されている。ここには「たえてつれなき」を『新古今集』において「たえてつねなき」に改変したのと同様の意識が垣間見られる。

(25) 佐藤恒雄は、『新撰髄脳』のこの箇所を「古歌に規範性を持たせて尊重し、漢籍の典拠に準じて詠歌の拠り所とする方法」と解釈し、これが院政期以降の「本歌（取）」につながっていくと述べている。佐藤恒雄『古代中世詩歌論考』（笠間書院、二〇一三）第二章・第一節「本文・本歌（取）・本説―用語の履歴」一三六頁。

(26) 早くより定着していた「三代集」（『古今集』『後撰集』『拾遺集』）とは別に、院政期から鎌倉初期にかけて、「五代集」という勅撰集史の把握が生成し、定着する。これは『万葉集』をはじめとして、『古今集』以降、『後拾遺集』までの平安朝の四勅撰集を加えた五集をいう。『万葉集』が王朝和歌の領域に引き入れられ、しかも勅撰集と見なされている点、勅撰集史を基軸に、古典和歌の範囲と、撰集やテクストの領分が時代枠として想定されている点で注意される。川平ひとし『中世和歌論』（笠間書院、二〇〇三）六一頁。

(27) 定家の『詠歌大概』には、「古歌を取る」に際し、詞を摂取してよい時代的な範囲として「三代集の先達の用ゆる所を出づべからず。新古今の古人の歌は同じくこれを用ゆべし」とある。真観の主張は、この箇所に則っていると考えることもできる。また『詠歌大概』においては「常に古歌の景気を観念して心に染む」ことが推奨され、具体的な学習素材として「殊に見習ふべきは、古今・伊勢物語・後撰・拾遺・三十六人集の中の殊に上手の歌、心に懸くべし（人麿・貫之・忠岑・伊勢・小町等の類）」が挙げられている。

(28) 但し『簸河上』において題詠法について述べる箇所に、

仮令鶯声稀など申さむ題に、ささへてまれなりなどは詠むべからざるにや、念なかるべし。［…］まれなる事をよめらむ古き歌を本文として其心をとりて詠みたらむ、いといみじかるべし。又年に稀なるなどいふ古き詞をとりたらむは、ささへたりとも是は古くよみきたれる詞にてとがとも聞えざるべし。

と、「鶯の声稀なり」という題を詠む際に、何ものかが「稀」であるような古歌を「本文」として詠むのは大切なことだと述べている。ここでいわれる古歌を「本文」とするとは、「稀」という趣向を形成する指示機能の枠を再利用することを指していると考えられるため、古歌を「本歌」とすることではなく、むしろ為家の設定する「古歌を取る」方法論に共鳴している。「鶯」と「年に稀なる」をともに詠んだ古歌は見つからず、「年に稀なる」と

いう詞は

さくらの花のさかりに、ひさしくとはざりける人のきたりける時によみける

あだなりと なにこそたてれ 桜花 年にまれなる 人もまちけり

（『古今集』春歌上・よみ人しらず 六二）

のように、桜花とともに詠まれるのが通例である。これを「鶯の声」に適用することを推奨する真観と、為家の「古歌を取る」方法論は、ここではやはり近いといえよう。このように『簸河上』において真観が用いる用語には一貫性があるとはいいがたく、それらの規定する内容にはつねに注意が必要である。

第二章　藤原為家の和歌と〈擬古典主義〉

序

『詠歌一体』の中で「古歌をとる事」という項目を立て、新古今時代の詠歌を例に挙げながら、為家は「詞をとりて心をかへ」ることによって達成可能な、「めづらし」という価値基準を満たす方法論を提起して見せた。では為家自身、実践においてどのように古歌を再利用していたのであろうか。

佐藤恒雄の集計によると、為家はその生涯に六千首余りの詠歌を遺している。[1] その膨大な実践例のうち、どの詠歌について分析するかという対象の選び方に関して、ここでは為家の自讃歌と見られるものを中心とすることとした。[2] 為家自讃の歌と確実に見なすことができるのは、『続後撰和歌集』入集歌十一首と、晩年の自撰歌集である『中院詠草』に載る詠歌百六十七首であるが、ここでは主に、前者を素材として考察を進めることとする。

『続後撰集』は、定家が単独で撰進した『新勅撰和歌集』（一二三五成立）に続く、第十番目の勅撰和歌集である。後嵯峨院の院宣を受けた為家が、一人撰者となって編纂し、建長三年（一二五一）に完成した。したがって自身によって収録された為家の歌から、その理想とする「古歌とりたる歌」あるいはその方法論を中心に据えた古歌再利用意識を帰納することが可能である。また本章では、定家が価値を認めた為家の歌を見るという動機のもとで、『新勅撰集』に載る為家詠も一首挙げて分析を加える。

1　為家の和歌

1-a　聴覚印象の操作

洞院摂政家百首歌に、花

明けわたる　外山のさくら　夜のほどに　花さきぬらし　かかる白雲

（『続後撰集』春歌中　六八）

この詠歌は、『洞院摂政家百首』（一二三二）において詠まれたものであり、『続後撰集』に撰者の詠歌として初登場させたことからも推測できるように、為家の自信作と見られる。題「花」に対して、「明けてゆく里山の桜は、夜のうちに花開いたらしい、まるで白雲がかかっているようだ」と、一夜のうちに開花した里山の初花を遠望した感動をあらわしている。一見すると奇を衒わぬなだらかな詠みぶりであるが、用いられている詞の出自を追うと、その輻輳した表現過程が露わになる。

「明けわたる外山のさくら」は、『正治初度百首』（一二〇〇）に次のような先例がある。

明けわたる 外山の桜 見わたせば 雲ともわかず 霞ともなし
（『正治初度百首』「春」・宜秋門院丹後 二一一四）

為家の歌は、「夜が明けてゆく里山の桜を見わたすと、それは雲とも霞とも見分けがつかない」という丹後の歌と、情景の置かれる時間・空間および景物のすべてにおいて共通している。当然ながら、為家が丹後とは全く異なる「心」を詠んでいると考えることはできない。古歌の「詞をとりて心をかへ」ることに価値創出の可能性を見出していた為家は、なぜこの丹後の歌から詞を摂取したのであろうか。この問題に関して示唆を与えてくれるのが、前章において考察した「おなじふる事なれど、言葉のつづきなし様などの珍しくききなさるる体をはからふべし」という主張である。さらに「歌のすがたの事」という項目に見える、次のような主張も参考になる。

おなじ風情なれどわろくつづけつれば、あはれ、よかりぬべき材木を、あたら事かなと難ぜらるる也。されば案ぜむをり、上句を下になし、下句を上になして、ことがらを見るべし。上手といふはおなじ事をききよくつづけなす也。

桜の花と白雲とが互いの隠喩となることは、和歌世界の常識である。この意味で、夜明けの里山の桜を雲霞に見紛えるという丹後詠の「風情」は、全く斬新なものではない。それは為家の歌とて同様である。(3) つまりこの両首は、為家の用語でいえば「おなじふる事」「おなじ風情」「おなじ事」を詠んでいると見なすことができる。それにもかかわらず為家は、自身の歌を『続後撰集』に入集させた。自分はたしかに、丹後の歌と類似する常套的な「風情」を詠んでいる。しかし、それをあらわす詞の聴覚的な印象の点で、より「ききよく」配列することができている。それゆえに、詞の配列において「めづらし」という価値が生じているという意味で、自らの歌は丹後の歌に勝っているという優越意識が、為家の念頭にあったのではなかろうか。
このことに関連して、「歌のすがたの事」には、「すこしの事ゆへ歌のすがたのはるかにかはりてきこゆるもあり」と述べた後に、以下の二首の価値を比較する箇所がある。

日もくれぬ　人も帰りぬ　やまざとは　みねのあらしの　をとばかりして
（『後拾遺集』雑五・源頼実「山庄にまかりて日くれにければ」一一四五）

日くるれば　あふ人もなし　まさ木ちる　みねのあらしの　をとばかりして
（『新古今集』冬歌・源俊頼「深山落葉といへる心を」五五七）

為家は後者の俊頼の歌について「上手のしわざにて、いますこしゆうゆうときこゆ」と評価している。(4)　源頼実（一〇一五―四四）の歌にも、「よき歌とてこそ後拾遺には入りたるらめど」と、一応の価値は認めながらも、「なをまさ木のかづらは心ひくすぢにて侍るにや」と、俊頼詠の第三句「まさ木ちる」を、魅力的な趣向であると判断している。二首ともにほぼ同じ詞遣いで「日が暮れて、あたりには誰もおらず、ただ峰の嵐の音ばかりが聞こえてくる」という情景を詠んでいる。しかしその中に、吹きすさぶ嵐に柾木葛が散っているという趣向を一筋添えることによって、一首全体の印象がはるかによくなり、響きの面でもなごやかでのびのびと聴こえる、という為家の見解である。この価値判断があらわしているように、為家の表現意識の中には、古歌を分解した詞を聴覚的に「ききよく」配列し直すことによって、詠出内容としての「心」が表出する情感を操作することが可能であるという確信があった。『俊頼髄脳』には、歌を詠むに、古き歌に詠み似せつればわろきを、いまの歌詠みましつれば、あしからずとぞうけたまはる。

という、古歌を再利用する方法論の萌芽が見えることはすでに触れた。為家の方法論は、古歌に対して「詠みます」という俊頼のそれを発展させたものであると見ることもできよう。

次に指摘したいのは、「明けわたる外山のさくら」という詞を再利用する際に為家がもっていた価値判断の根拠が、「夜のほどに」「花さきぬらし」「かかる白雲」という詞のすべてに適用できるという点である。これらすべての詞には、「心」の次元での親縁性を保つ、独立した先例を指摘することができる。それぞれ、次に挙げる三首である。

よのほどに さきやしぬらん とこなつの はなのさかりは いこそねられね
（『道済集』「夜思瞿麦」二一四）

三よし野の 花さきぬらし こぞもさぞ みねにはかけし やへのしら雲
（『中宮亮重家朝臣家歌合』十四番右（勝）「花」・俊恵 二八 『林葉和歌集』春歌 一〇八）

おしなべて 花のさかりに 成りにけり 山のはごとに かかるしら雲
（西行『御裳裾河歌合』三番右（勝）五 『千載集』春歌上「花歌とてよめる」六九）

もちろん為家が、これらの先行歌の詞を「わろくつづけ」られていると考えていたとまではいえない。しかし、すべての歌と比較しても、自らの歌の詞の配列が決して劣らないと自負していたからこそ、『続後撰集』に撰び入れたのであろう。

為家の歌はたしかに、「夜のほどに」という詞によって、夜が明けてゆく経過の中で白雲のようにたちあらわれる桜を、しかもそれが開花の直後であることを「花さきぬらし」という詞によって示している。また「かかる白雲」という詞で、夜のうちに一斉に開花した桜が眼前に広がっているという景色をあらわしている。以上の点で、どの先行歌にも詠まれていない動的な情景と、それに伴う感動を詠むことに成功している。つまり為家は、複数の古歌から詞を摂取してくることによって、特定の古歌の「心」が表出されないような状態を、逆説的に現出させていると考えられる。

『毎月抄』には、「その歌を取れるよと聞ゆるやうによみなすべきにて候」という主張が見える。そのためには、古歌から「詮とおぼゆる詞」、すなわちその古歌の中で要となっている、特徴的な詞を選別しなければならないといわれる。そして、

あまりにかすかに取りてその歌にてよめるよとも見えざらむ、何の詮か侍るべきなれば、宜しくこれらは心得て取るべきにこそ。

と、どの歌から詞を摂取したかが鑑賞者にわからないようでは、古歌から詞を摂取する意義がないことが注意される。これと同様の注意は、『無名抄』「古歌を取る事」にも見える。長明は古歌から摂取した詞を一首の「かざり」として用いるべきだと述べており、その詞は「いかにもあらはに取る」べきであるとされていた。これらの主張に対して、為家は詞の摂取に際して、古歌の中で「詮」とはいえない詞を、周到に選別しているように見える。このような詞の性質こそ、為家の歌が特定の古歌と結びつかないことを可能にする要因であると考えられよう。

それぞれの古歌と一対一の関係で見る時、主題としての「心」を共有しているという意味で、為家がその古歌を「本歌」としているという解釈は成り立つ。しかし結果として、特定の古歌の総体的な内容としての「心」が表出されてこない以上、鑑賞者の視点から見て本歌を取っているとは判断できないようになっている。この意味で、「明けわたる」詠における為家の方法は、多数の先行歌を同時に「本歌」としながら、摂取した詞を「古歌を取る」意識をもって配列するものともいえるのではないだろうか。このような前提のもとで古歌の詞を再構成することは、「詞をとりて心をかへ」る方法を、一段階先へ推し進めているといえよう。

1-b 「風情」の更新

夏の歌の中に

天の川　遠きわたりに　なりにけり　交野のみ野の　五月雨のころ

（『続後撰集』夏歌　二〇七）

先に見た「明けわたる外山のさくら夜のほどに花さきぬらしかかる白雲」と同じく、『洞院摂政家百首』で詠まれた歌であり、そこでは「夏」の歌、「五月雨五首」のうちの一首である。まず「天の川」「遠きわたりに」という詞から、直ちに次の古歌が想起される。

天の川　遠きわたりに　あらねども　君がふなでは　年にこそまて

（『拾遺集』秋・柿本人麿「題しらず」一四四　『和漢朗詠集』秋「七夕」二一八）[5]

「天の川は幅の広い渡瀬というわけではないが、あなたが私のもとを訪れてくれる船出は、年に一度しかなくて待ち遠しい」という意の人麿詠は、七夕に関連する秋の歌であり、蒼穹の天の川を舞台として、織女星の立場に立った心情を詠んでいる。他方、為家の歌において、「交野のみ野」、すなわち現在の大阪府交野市・枚方市に位置していた禁裏の御狩場へと、その場面は転換する。そこを流れる現実世界の「天の川」が、五月雨によって増水し、対岸まで遠い渡瀬となってしまったことを、為家は詠む。この歌は一見、人麿の歌に詠まれた「心」を表出しているように見える。ところが、「天の川」が実の地名であり、それが五月雨によって「遠き渡り」になってしまったという夏の情景が詠まれているところから、織女の悲哀との連関は、拭い去られていると見てよい。この意味で、為家が人麿の歌を「本歌」としているということはできない。一首の「心」を構成していく上で、特定の古歌の「心」の表出を周到に払拭するという為家の方法が、この詠においてもとられている。それは、摂取した詞が特定の古歌への想起を明確に導く場合であっても、同様である。

「交野のみ野」という詞から、特定の古歌を想起することはできない。この地は古来、歌枕として著名であり、禁野という性格上、「狩り」に関連づけて詠まれることが多い。とりわけ、厳しい冬の寒さの中で行われる狩猟にまつわる、荒涼とした情景が好んで詠まれた。その中でも、為家の時代にもっとも人口に膾炙《かいしゃ》していたと考えられるのは、それが収録される歌集・歌論書の多さに鑑みて、次の歌であった。

あられふる かた野のみのの かりころも ぬれぬやどかす 人しなければ

（『金葉集』三奏本・冬・藤原長能「雪中鷹狩をよめる」二九五 『詞花集』冬部「鷹狩をよめる」一五二 『定家八代抄』冬歌「鷹狩の心をよめる」五二八 等）

この藤原長能（生歿年未詳）の歌のように、「交野のみ野」は冬の景物とともに詠まれるのが通例となっていた。

そうした傾向に対して、「狩り」を「桜狩り」へと転じ、「交野のみ野」をはじめて春の情景の中に詠みこんだのが、為家の祖父俊成であった。

　またやみむ　かたののみのの　桜がり　花の雪ちる　春のあけぼの

　（『新古今集』春歌下・俊成「摂政太政大臣家に、五首歌よみ侍りけるに」一一四『定家八代抄』春歌下　一四〇）

他方、為家は「交野のみ野」を、霰が降るのでも桜花の雪が散るのでもなく、「五月雨」の降りしきる場として設定した。より詳しくいえば、為家はまず「交野のみ野」を何ものかが「降ってくる」場としてとらえ、それまで詠まれてこなかった「五月雨」をもってその性質を拡充している。「交野のみ野」を詠んだ古歌を基点として考えれば、為家はその地名を再利用しながら、そこに新たな属性を付加していると解することができる。

「五月雨」によって「天の川」が増水するという趣向＝「風情」は、新古今時代から多用されるようになった。たとえば、定家は次のように詠んでいる。

　あまの河　やそせもしらぬ　さみだれに　おもふもふかき　雲のみをかな

　（『千五百番歌合』夏二・四百三十二番右・定家　八六三）

また「五月雨のころ」という詞は『古今集』時代より数多く詠まれてきたが、それを「天の川」とともに詠んだ例も、新古今時代を待ってはじめて登場する。

久方の あまの川水 まさるらし 雲さへにごる 五月雨の比

（『正治後度百首』「五月雨」長明 六二一）

いずれも為家の念頭にあった、あるいは少なくとも閲覧した経験のあった歌だと考えられる。この二首、特に長明の詠歌に対しても、先述した「古歌取」と「本歌取」との融合とでも呼ぶべき方法が当てはまる。「風情」の反復は問題とならない。重要なのは、それをいかに「ききよく」「めづらしき」詞の配列によってあらわすかである。為家は、万葉集以来『拾遺集』を経てひろく知られた「天の川遠きわたりにあらねども……」の歌から、初句・第二句と配置を変えず大胆に摂取することによって、それを想起させつつも、期待される表出内容を「交野のみ野」という歌枕によって逸らしている。期待の醸成と、その意図的な裏切りによって、ここでも「めづらし」という価値が生じている。さらに「交野のみ野」に降る「五月雨」という新たな属性の拡充を通じて、「五月雨」による「天の川」の増水という「風情」を、それまでになかった詞の配列によってあらわしている。(6) 先行する使用例のあるそれらの詞は、他の詞と新たに出会い、絡み合いながら、各々の属性をひろげている。この事態を、詞の配列がつくり出す「風情」の側から見れば、一首を構成する種々の「風情」は、為家の歌において〈更新〉されている。このような「風情」の更新は、「本歌取」による「心」の更新とは異なる〈新しさ〉への回路といえよう。それを可能にしているのは、やはり複数の先行歌からそれぞれの歌の「心」が表出されないように詞を摂取して、それらを再構成するという方法であり、意想外の聴覚的な印象への志向性であった。

1-c　古歌の分解と再構成

おとたてて　いまはたふきぬ　わがやどの　をぎのうはばの　秋のはつ風

（『新勅撰集』秋歌上「題しらず」一九八）

題が不明であるため、詠作の背景が判然としないが、かえってそのことが、為家の複雑な詠歌過程を際立たせている。着想は、荻の葉に吹く風が立てる音によって秋の到来を知るという、初秋を詠む歌において常套的なものである。しかし例によって、その着想を変換する歌詞には、多数の使用履歴がある。

まず「荻の上葉」と「秋の初風」は、次の歌から摂取されていると見られる。

あさぼらけ　荻のうはばの　露みれば　ややはださむし　秋の初かぜ

（『新古今集』秋歌上・曾禰好忠「題しらず」三一一）

曾禰好忠（九二三頃―一〇〇三以降）の家集『好忠集』には、この歌について「はじめの秋　七月」という詞書がある。好忠の歌において、「荻の上葉」は「露」と結びついている。早朝、その露が風に吹かれて乱れるのを眺めたことが、思いがけない肌寒さという身体感覚を導き、秋の到来を知る、という「風情」である。初秋という主題を詠むという共通点はあるものの、為家は好忠詠の「風情」を再利用していない。次に、「音」「いまはた」「ふき」「荻」「風」という断片的な詞から、次の古歌が発見される。

ゆふぐれは　荻吹く風の　おとまさる　いまはたいかに　ねざめせられむ

(『新古今集』秋歌上・具平親王「題しらず」三〇三)

具平親王(九六四―一〇〇九)の歌の「風情」は、夕暮の風に吹かれていや増す荻の葉音を、就寝時に思い起こして、「今はまたいっそう」目が覚まされる、というものである。古歌の「風情」はここでも、為家の歌に一切影を落としていない。「我が宿」の「荻」と初秋の「風」が「吹く」という詞は、次の古歌と共有されている。

あききぬと ききつるからに わがやどの 荻のはかぜの 吹きかはるらん

(『千載集』秋歌上・巻第四巻頭・侍従乳母「秋たつ日よみ侍りける」二二六)

侍従乳母(生歿年未詳)は、「秋が来たと聞いたからこそ、自邸の荻に吹く風の音が変わったのだろうか」と詠む。荻の葉に吹く風の音の変化を聞いて、秋の訪れを自覚するという一般的な「風情」を、いわば知性によって裏返した歌である。為家の歌の「風情」は、その一般性を超え出ていないため、侍従乳母の歌をとりわけて着想の拠りどころとしていたということはできない。ここでも、為家にとっては、初秋の「心」を同じ「風情」によってあらわす際、その詞の配列が「めづらし」く聞きなされるかどうかという点こそが重視されていたと考えられる。三句目から四句目にかけて、侍従乳母詠と同じ「わがやどのをぎの」と配置したところから、為家詠の鑑賞者は、『千載集』巻第四・秋歌上の巻頭を飾るこの歌を、直ちに想起できたと考えるのが自然である。しかし為家の歌に揺曳している複数の古歌の詞の響きが、鑑賞者をある特定の一首との親和へと導くことを阻んでいる。下句「荻の上葉の秋の初風」は、『仙洞句題五十首』(一二〇一)における慈円(一一五五―一二二五)の次の歌が、為家の歌に先行する唯一の使用例である。

いかにせむと 思ひはてぬる 我が恋は 荻のうはばの 秋の初かぜ
（『仙洞句題五十首』「寄草恋」慈円 二六〇）

この「荻の上葉の秋の初風」は、募る想いをもてあましつつ、いったんは諦めたものの、自らの恋が結局は音を立ててしまう、すなわち諦めきれないものであることを暗示している。為家がこの歌を参照していたと仮定しても、その詞の摂取の仕方が「古歌取」のマナーにしたがっていることはいうまでもない。つまり為家の組み合わせた「荻の上葉の秋の初風」は、勅撰集にはじめて採録された詞の配列という名誉を獲得している。

この為家詠を『新勅撰集』に入集させた定家の念頭には、ここで挙げたすべての古歌に勝る、詞の配列の巧みさへの評価があったのではなかろうか。以上のような為家の古歌再利用法は、斬新な詞の響きの詠出を動機として、複数の古歌から詞の抽出し、それらを特定の古歌の「心」が表出されないように周到に再構成することであると結論づけることができる。

1－d　為家の歌詞観

為家の志向する「古歌取」からは、主題・内容を一変させながら古歌の詞を再利用するという特徴を確認することができた。それを推し進めた為家自身の実践においては、複数の古歌から詞を抽出し、それらを再構成することによって、常套的な「心」に「めづらし」さを賦与することが希求されていた。そのいずれにおいても、摂取された詞が、古歌の「心」の全容を表出することはない。とりわけ為家の詠歌においては、特定の古歌の「心」の表出が、意図的に無効化されていた。このような詞の選別は、摂取した詞によって特定の古歌を明確に指定するよう推奨する『毎月抄』や『無名抄』における主張に反するものであった。この為家による詞の摂取方法と関連するのが、『詠歌一体』「歌の詞の事」において例示される、摂取してはならない詞の設定である。

「歌の詞の事」ではまず、詠歌に用いる語彙について、次のように述べられている。

いかにも古歌にあらん程の詞を用ふべし。但し聞きよからん詞はいまはじめてよみいだしたらむもあしかるべきにあらず。上手の中にはさる事おほかり。

いかにも古歌に詠まれていそうな詞を用いるべきだという主張は、「古きをこひねが」ふ定家の歌詞観とも共鳴している。但し聴覚印象のすぐれている詞は、はじめて詠出されたとしても悪いものではなく、むしろ「上手」の条件として積極的に評価されている。これは詞の「めづらしき」響きを志向するという為家の詠歌理念をよくあらわしている。この箇所に続くのは、歌詞の同時代的な共有への戒めである。

ちかき世の事、ましてこのごろの人のよみいだしたらむ詞は、一句も更々よむべからず。

これが新古今時代の詠歌の実情であったことは再三述べてきたが、定家の歌論においては便宜的に、厳しく咎められていた。為家の主張は、一見するとそれを忠実に踏襲したもののようである。しかしその後に続く、摂取してはならない詞の例示は、古歌の再利用における為家独自の歌詞観をあらわしている。

例に挙がっているのは、すべて新古今時代に詠出された句単位の詞であり、春・夏・秋・冬・恋・旅の六つに分類されている。計四十三句、その内訳は、春歌に詠まれた詞が十二句・夏＝三句・秋＝十句・冬＝五句・恋＝十句・旅＝三句である。たとえば、序・3-bにおいて考察した家隆の歌「思ふどちそことも知らず行暮ぬ花のやどかせ野べのうぐひす」の中の「花のやどかせ」、二・3－bにおいて取り上げた俊成の歌「またやみむかたののみのの桜がり花の雪ちる春のあけぼの」の中の「花の雪ちる」などである。これらの詞について、為家は以下のように説明している。

か様の詞はぬしぬしある事なればよむべからず。古歌なれども、ひとりよみいだしてわが物と持ちたるをばとらず、と申すめり。さくらちる木の下かぜなどやうなる事は、むかしの歌なればとてとる事ひが事なるべしといましめたれば、かならずしもこの歌にかぎるべからず。

「さくらちる木の下かぜ」のような詞を再利用することへの戒めは、すでに定家の『近代秀歌』に見えている。為家の「ぬしぬしある事」の設定は、それを同時代歌人の詞の摂取への戒めと結合させたところに特徴がある。しかしその主張の重点は、「ある歌人一人が詠み出して、自分のものとしてもっている詞」という表現に鑑みて、歌詞の同時代的摂取よりも、〈独創的〉な詞の摂取への戒めの方に置かれている。

直前の「上手」の条件を併せて考慮すると、この〈独創性〉はまず「聞きよからむ」こと、すなわち聴覚的印象の秀逸さにその成立を負っている。さらに、家隆詠の考察によって明らかになったように、一首の表出内容としての「心」を表現すべき「風情」＝趣向の斬新さとも同義である。以上の要素をまとめると、為家のいう「ぬしぬしある」詞とは、言語変換されつつある「心」がそれまでに内包したことのない「風情」を、一句ないしは一語のみで担う詞である。それは「風情」の面から見て斬新であると同時に、またそれゆえに、聴覚印象の面をとってもすぐれている。独創的な「風情」を担う、印象的な響きをもつ詞の配列は、たった一句のみであっても、それが詠みこまれている歌全体を想起させる、強力な表出機能を発揮しうる。したがってそれを摂取することによって、特定の先行歌の「心」を表出してしまうことになる。

さらにいえば、すでに「めづらし」という価値を獲得してしまった詞の配列を、二度と摂取してはならないという為家の戒めは、それ以上〈更新〉できない「風情」の限界点の存在を示唆してもいる。そのような「風情」を測定する基準の根幹に、聴覚的な印象があるという構図が描かれる。ここに、新古今時代の詠歌理念に対する為家の解釈を読みとることもできよう。それはすなわち、「聞きよからん詞」を「はじめてよみいだす」こと、独創的な句の希求である。他方、「歌の詞の事」でこれを推奨しておきながら、為家の自讃歌の中に、このような一句の独創性を見出すことは、ほとんどできない。この事実は、新古今時代の詠歌理念からの脱却を為家が一人模索していたこと、つまり為家が「古歌取」に活路を見出そうとしたことを示す、一つの証といえるのではなかろうか。

2　古典主義と擬古典主義

2‐a　持続する「中世」和歌と「過去の重荷」

『万葉集』の編纂が完了したとされる八世紀後半から、「二十一代集」最後の勅撰和歌集である『新続古今和歌集』が完成した一五世紀半ばまで、公的なアンソロジーにかぎっても、和歌は約七百年にわたる歴史を有している。もとより、それと並行して、公私にわたる歌会・歌合や、個々の歌人たちによる自撰・他撰を問わない和歌コレクションの編集など、総体としての広大な和歌世界の歴史が同時に進行していた。さらにその後、江戸時代になっても、和歌の命脈が尽きることはついになかった。では人々はなぜ、それほどまでに長い期間、和歌を詠とは何であったのか。それはまた、ジャンルが持続するために達成され続ける価値とはいかなるものかという、芸術学の領域に敷衍することのできる根源的な問いでもある。

「近世」の中にも「中世」和歌の要素が残存している、といわれるように(7)、和歌の持続性の秘密を解く鍵は、「中世」の和歌にある。和歌史における中世の始まりを、いかなる要素に見出すかという問題は、和歌研究の基礎をなすものとして、様々に論議されてきた。そもそも、西洋史の時代区分概念である「中世」を、日本史に、ひいては和歌史にそのまま適用することには、相応の無理がつきまとう。しかし、およそ七世紀を和歌の出発点と定め、そこから展開した和歌を「古代」の和歌と呼ぶならば、その「古代」的な要素が大きく転換した時期を「中世」の始発期として位置づけることは、ひとまず可能であろう。この意味での「中世」を規定するために、歌風（本質）・歌論（理念）・歌壇（担い手）、それぞれの変遷を観察するという視点が挙げられる(8)。

この三要素のうち、まず重要なのは歌風史的視点、すなわち和歌の本質的変化の跡づけである。平安時代の歌合を網羅的・総合的に研究した萩谷朴によれば、歌合の古代と中世とを分ける指標は、〈遊宴性〉から〈文芸性〉へという特性の転換であるという(9)。歌合とは、左右二チームに分かれた歌人たちが歌を披講し合い、その優劣を競うという催しである。古代和歌の特徴とされる〈遊宴性〉は、歌合が、和歌を競わせるという行為にのみとどまることなく、酒宴を伴い、音楽や舞踏に彩られた催しであったという事実に見出される。また、歌合の場は豪華絢爛に飾り立てられ、そこは書・絵画・彫刻・工芸（金工・染織・紙工）・園芸など、様々なアートの包括的な発表会場でもあった。他方、「中世」を特色づける〈文芸性〉とは、文芸精進の場として歌合の比重を大きく捉え、競われる歌の価値判断自体に重きを置くことを意味する(10)。

さらに、同じく〈文芸性〉に帰着するものとして、〈生活詩〉から〈創作詩〉への傾斜を、「中世」の特性と見なす考え方もある(11)。つまり、貴族の日常における贈答歌を主とするあり方から、個々の歌の表現そのものの価値を希求するというあり方への本質的変化である。
このように、〈創作詩〉的〈文芸性〉を核とする「中世」の和歌を拓いた催しとして注目されるのが、『堀河院御時百首和歌』、通称『堀河百首』（一一〇五頃）である。これは、参加歌人たちが各々百首ずつを詠進する「百首歌」という詠歌形式の嚆矢となった催しであるが、百首の歌を詠む上で、そのすべてに「題」を設けた点に最大の特徴がある。久保田淳は、『堀河百首』が催された時期以後、「題」によって詠歌することがいかに和歌の本質的変化に作用したかについて、次のように総括している。[12]

特殊な題を敢えて設けてこれをいかに巧みに表現するかに腐心する創作的和歌への志向、又、題自体は必ずしも特別なものでなくても、歌人達が新たな趣向を求めて表現技巧を競う傾向は、院政期の歌合や歌会においても顕著になってきた。

これまでも屏風歌や歌合などの方法によって、王朝和歌における創作詩的契機は必ずしも乏しくなかったが、『堀川百首』の試みはその傾向を著しく推し進めたのであった。それは日常の人間関係での贈答歌を基調とした王朝和歌よりも、日常とは遮断された次元に詩的世界を求めようとする中世和歌の世界に近いものであると言えるであろう。

久保田は「中世」和歌の文芸性を、藤原俊成の時代により色濃く見出している。しかし「創作詩的契機」の「傾向を著しく推し進めた」といわれているように、『堀河百首』によって確立された「題」による詠歌、現代にいうところの「題詠」という前提の成立に、和歌の本質的変化を認めることは妥当であろう。『堀河百首』以後、あらゆる詠歌の場において、題詠が優勢を占めるようになる。個々の歌の文芸的価値が希求され、それを判断するという動機が前面に突出してくる時、題詠はそうした価値判断の根拠となり、ルールとして機能したと考えることもできる。

以上のような歌風史的変化を踏まえた上で、歌論史に眼を移せば、『堀河百首』の実質的な主催者である源俊頼の発言に、「中世」歌人たちの共通認識を見出すことができる。俊頼は、公的なアンソロジーである勅撰和歌集の歴史において、第五番目の勅撰集である『金葉和歌集』（三奏本　一一二六―二七成立）の撰者である。この『金葉集』以後、題詠歌が急増していることは、歌風史的に見た「中世」が、俊頼の時代から始まることを証立てている。俊頼の歌論『俊頼髄脳』は、同時代和歌を取り巻く状況を次のように認識していた。

おほよそ歌のおこり、古今の序、和歌の式に見えたり。世もあがり、人の心も巧みなりし時、春夏秋冬につけて、花をもてあそび、郭公を待ち、紅葉を惜しみ、雪をおもしろしと思ひ、君を祝ひ、身をうれへ、別を惜しみ、旅をあはれび、妹背のなかを恋ひ、事にのぞみて思ひを述ぶるつけても、詠みのこしたる節もなく、つづきもらせる詞もみえず。いかにしてかは、末の世の人の、めづらしき様にもとりなすべき。［…］あはれなるかなや。この道の目の前に失せぬる事を。

古来、四季の景物や人間関係の機微を詠んできた和歌の圧倒的な蓄積を前にして、自分たちに残された表現領域の拡張可能性への絶望があらわされている。和歌の表現はもはや飽和状態にあり、当代の和歌が「めづらしき様」を達成することは困難である。ここでは、俊頼の時代、作品蓄積の飽和からいかにして抜け出すか、という問題意識が痛感されていたことを確認しておきたい。

和歌が種々の〈遊宴〉の一環としての、あるいは〈生活詩〉の圏域にとどまっていれば、このような立場で過去の表現と対峙し、自らの時代の表現の枯渇に苦しむことはなかったであろう。俊頼が表明している悲痛な時代精神は、〈文芸性〉をもって始発した「中世」和歌の必然的な帰結であった。新たな「題」を設定し、それを集団的に詠みながら価値を判定してゆくということ自体によっては、過去の蓄積からは決して逃れられない。

この状況に対する俊頼自身の打開策としては、『万葉集』からの新奇な素材の採取や、俗語の積極的摂取が挙げられる。これらはすべて、蓄積された過去から何とかして距離をとり、新たな詩的領野を開拓しようとする志向性をもつものと捉えることができる。これに対して、俊頼の次世代になると、過去から距離を置くのではなく、過去を積極的に受け容れ、これと融和しようとする意識が芽生え始める。換言すれば、「過去の重荷」を、規範性をもった資産、すなわち〈古典〉として位置づけ直し、そこに立脚することによって、新たな創造を生み出そうとする表現意識である。[13] これが和歌における「中世」の性格を決定づけたとされる〈古典主義〉であった。

2-b　俊成・定家の歌論に見る古典主義

「中世」和歌における〈古典主義〉の成立に甚大な役割を果たしたのが、藤原俊成の理論と実作であったことは、多くの先行研究が論究したところである。「いにしへよりこのかたの歌の姿の抄」と自ら呼んでいた俊成の歌論書『古来風体抄』には、次のような信念が表明されている。

この集〔古今集〕の頃をひよりぞ、歌の良き悪しきもことに撰び定められたれば、歌の本体には、ただ古今集を仰ぎ信ずべき事なり。

俊成において、『古今和歌集』（九〇五頃成立）の歌は、文字通り信仰の対象にまでもなりうる、理想的な歌の

「本体」と見なすべきものであった。それは、厳選された価値判断にもとづいて編纂されたことを根拠とし、歌に詠むべき内容と、それをあらわす詞の使い方にまでわたる、全面的な信頼であったと考えられる。また、これに続けて『後撰和歌集』（一〇世紀後半成立）、『拾遺和歌集』（一〇〇五頃成立）に言及した上で、

古今・後撰・拾遺これを三代集と申なり。

とひとまとめにしている。そして、『拾遺集』の抄出と見なされていた『拾遺抄』（九九六―九七頃成立）に関して、

抄はことによき歌のみ多く、又時世もやうやう下りにければ、今の世の人の心にもことに適ふにや、近き世の人の歌詠む風体、多くはただ拾遺抄の歌をこひねがふなるべし。

と述べている。以上のような和歌の歴史的認識とその理念的位置づけから、「三代集」の〈古〉は、そこから遠ざかるべきものではなく、理想とし志向すべきものである、という確固とした姿勢が看取できる。俊成において古典主義が成立したとされる所以である。

俊成の古典主義を受け継ぎ、方法論的に先鋭化したのが、藤原定家であったことは、和歌研究において今や通説となっている。(14) 定家において古典主義は、とりわけ古の「詞」に対する意識に収斂していく。その歌論書『近代秀歌』には、詠歌理念とそれを達成する方法について、次のように述べられていた。

詞は古きを慕ひ、心は新しきを求め、及ばぬ高き姿をねがひて、寛平以往の歌にならはば、自らよろしきこともなどか侍らざらむ。古きをこひねがふにとりて、昔の歌の詞を改めずよみすゑたるを、即ち本歌とすと

申すなり。

「寛平以往」とは、宇多天皇・醍醐天皇の御代（八八九―九八）以前、つまり『古今集』前夜の、いわゆる「六歌仙」時代のことを指す。その時代の歌に倣うことによって、自然にすぐれた内容に到達できるとする、まさに古典主義の表明である。ここには、俊成の三代集重視とは異なる、定家独自の史的価値判断を看取することができる。但し、定家は『詠歌大概』においては、

情は新しきを以て先となし（人のいまだ詠ぜざるの心を求めて、これを詠ぜよ）、詞は旧きを以て用ゆべし（詞は三代集の先達の用ゆる所を出づべからず。新古今の古人の歌は同じくこれを用ゆべし）。風体は堪能の先達の秀歌に効ふべし（古今遠近を論ぜず、宜しき歌を見てその体に効ふべし）。

と記し、和歌に用いる語彙の範囲として、「三代集」を最も重視している。その上で、「古今遠近」に関係なく、過去の達人たちのすぐれた歌に倣うべきだとする主張は、俊成の古典主義の正確な延長線上にある。いわゆる「本歌取」は、この古典主義のもとで案出された方法であった[15]。それが創出する「新しき心」に関しては、序章において詳述したとおりである。

2-c　為家の「稽古」と擬古典主義

他方、「古歌取」による「めづらし」という価値の創出のために、為家が強調したのが、「稽古」の重要性で

あった。『詠歌一体』の冒頭は、次のような主張をもってはじまる。

和歌を詠む事、かならず才学によらず、ただ心よりおこれる事と申したれど、稽古なくては上手のおぼえとりがたし。［…］あるべきすぢをよくよく心得いれて、歌ごとにおもふ所をよむべきなり。

和歌を詠むということは、学習した知識によるものではなく、自らの心から自然に発生するものだ、というのは、和歌にかぎらず、言語芸術において普遍的な理想であろう。しかし為家は、「稽古」がなくては決してすぐれた歌人にはなれない、と述べる。詠歌のたびに自らの着想を詠む上で、「あるべきすぢ」、すなわち古来詠まれてきた常識・類型を充分に理解し、念頭に置かなければならない。そのための「稽古」である。『詠歌一体』の結論部にあたる箇所において、為家は

老年にいたりても能々心をつくして、あしきすぢをのぞき、よむべき也。

とも述べている。「あるべきすぢ」と「あしきすぢ」、すなわち和歌に詠むべき事柄と詠むべきではない事柄との境界線を覚知するために、「稽古」があるという図式が成り立つ。

「稽古」とは、本来「古を稽《かんがえ》る」、すなわち、古の姿を理想とし、それに鑑みて自らの行動を照らすという意である。たとえば、南北朝時代に南朝の正統性を主張した北畠親房（一二九三―一三五四）の『神皇正統記』（一三三九成立）には、次のように用いられている。

邪なるものは久しからずしてほろび、乱れたる世も正にかへる、古今の理なり。これをよくわきまへしるを

稽古と云ふ。

また、古を理想とするところから「古典を学ぶ」という意にもなる。しかしそのような意味から、しだいに目的語である「古」の要素が薄まり、単に「習練」「修行」の意となっていった。和歌に関連する時も、無住（一二二六―一三一二）の『沙石集』（増補　一三〇八成立）に次のような用例を見出すことができる。

西行法師、遁世の後、天台の真言の大事を、伝へて侍りけるを、吉水の慈鎮和尚、伝ふべきよし仰せられければ、「先づ和歌を御稽古候へ。和歌を御心得なく候へば、真言の大事は、御心得候はじ」と申しける。故に和歌を稽古し給ひて後、伝へしめ給ひけるとなむいへり。

（巻第五末・六「哀傷之歌の事」）

『詠歌一体』「題を能々心得べき事」において、ことさらに眼前の景色を詠まなければならない時を除いては、

ふるき事をいくたびも案じつづくべき也。おほよどの浦にもいまは松なし、住吉の松も浪かけず。かかれどもなをいひふるしたるすぢをよむべし。［…］みなせがは、水あれども「水なし」とよむべき也。

と述べていた為家の「稽古」が、「古」に重点を置くものであることは明らかであろう。

ところが、常套的な発想をも辞さないこのような姿勢は、現代の研究において、しばしば「擬古典主義」と揶揄される。(16) 古典的な世界を理想とし、内側からそれを更新しようとする、いわば純粋な古典主義は、「本歌取」が代表しているとされる。しかもそれはあたかも、和歌の粋をきわめたかのように賞揚される。それに比べると、

為家の価値づけた「古歌取」は、甚だ低い評価しか与えられていない。

為家の歌は今日、「平淡美」という語をもって説明される。(17)その自讃歌を俯瞰するに、それまで誰も詠んだことのない〈独創的〉な「心」が表出されているわけではなく、平明な主題を詠む傾向が強いのはたしかである。このことは、新古今時代を経た和歌世界において、「さのみあたらしからむ事はあるまじ」というある種の諦観ともいうべき認識が、決して大げさなものではなかったことを如実にあらわしている。しかし同時に、為家の表現意識が、この状況に埋没することを潔しとしなかったという事実を看過するわけにはいかない。

為家自身の実践は、「古歌を取る」という方法をさらに推し進めたものである。そこでは複数の古歌から詞を抽出した上で、それらを特定の古歌の「心」が表出されないように再構成するという複雑な方法がとられていた。これはまた、詞の配列の発する聴覚印象がすぐれてさえいれば、それまでに詠まれてきた内容であっても詠歌の価値は認められるという、為家の強い確信をあらわしている。心の類型に対して詞の配列の意外性を賦与していくこと。これが為家の理想視する歌の姿であった。(18)

あくまで「本意」にしたがった詞の再構成は、いわばオリジナルとしての〈古典〉を前提としない。為家のいう「いかにも古歌にあらん程の詞」とは、そのような前提から出発した古歌の切取と再構成が、事後的に現出させた〈古典らしい〉歌を構成する詞のことにほかならない。つまりここでは、特定の古典をオリジナルとしてそれを反復するのでなく、あたかもオリジナルがあるかのように、古典を〈擬装 simulate〉していると見なければならない。この意味で、為家の〈古典主義〉を、偽りの、間違った古典主義を指す「擬古典主義 pseudo-classicism」という語によって特徴づけることは、的を射ているとはいえない。間違った古典主義とは、古典世界を更新・拡張しそこなった歌の存在によって把握されるべき原理である。ところが為家の歌はそもそも、古典世界の拡張など目論んでなどいないゆえに、失敗のしようがない。したがってそれはむしろ、古典らしきものをそのつど詠出し、古典の類像 simulacra を増殖させていく〈擬装された古典主義 simulated-classicism〉という意における、〈擬-古典主義〉であると見なすべきである。為家の「稽古」とは、この古典の擬装を成功させるための準備にほかならなかった。

結

為家をその代表として把握される「擬古典主義」、すなわち偽りの古典主義は、為家以後の和歌世界の特徴とも目され、新古今時代を頂点とした中世和歌の芸術的価値は、以後下降線をたどるというのが通説である[19]。しかし、古典世界を更新・拡張することの不可能な古典主義が、本当に為家以後の中世和歌の原理であったならば、それが近世まで持続することはなかったのではないか。いいかえれば、古典主義の中に、古典のシミュレーションという異質の原理を内包し、駆動させることによって、中世和歌は近世に至るまで、その命脈を保ち続けたと考えることもできるのではないか。

仮に、「本歌取」のみが主要な古歌再利用法として実践されている場を想定してみたい。そこでは、本歌取が繰り返されるにつれ、題の「本意」をみたす、心詞の模範たるべき「本歌」はしだいに枯渇していく。あるいは、量的に限定された古典を詠歌の出発点とし、それに依拠し続けることによって、「心」の拡張は困難となっていく。「本歌取」によって詠まれた歌を再び「本歌」とすることも可能ではあるが、そうすると、新たな内容を詠み重ねるべきスペースは狭小となり、心の更新はほとんど不可能となる。「本歌取」によって駆動する、純粋に古典主義的な原理がもしあるとすれば、それは、固定され、かぎられた「古＝本」という素材を絶えず消費し続ける、持続困難なものであるといえよう。もし無理に持続させようとすれば、古典主義はまさに偽古典主義へと転落することになる。

他方、「古歌取」によって駆動する〈擬-古典主義〉的な和歌世界においては、過去に詠まれ蓄積されてきた詞は、異文脈に適用されることを待ちながら、つねに浮遊している。いったん「めづらし」い詞の配列が生ずると、それは蓄積にフィードバックされ、次に創出されるべき「めづらし」さの基準となる。すでに詠み古された内容であっても、それを変換する詞の配列は、不断に更新される。そして、詠歌における「あるべきすぢ」を確認することで、「めづらし」という要素を判定するための前提が「稽古」である。つまり、「めづらし」という価値と、その前提を築くものとしての「稽古」、そして「古歌取」という方法が循環することによって、和歌世界は一つの組織として、詞の結合を絶えず組みかえながら、あたかも細胞が分裂していくように成長していく。この意味で、中世和歌とは、文芸の中の一つの種としてのジャンルであると同時に、価値を生成し続ける〈システム〉と見なしうるものへと変貌する。これこそが擬-古典主義の意義であり、中世和歌の持続を可能とする原理であった、と結論づけられよう。

『続後撰集』巻第二十・賀歌の冒頭を飾るのは、西園寺実氏（一一九四―一二六九）と後嵯峨院との、次のような歌のやりとりである（一三三〇・一三三一）。

宝治二年[20]、さきのおほきおほいまうちぎみの西園寺のいへに御幸ありてかへらせ給ふ御おくり物に、代代のみかどの御本たてまつるとて、つつみがみにかきつけ侍りける　　前太政大臣

つたへきく　ひじりの代代の　あとを見て　ふるきをうつす　みちならはなん

御返し　　太上天皇

しらざりし　むかしにいまや　かへりなん　かしこき代代の　あとならひなば

同時代の説話集『古今著聞集』（一二五四成立）も言及しているように、この贈答の背景には、『後撰集』巻第二十・慶賀（一三七八・一三七九）に載る、藤原忠平（八八〇―九四九）と村上天皇（九二六―六七）との以下の贈答が透けて見える。

今上帥のみこときこえし時、太政大臣の家にわたりおはしましてかへらせ給ふ御おくりものに、御本たてまつるとて　太政大臣

君がため　いはふ心の　ふかければ　ひじりのみよの　あとならへとぞ

御返し　今上御製

をしへおく　ことたがはずは　ゆくするの　道とほくとも　あとはまどはじ

実氏が後嵯峨院の御幸に際して、代々の帝の書いた筆蹟を奉ったことは、忠平が村上天皇の渡御にあたって書の手本を奉ったことを、たしかに反復している。[21] ここで、実氏の行為に対する後嵯峨院の返歌が「知らなかった昔に、今やきっと回帰するであろう」と詠まれていることに注意を払いたい。実氏の歌が忠平の歌の「本歌取」と見なしうるのに対して、後嵯峨院の歌は村上天皇の歌を「本歌」としていない。後嵯峨院をはじめとする人々はもはや、「天暦の治」と呼ばれるはるかな聖代を、知識の上でしか知ることはない。しかし、知らないことは全く問題とならない。むしろ直接に知らないことこそが、理想の御代を自らの時代に手繰り寄せる回路を開く。というのも、代々の帝の筆のあとに倣いさえすれば、それだけで「しらざりしむかし」は現出する、という飛躍が、院の歌には含意されているからである。

このように想起される「むかし」とは、反復されるオリジナルとしての天暦の御代というより、むしろ「かしこき代代のあと」を媒体として〈擬装〉した結果、事後的に立ちあらわれるイメージにほかならない。反復すべ

きオリジナルからあえて離脱し、想起を装うことによってオリジナルらしきものを創出するこの方法も、まさしく〈擬-古典主義〉の原理のもとに遂行されている。[22] 後嵯峨院にとって、その一つの対象が天暦の聖代であったとすれば、院が為家に撰進させた『続後撰集』は、まさに村上天皇の勅命によって編まれた『後撰集』のふりをした〈擬-古典〉以外の何ものでもない。古典の擬装は、為家の同時代に普遍的な史的把握の方法であり、それはまた王朝文化を持続させるための戦略でもあった。

註

（1）佐藤恒雄編『藤原為家全歌集』（風間書房、二〇〇二）。

（2）「為家のような作品の多く残っている歌人の場合には、その歌人の秀歌はどのようなものであったのか、乃至はその作者にとっての会心の作は何であったのかということを、絶えず考え続ける必要があるのではないであろうか。そのような作品に対する評価の視点を持たない研究を文学研究と呼ぶことは躊躇されるのである」という久保田淳の見解に同意する。久保田淳「藤原為家の和歌」『中世和歌史の研究』（明治書院、一九九三）七三四頁。

（3）佐藤恒雄は、遠山桜を「白雲」と見る趣向について、

桜花　さきにけらしな　あしひきの　山のかひより　見ゆる白雲

（『古今集』春歌上・紀貫之「歌たてまつれとおほせられし時によみてたてまつれる」五九）

以下、多くの作例があり、落花を雪と見る見立てとともに、充分に普遍化して受け継がれていたと指摘し、為家はそのような詠歌伝統によって、桜の特質を「夜のほどに花咲きぬらし」と把握して歌った、と解する。『和歌文学大系　三七　続後撰和歌集』（明治書院、二〇一七）二七一頁。なお佐藤は、この為家詠に関して「桜花　けふよく見てむ　くれ竹の　ひとよのほどに　ちりもこそすれ（『後撰集』春中・坂上是則「前栽に竹のなかにさくらのさきたるを見て」五四）、および「三春、月は照す千山の路。十日、花は開く一夜の風」（『千載佳句』温庭筠）の影響も、併せて指摘している。

（4）この箇所は、岩佐『新注』では「いますこしゆらゆらときこゆ」となっている。ここでは『日本歌学大系　第三巻』所収『八雲口伝』によって「いますこしゆうゆうときこゆ」に改めた。どちらも擬態語のため、為家のいわんとする意を画定するのは困難であるが、「ゆうゆう（融々）と」とすると、「なごやかでやわらいだように」という意となり、「きこゆ」を修飾する語としてよりふさわしいと考えた。「ゆらゆらと」は、「豊かに、たっぷりと」あるいは「ゆったりと落ち着いて」といったように、視覚にもとづく様態をあらわす。

（5）この歌は『万葉集』および『後撰集』に以下のかたちで載る。

天河　遠度者　無友　公之舟出者　年尓社候
［あまのがは　とほきわたりは　なけれども　きみがふなでは　としにこそまて］
（『万葉集』巻第十・秋雑歌「七夕」・作者不詳　二〇五九）

天河　とほき渡は　なけれども　君がふなでは　年にこそまて
（『後撰集』秋上・よみ人しらず「七夕をよめる」二三九）

（6）「あまのがは（＋「とほきわたり」）」＋「かたののみの」という詞の連結は、和歌史上、この歌が初出である。

（7）福田秀一「中世和歌史の構想」『中世和歌史の研究』（角川書店、一九七二）第一篇・第二章。福田は、中世的な風体、とりわけ一三世紀後半に優勢となった二条派の模倣が、江戸時代の堂上歌人に長く尾を引いていることを指摘している。

（8）同前。なお本書では「歌風」という語を、内容を歌詞に変換する様式のみをあらわす意には限定せず、福田の措定にしたがって、詠まれる内容をも含めた、歌の本質を包括するものと解する。

（9）萩谷朴「平安朝歌合の歴史」『平安朝歌合大成［増補新訂］第五巻』（同朋舎、一九九六）。

（10）玉蟲敏子「王朝の金銀泥絵と書芸の風流―『倭漢朗詠抄　太田切』」『俵屋宗達　金銀の〈かざり〉の系譜』（東京大学出版会、二〇一二）第三部・第七章。

（11）上野理は、『後拾遺和歌集』（一〇八六成立）前後の一一世紀を、和歌が〈生活詩〉から〈創作詩〉へと変化していく節目であると認識している。上野理『後拾遺前後』（笠間書院、一九七六）。創作詩への傾斜という視点は、井上宗雄「『心を詠める』について―後拾遺・金葉集にみられる詞書の一傾向」『中世歌壇と歌人伝の研究』（笠間書院、二〇〇七）にも見られる。以上の研究への言及を含む総括は、村尾誠一「和歌史における中世―その始発期をめぐって」『中世和歌史論　新古今集以後』（青簡舎、二〇〇九）を参照。

（12）久保田淳「中世和歌への道」、註（2）前掲書。

（13）村尾、註（39）前掲書。村尾は、この「過去の重荷 burden of past」という語を、文学における創作はすでに尽くされており、自分たちの前に残されたものは何もないという、一八世紀末のヨーロッパ文学における問題意識と通底させて用いている。

（14）福田秀一は、歌論における「中世」に関して、和歌に非日常的な次元での美的世界を構築するという機能を与え、いわば和歌を一つの芸術詩として意識した源俊頼に中世歌論の出発を見ようとするのも、一つの立場としている。その上で、俊頼の方向を推し進めつつ、いっそう深い自覚に到達し、また「道」の意識（それは作歌の態度・方法でもあり、ジャンルの確認でもあり、また一種のプロ意識でもあった）をも確立した俊成にはじまり、それを受け継いで体系化した定家との父子二代において、中世歌論は成立したと見るのが通説であると述べている。福田秀一「中世歌論史概説Ⅰ」『中世和歌史の研究　続篇』（岩波出版サービスセンター、二〇〇七）第二篇・第一章。

（15）藤平春男の指摘するところによると、長明は俊成・定家にとってもっとも重要であった「古典の伝統の問題」に立ち入るわけでなく「俊成・定家らの詩への要求とそれに基づく詩法上の開拓の意味がつかめなかった」。『藤平春男著作集　第二巻　新古今とその前後』（笠間書院、一九九七）。この主張を引いて、渡邉裕美子は『無名抄』「古歌を取る事」において、長明が「古歌を盗む」といういい方をしていることに着目し、「盗む」という用語が「古典への憧憬と深く関わる俊成・定家の本歌取の方法との間に、本質的な差異が横たわることを物語っている」と述べている。渡邉裕美子『新古今時代の表現方法』（笠間書院、二〇一〇）六一八頁。両者の見解には、長明の提起する「古歌を取る」方法が、「俊成・定家の本歌取」に比して一段劣るという先験的な価値判断が揺曳している。「古歌を取る」ことはたしかに「本歌取」と本質的に異なるが、それゆえにこそ、「本歌取」とは異なる価値を創出しうる方法でもあった。渡邉も指摘しているとおり、長明は古歌を摂取する上で許容されない「まことの盗み」について言及している。このことは、長明の用語における「盗む」が、それだけで否定的な意を含んでいるとはいえないことを示している。

（16）為家研究の第一人者である佐藤恒雄でさえ、為家において「少なくとも古典主義という観点に立ってみる限りにおいて、定家の古典主義は、似て非なる擬古典主義にとって変わった、もしくは後退したと評価するほかないであろう」と評価し、そこに「創造」という要素が欠けていると見なしている。佐藤恒雄「中世歌論における古典主義」『藤原為家研究』（笠間書院、二〇〇八）第四章・第五節。これが、「創造性 creativity」を過度に称揚する近代的芸術観から見た、恣意的な評価であることはいうまでもない。

（17）久松潜一「為家の歌論に於ける平淡美」『日本文学評論史　古代中世篇』（至文堂、一九三六）をその濫觴とすることについて、諸家の意見は一致している。なお福田秀一は、為家以後の二条派の「平淡美」と「制詞」の論が、しばしば晴の歌の特性を鈍らせ、一見褻の歌へ近づかせた上に、個人的な感情・体験を吐露すべき褻の歌にも、発想や表現に類型化が行われてきた、と把握している。福田、註（7）前掲書、一九頁。

（18）岩佐美代子は「為家諸詠を分析研究する中で、彼がいかに多数の古歌を記憶し、これを必要に応じていかに巧妙に駆使して作品を形成しているかを痛感し、その意味での『證歌』の活用こそ、為家詠を支える基底であると考えるに至った」と、為家の古歌再利用を特徴づけている。岩佐美代子『藤原為家勅撰集詠　詠歌一躰　新注』（青簡舎、二〇一〇）四〇〇頁。「證歌（証歌）」とは、詠歌に用いる詞が新奇・奇抜なものでないことを示すための先例としての歌である。多数の古歌の記憶と、その駆使という要素には首肯できるものの、「証歌」の活用とは単に、先行する歌を再利用することを示すにすぎず、古歌の詞を異文脈に適用するという「古歌取」の趣意を把握するには至らない。

（19）佐藤は、為家の孫にあたる二条為世が撰進した『新後撰和歌集』（一三〇三成立）に至って、すでに存在する過去の価値によりかかり、その枠内においてわずかな新しさを求めつつ拡大再生産を繰り返す「擬古典主義」の理念が、和歌の世界を大きく支配し、「平明温雅」な二条家の歌風と家の教えは完全に定着することとなったとする。

佐藤恒雄「御嵯峨院の時代」、註（16）前掲書・序章。

(20) 葉室定嗣（一二〇八—七二）の日記『葉黄記』によると、実氏と後嵯峨院との歌の贈答は、宝治元年（一二四七）二月二十七日であった（同日条）。佐藤恒雄は、『続後撰集』の詞書が「宝治二年」としているのは、同集の奉勅が宝治二年七月二十五日であったことに合わせた、院と為家による作為であると解する。佐藤、註（3）前掲書。

(21) 片桐洋一は、「御本」を「手本」「御手本」とする写本もあるが、「本」だけで修辞の手本をあらわすとし、「三史五経のような儒学の書を書の手本としたのであろうか」と推測している。『新日本古典文学大系　六　後撰和歌集』（岩波書店、一九九〇）。

(22) 前田雅之は『古今著聞集』に描き出されるこの場面について、村上天皇—忠平という君臣関係と、後嵯峨院—実氏のそれとが、時代を越えて「アナロジー化」されていると解している。analogyとは、異質なものの間に見出される類比関係であってみれば、アナロジー化とはまさに、オリジナルなき反復を把捉する語となる。前田は『古今著聞集』に王朝追慕としての懐古意識を見出し、「古」から衰退しつつ下ってきた王朝文化は、「今」「当代」すなわち後嵯峨院政をもって全面的に反復・再生されるという構図をそこに読みとる。本書にいう〈擬-古典〉は、およそ三百年の隔たりを一挙に跳び越えて、王朝文化の「再生」を実現する戦略でもある。前田雅之「憧憬と肯定の迫で—『古今著聞集』における京と後嵯峨院政—」『記憶の帝国　【終わった時代】の古典論』（右文書院、二〇〇四）Ⅱ・3、一一八—九頁および一二五頁。

II

〈擬古典主義〉への順応と反動

第三章　錯綜する「本歌取」

序

序論から第二章にかけて、現代「本歌取」と一括して呼ばれる方法のうちに、異なる志向性をもつ表現意識が潜んでいることを確認してきた。古歌を「本歌」としてそれを「取る」ことは、古歌の中で機能している一首の趣向としての「風情」および、結果として詠出される情景・情感の総体、すなわち「心」を、適量の詞を摂取し適宜配置し直すことによって、古歌と同様の条件で機能させるという方法を指していた。他方、同様に古歌の詞を摂取・再構成しながら、それらの形成する「風情」の枠組を、古歌の「心」が表出されないように別の文脈に適用するという方法は「古歌を取る」と呼ばれていた。古歌の詞を摂取するという意味で、両者は形式上、あるいは外観上、同じ方法である。また「古歌」という語が、端的に古い時代の詠歌を指す一般名詞であるため、「古歌を取る」という語は、古歌からの詞の摂取という最大公約数的な定義を示すことができる。一方で「本歌を取る」という語には、古歌を「本歌とする」という条件が内在しているため、「本歌を取る」ことは「古歌を取る」ことの中に内包されうる。「広義」「狭義」の区別をつけるべきなのは、むしろ「古歌を取る」という語の方であった。

　新古今歌人、およびその次世代の順徳院や藤原為家において、「本歌を取る」（「古歌を本歌とする」）ことと「古歌を取る」こととの境界線は明瞭に引かれていたと考えられる。特に為家は、「古歌を取る」方法によって、詞の配列における「めづらし」という価値を創出するという意義を見出し、複数の古歌から詞を摂取しながらも、特定の古歌の「心」が表出されないよう、周到にそれらを再構成するという複雑な詠法を、積極的に実践していた。これは、新古今時代の多様な実践の中から為家が採用し、推し進めた方法であった。このように、新古今時代以来、種々の方法論が組み合わされ、一見しただけではその詠歌過程を跡づけることのできないような歌が多く生み出された結果、それを参照し踏襲しようとする歌人たちに各々の選択と解釈が生まれたのは、当然の帰結であった。

　それと軌を一にするように、古歌を再利用する行為をあらわす用語にも変化が起こる。特に「本歌を取る」という語がその成立条件を無視され、一般名詞化したことは、「古歌を取る」ことが「本歌を取る」ことに内在する方法の一つとして位置づけられるという、いわば定義の逆転現象を引き起こした。これが「本歌取」という語で中世和歌の古歌再利用意識を包括しようとする、現代の研究状況の遠因となっていることは疑いえない。本章ではまず、為家の同時代から次世代にあたる、源承・阿仏・二条家の歌論を参照し、用語の錯綜の具体的な例を見ながら、その内実を整理し直したい。

1　阿仏の「本歌取」論

為家の同時代から次世代にかけて、その歌論を橋渡しした歌人として、阿仏（?―一二八三）が挙げられる。[1]阿仏は建長二年（一二五〇）頃、為家の側室となってその晩年に寄り添い、後に冷泉家を興す為相（一二六三―一三二八）らの生母となった。つまり歌人阿仏の登場は、御子左藤原家が為家以降、二条・京極・冷泉の三家に分裂する要因の一つでもあった。為家の歿後、その所領であった播磨国細川庄の相続をめぐって、為家の嫡男為氏（一二二二―八六）と争い、直訴のために鎌倉に下った際の様子は、『十六夜日記』（一二七九―八二頃成立）に詳しい。所領争いとも絡み合って、和歌観の点においても為氏らと対立した阿仏の歌論『夜の鶴』（一二八一―八三頃成立）は、その題名が示すように、子を慈しむ母の立場で、将来歌道の正統を争うべき為相らのために書き残したものと考えられる。

1―a　「あらぬことにひきなす」という方法

『夜の鶴』には、公私にわたる詠歌活動をともにし、直接見聞した為家の歌論を紹介しながら、自身の和歌観にもとづく解釈を加え、独特の方法に昇華している箇所が多く見られる。古歌の再利用に関しては、「本歌を取るやう」に関して為家と同時代の歌が例として挙げられており、阿仏の「本歌」観および表現意識を知る素材となる。

本歌を取るやうこそ、上手と下手とのけぢめことに見え候へ。そのやうも、定家卿書き置かれしものに、こまかに候ふやらむ。

冒頭部は、『八雲御抄』「古歌をとる事」に「これ第一の大事、上手ことに見ゆることなり」とあったことを思い起こさせる。しかし阿仏は、「古歌を取る」ではなく「本歌を取る」そのあり様にこそ、上手と下手との区別がはっきりとあらわれる、と述べている。阿仏のいう「定家卿書き置かれしもの」が、具体的にどの歌論書を指すかは定かでない。「本歌を取るやう」という用語から、「本歌取り侍るやう」について記述した『毎月抄』を、その候補として想定しても不自然ではない。同時代に、『毎月抄』が定家の歌論書であるという確信があったことを推定する向きもある。(2) もちろん『近代秀歌』にも「かの本歌を思ふに」とあり、摂取する詞の分量やその配置などの言及が見えることから、阿仏が参照した定家の歌論を殊更『毎月抄』に限定しなくてもよい。続く箇所には、他の歌論にはない阿仏独特の主張が見られる。

さながらまた、本歌のことば、句の置き所もたがはねど、あらぬことにひきなして、わざとよくきこゆるも候ふぞかし。

「本歌」の詞および句を摂取する際に、その配置を変えないにもかかわらず、詠出内容を「あらぬこと」すなわち「本歌」には詠まれていないことに引きつけて取りなしたことによって、聴覚印象が格別によくなる例もある、と阿仏はいう。この箇所はしたがって、『毎月抄』に説かれる「本歌取り侍るやう」と対応していると見ることもできる。

本歌取り侍るやうは、さきにも記し申し候ひし花の歌をやがて花によみ、月の歌をやがて月にてよむ事は、達者のわざなるべし。春の歌をば秋冬などによみかへ、恋の歌は雑や季の歌などにて、しかもその歌を取れるよと聞こゆるやうによみなすべきにて候。

春の歌から詞を摂取して秋・冬の歌などに詠みかえ、恋の歌から詞を摂取して雑の歌や四季の歌に詠みかえる、ということを「あらぬことにひきなす」方法の内実と把握して、ひとまず間違いはなかろう。但し『毎月抄』には、続けて

本歌の詞をあまりに多く取る事はあるまじきにて候。そのやうは、詮とおぼゆる詞二つばかりにて、今の歌の上下句にわかち置くべきにや。

とあり、「本歌の詞」を自らの歌の中で「本歌の詞」を上下句に分割して配置することが推奨されている。古歌から摂取した詞の配置を、上下句に置きかえるという方法について、それが使い古されたものであるという指摘は、すでに真観の『簸河上』に見られた【一・附】。阿仏も同様の見解を示していることがわかる。さらに、摂取した「本歌のことば」の配置をあえて置きかえずに「あらぬことにひきなす」ことによって、聴覚印象が良好になるという意見は、為家のそれを思い起こさせる。以上の要素を満たす成功例として、阿仏は次の詠歌を紹介している。

俊成卿女とて候ふ歌よみの歌、続後撰に入りて候ふやらむ、
　さけば散る　花のうき世と　おもふにも　なほうとまれぬ　山ざくらかな
（『続後撰集』春歌下・俊成卿女「洞院摂政家の百首歌に、花」一一二）

俊成卿女（一一七一頃―一二五四頃）は、俊成の娘、八条院三条の子で、定家の姪、為家の従姉にあたる。父である藤原盛頼の失脚の後、俊成のもとに引き取られて養育されたため、その名で呼ばれたという。建仁元年（一二〇一）より後鳥羽院歌壇に登場し、新古今時代を経て『続後撰集』の時代に至るまで、つねに第一線で活躍した彼女はまた、歌壇における為家の後援者でもあった。いわば当代随一の女流歌人であった俊成卿女が、阿仏にとって憧憬の対象であったことは想像に難くない。阿仏の挙げている歌は、「咲いてはすぐに散ってしまう花によって、つらい世の中であると思わされるにつけて、やはりうとましく感じてしまう、山桜であることよ」と、無常の象徴たる散る花に、憂き世のかなしさを託した「心」を表出している。この歌の「本歌」として阿仏が想定しているのは、『源氏物語』にある次の歌であり、続けて俊成卿女の「本歌を取るやう」を評価している。

　源氏の歌に、
　袖ぬるる　露のゆかりと　おもふにも　なほうとまれぬ　やまとなでしこ
（『源氏物語』「紅葉賀」・藤壺中宮）

句ごとにかはりめなく候へども、上手の仕事は、難なく、わざともおもしろくきこえ候ふを、まねぶとても、なほ及びがたくおぼえ候へ。

この歌は、藤壺に源氏との密通の男子が生まれた後に、子にも藤壺にも逢うことのできない源氏から忍んで送られてきた、次の歌に対する返歌である。

よそへつつ　見るに心は　慰まで　露けさまさる　なでしこの花

帝への不義の子をもうけてしまい、途方に暮れつつ、その子を袖が濡れる涙の露の因縁であると思うにつけて、やはりうとましく感じてしまう、という藤壺の情意をあらわす歌である。(3) 俊成卿女が、そこから上句から下句にかけて配置を全く変えず、そのままのかたちで詞を摂取していることを、阿仏は「上手の仕事」であって非難されるところはなく、各別に興趣深く聞こえ、このような詠み方は真似をしてもなかなか到達できないものである、と絶賛している。

両首において、「Xを哀しみやつらさなどの原因であるとし、やはりそれをうとましく感じる」という趣向の枠組みは共通している。しかし、夏の景物としての瞿麦《なでしこ》の花は、その一句のみによって、袖を涙で濡らすような悲哀の感情を象徴するわけではない。ゆえに、俊成卿女の歌が「心ながらとりてものをかへたる」詠み方をとっていると見ることはできない。藤壺の歌の「やまとなでしこ」は、生まれてきた子の隠喩であるのに対して、俊成卿女の歌の「山ざくら」は、山桜そのものである。この意味で、密通による子を公然と愛することのできぬ悲哀が、散る花への愛惜という主題に置きかわっていると解しうる。したがって俊成卿女詠は、藤壺詠の詞を摂取しながら、そこに詠まれる「心」を変える、「古歌を取る」方法によって詠まれているといってよい。阿仏が「あらぬことにひきなして」といっていたのは、この「心」の転換を指していると考えられる。古歌の詞を、二句にわたってその配置を変えずに摂取するこのような詠み方は、ともすれば古歌の趣向の枠組みを据え置き、景物のみを変えるにとどまる、順徳院や為家が忌避したものになってしまう危険性を孕んでいる。俊成卿女はその危険性を、不義の子の隠喩となっている「やまとなでしこ」を詠んだ物語歌を選別してくることによって、新たな趣向を詠み加えることなく解消して見せた。別の視点から見れば、「おもふともなほうとまれぬ」という詞の配列が生み出す指示機能の枠が、文脈を越えて「散る花」を惜しむ「心」に適用されたということもできる。この選別のたしかさと転換の妙こそ、阿仏が「真似しようとしてできるものではない」と称賛する所以であろう。

ここで注意しなければならないのは、阿仏が「あらぬことにひきなして」と、俊成卿女による古歌再利用法の内実を正しく把握していたにもかかわらず、それを「本歌を取るやう」の例としていた点である。つまり阿仏においては、「本歌を取る」という用語に、「古歌を取る」方法が内包されてしまっている。『夜の鶴』には、

歌の本体には、古今の歌を見おぼえて、本歌にもすべし。

という主張も見える。しかし、阿仏の措定する、『古今集』の歌を「本歌にする」という行為の内実が、新古今時代における「(古歌を)本歌とす」という語のそれと同じであったとは考えにくい。阿仏の「本歌」という語の用法は、『毎月抄』に見られるような、「本歌を取る」と「古歌を取る」との概念規定の逆転現象の端緒として位置づけられる。この事態は、為家歿後の和歌世界において決定的なものとなり、その余波は遠く現代にまで及んでいる。

1-b 「ありのままのこと」を詠む

『夜の鶴』においてもう一点重要なのは、同時代には見られない、阿仏自身の詠歌理念が表明されている点である。阿仏は、歌を詠むに際しての理想的な態度について、次のように言及している。

まづ歌をよまむ人は、ことにふれて情を先として、もののあはれを知り、つねに心をすまして、花の散り、

木の葉の落つるをも、露しぐれ、色かはる折ふしをも、目にも心にもとどめて、歌の風情を起ち居につけて、心をかくべきにてぞ候ふらむ。

「歌を詠もうとする人は、対象に触れた時の感情を第一の動機として、景物の感動的な様相を知り、つねに心を澄まして、花が散り、木の葉が落ちることや、秋の露、冬の時雨によって紅葉する時節を、目に見て記憶し、心にも留めて、それらを歌に詠むための趣向を、日常生活の中において心にかけるべきである」と阿仏はいう。一見、当然のことを主張しているようであるが、その実、体験によって生ずる感情を詠歌の動機として最重視するという姿勢は、古歌再利用意識の根幹にかかわってくる。なぜならこの姿勢は、歌会や歌合などの場で、「題」をいかに詠みこなすかという優劣意識をもって競われる中世和歌の虚構性に、真向から対立するからである。とりわけ中世の和歌について極論すれば、それは現実世界の中で対象に触れるところから生じる感動を第一に詠んだものではない。そのような前提のもとで、古歌を基準とし、その詞を再利用しながら、題の「本意」を更新するような「心」を探しあてていくのが、特に新古今時代以降の詠歌の姿であった。あるいは阿仏の見解は、女性の身で京から鎌倉へと旅をするという、同時代に稀有の体験をしたことに由来するのかもしれない。

詠歌態度について、阿仏は次のように続ける。

また、四季の歌には、そらごとしたるわろし。ただ、ありのままのことを、やさしくとりなしてよむべし。恋の歌は、利口、そらごと多かれど、わざとも苦しからず。枕の下に海はあれど、胸は富士袖は清見が関とも、ただ、思ひの切なる風情をいはむとて、いかほどもよそへいはむこと、四季の歌にことなるべし、と申され候ひき。

恋の歌にかぎっては、想いの切実さを表出するための趣向として、虚構的な隠喩を取り入れることも悪くはない。しかし四季の歌に虚構を詠むのは悪いことだと断じ、「ありのままのこと」を詠むべきだという。主張の末尾に「と申され候ひき」とあるところから、この部分は為家からの聞書と考えられるが、少なくとも『詠歌一体』には、詠歌態度に関する同趣旨の言及は見えない。但し、虚構の是非についてではないものの、題に「名所」が含まれる場合の詠み方について、次のように述べた箇所を関連づけることができる。

花さかぬ山にも花をさかせ、紅葉なき所にも紅葉させむ事は、唯今其所に望みて歴覧せむに、花も紅葉もあらば景気にしたがひてよむべし。

（『詠歌一体』「題を能々心得とくべき事」）

為家は、もし実際に名所に臨んで歌を詠む際には、花であれ紅葉であれ、眼前にある景にしたがって詠むべきであると主張してはいる。ところがそれは、限定された状況下にかぎられる。というのも、記述は以下のように続くからである。

さらではふるき事をいくたびも案じつづくべきなり。おほよどの浦にも今は松もなく、住吉の松にも波もかけず。されどもなほいひふるしたるすぢをよむべし。ながらのはしなどは昔より絶えにしかば、ことふりたり。水無瀬川水あれども水なしとよむべき也。

為家は原則的に、「ふるき事」すなわち、古来詠み継がれ、蓄積されてきた内容を幾度も案じながら、現実にはありえないことであったとしても構わずに、それを詠むべきであるという主張を貫いている。これは、歌人が実際に「名所」に赴いて歌を詠むという状況が、例外的であったことを示す主張でもあろう。水無瀬川には水があっても「水なし」と詠むべきであるとは、「そらごと」の推奨以外の何ものでもない。したがって四季の歌における「そらごと」を糾弾し、「ありのままのこと」を詠むべきであるとする主張は、阿仏自身のものであると把握してよい。

この阿仏の主張には、つとに『古今集』仮名序に示される「うたのさま」の一種たる「なずらへ歌」や「たとへ歌」からあえて距離を置き、実景をありのままに詠もうとする、写実的な表現意識を看取することができる。もとよりこの意識は、古歌を再利用するという方法と、つねに矛盾するわけではない。阿仏自身の実践を見ても、古歌の詞を摂取して詠まれた四季の歌は少なくない。しかし「そらごと」を廃しながら「ありのままのこと」を詠もうとする際、古歌の摂取が、詠歌行為の前線から後退を余儀なくされることはたしかであろう。阿仏の主張から、為家以降の中世和歌世界で、歌を詠むにあたって、古歌を過度に参照することはしないという、反動的な選択肢が生まれつつあったことがわかる。「四季のそらごと」について、続く箇所で阿仏は「そのあり方によると述べ、「そらごと」を詠んだ古来の名歌を例に挙げて、「実際にはないことを詠んではならないということに関して、よくよく勘案するべきではなかろうか」と、一応慎重な態度を留保している。但しその基準は「まことにさおぼゆること」すなわち、真実そのように思われるかどうかというところにあった。阿仏においては、虚構を詠む際にも「まこと」が希求されていたといえよう。

2　源承の「古歌取」論

為家の嫡男、為氏の同母弟である歌僧、源承（一二二四―一三〇三頃）の著した歌論書『（源承）和歌口伝』（一二九四―九八頃成立）は、歌道の家たる御子左藤原家に対抗する勢力を想定し、師説に背くものとしてその和歌観を糾弾することに、一つの主眼が置かれている。いわゆる「反御子左家」勢力の代表として槍玉に挙げられているのは、主に真観である。しかし為家の晩年から歿後にかけて、御子左家の内部にも亀裂が生じはじめていた。源承が真観らとともに標的としたのは、その歿後も歌壇の新興勢力として認知されていた為家の側室阿仏と、その子息為相であった。源承は、『和歌口伝』の随所に定家・為家の言説を引いて、対抗勢力の主張と詠歌を排斥している。そこには、分裂しつつあった家の中で、嫡流二条家を、そしてもちろん師説を直に受けた自己自身を正統化しようという意図が、明確にあらわれている。

古歌の再利用に関して、『和歌口伝』には「古歌を取りすぐせる歌」「万葉集歌とる事」という項目がある。本節ではそれらを参照しながら、定家・為家の言説を補完すると同時に、次世代の古歌再利用意識を抽出してみたい。

2-a　万葉歌摂取の是非

万葉歌の再利用が、『古今集』の時代からすでに実践されていたことについては前述した。それが盛んになったのは、やはり院政期からである。新古今歌人たちも、積極的に万葉歌の摂取を試みている。この項目を源承が立てた目的は、『和歌口伝』に通底する姿勢に違わず、真観、藤原知家（法名蓮性　一一八二―一二五八）といった反御子左家勢力の中心歌人たちによる、万葉歌の取り方を批判するためであると見なしてよい。注目されるのは、真観・知家の歌に対して、定家・家隆の歌を、万葉歌の理想的な取り方の例として並置している点である。

挙げられているのは定家詠四首、家隆詠一首である。以下にすべてを載せ、源承が対にしている万葉歌との対応関係について考える。(4) その際、源承の解釈に則って、他の先行歌の影響はひとまず除外し、万葉歌の「心」を取っているか否かという視点に絞って、考察を加えることとしたい。

しら雲の　はるはかさねて　たつた山　小鞍のみねに　花にほふらし

（『新古今集』春歌上・定家「百首歌たてまつりし時」九一）

白雲之　竜田山之　滝上之　小鞍峰尓　開乎為流　桜花長歌也

〔白雲の　竜田の山の　滝の上の　小鞍の嶺に　咲きをゐる　桜の花は〔…〕〕

（『万葉集』巻第九「春の三月に、諸の卿大夫等の難波に下りし時の歌」一七四七）

俊成の『古来風体抄』には、「万葉集の歌は、よく心を得て、取りても詠むべきなり」と、万葉歌の摂取を推奨する箇所があった。定家の歌はまさに、万葉歌の表出内容をそのまま取りこんでいる。咲き匂う桜花を白雲に紛え、それが現実の白雲と重なり合いながら竜田山に「立つ」という修辞を詠み加えつつも、これは万葉歌の「心」を余さず再利用した、すなわち万葉歌を「本歌」とした詠み方であるといえる。

駒とめて　袖うちはらふ　かげもなし　さののわたりの　雪の夕ぐれ

（『新古今集』冬歌・定家「百首歌たてまつりし時」六七一　『定家卿百番自歌合』冬　九三）

くるしくも　ふりくる雨か　みわがさき　さののわたりに　家もあらなくに

（『万葉集』巻第三「長忌寸奥麿歌一首」二六五　『新勅撰集』羇旅歌「題しらず」五〇〇）

この定家の歌は後世、「本歌取」の手本とされることになる。[5] それを万葉歌と一対にして挙げたのは、『和歌口伝』が最初である。定家は長奥麿の歌から「さののわたり」という一句に満たぬ地名のみを摂取した。そしてその地名によって喚起される万葉歌の旅の寂寥《せきりょう》感が、定家詠においても十全に機能している、と源承は解したのではないか。この解釈にしたがえば、馬を停めて降りしきる雪を袖から払うための蔭もない、夕暮時の「さののわたり」は、万葉歌に重ね合わされることによって、いっそうすさまじい寂しさを表出することが可能となる。源承はこの定家の歌を、万葉歌を「本歌」とした例として挙げていると考えたい。

こぬ人を　松帆のうらの　夕なぎに　やくやもしほの　身もこがれつつ

（『新勅撰集』恋歌三・定家「建保六年内裏歌合、恋歌」八四九　『定家卿百番自歌合』恋　一一四）

淡路嶋　松帆の浦の　朝名芸尓　玉藻苅管　暮菜寸二　藻塩（焼）管　海未通女

〔…〕淡路島　松帆の浦に　朝なぎに　玉藻刈りつつ　夕なぎに　藻塩　焼きつつ　海人娘子〔…〕
（『万葉集』巻第六・笠金村　九三五）

前者は、『百人秀歌』『百人一首』にも自ら収録した、定家の自信作である。万葉歌が、松帆の浦において朝な夕な海人乙女に恋い焦がれる男の立場で詠まれたものであるのに対し、定家は女の視点で、想い人の通ってくるのを焦がれるように待つという歌に仕立てている。いわば万葉歌に応答するように詠んだ歌である。古歌の舞台がそのまま再利用され、詠歌の中に古歌の表出する恋の「心」が表出されているという意味で、古歌を「本歌」としていると見てよい。

ちりもせじ　衣にすれる　ささ竹の　おほみや人の　かざすさくらは
（『新勅撰集』賀歌・定家「泥絵屏風、石清水臨時祭」四八二　『定家卿百番自歌合』雑　二〇〇）

刺竹之　大宮人の　家とすむ　佐保の山をば　おもふやもきみ
（『万葉集』巻第六・石川足人　九五五）

「ささ竹の」（『万葉集』では「さす竹の」）は、「おほみや人」を導く枕詞である。定家の歌においてこの詞は、石清水臨時祭で舞人の着る袍に山藍をもって摺られた、竹の模様を指示している。「舞人が冠につけている桜の挿頭は、けっして散ることはないだろう」という太平を寿ぐ「心」は、金泥屏風に描かれた石清水臨時祭を詠んだ歌として、いかにもふさわしい。一方で、源承の挙げる万葉歌は、大宰帥として九州に赴任している大伴旅人に呼びかけるかたちで、「君は大宮人が住む佐保山を懐かしく想うだろうか」と詠んでいる。したがって定家詠の中に、万葉歌の「心」が表出されているということはできない。これは「ささ竹のおほみや人」という詞のみを摂取して、「心」を異文脈へと移す詠み方、すなわち「古歌を取る」方法による歌であると見なすことができよう。

波風も　のどかなる世の　春にあひて　あみのうら人　たたぬ日ぞなき
（『新勅撰集』春歌下・家隆「寛喜元年女御入内屏風、海辺あみひく所」一二〇）

網能浦之　海処女等之　焼塩の　念曽所焼　吾下情　長歌也
〔…〕網の浦の　あまをとめらが　焼く塩の　思ひぞ焼くる　わが下ごころ〕
（『万葉集』巻第一「讃岐の国の安益《あや》の郡に幸《いでま》す時に、軍王が山を見て作る歌」五）

先に見た定家による「さののわたり」を詠んだ歌と同様、家隆の歌において摂取されている詞は、「あみのうら」という地名のみである。家隆は「あみのうら」を、そこに暮らす人々が太平の世を謳歌する場として、春の長閑な情景とともに詠んでいる。しかしその中に、網の浦で海人の娘子が焼く塩に恋情の強さを託す、という万葉歌の「心」は表出されておらず、主題はまったく別のものに変わっている。したがってこれも「古歌を取る」詠歌であり、万葉歌を「本歌」としているとはいえない。

定家・家隆による以上の万葉歌摂取詠を参照して、「本歌をとれる心詞」の「是非をしりぬべし」と源承はいう。つまり源承の認識において、「古歌を取る」という方法論は「本歌を取る」ことの中に内包されてしまっている。ここにも、為家の次世代歌人による「本歌」概念、および「本歌を取る」という詠歌行為の規定が、前代までのそれとは変質しはじめていた状況をうかがうことができよう。

但し呼称はともかくとして、「古歌を取る」例と「本歌を取る」例とが、ともに区別なく理想的な万葉歌摂取の例として挙げられている点には注意すべきである。二つの方法は、その内実において異なるものの、双方による詠歌の価値は等しく認められている。例歌の数に偏りが見られるものの、「定家的本歌取」を至高のものとする現代の認識を、ここに見出すことはできない。また挙げられる例がすべて定家・家隆という新古今時代の代表歌人であり、『新古今集』『新勅撰集』というその実践の結実から採取されていることは、反御子左家勢力を貶めるためという執筆動機の恣意性を差し引いても、源承にとっては祖父の世代にあたる新古今時代が、無条件的な憧憬の対象となっていたことを示唆している。

2‐b　「初本とすべき歌」と「古歌取」

『和歌口伝』の冒頭には、「初本とすべき歌」という項目が立てられている。この中で源承は、俊成をはじめ、定家と俊成卿女、そして為家とその嫡男為氏の詠歌の中から、理想とすべきものを選んでいる。本節において注目したいのは、それらがどのように古歌を摂取しているかである。特に為家と為氏の詠歌を抜き出し、源承の同世代歌人に対する評価がいかなるものであったかを確認したい。

卯花

うの花の　まがきはくもの　いづくとて　明ぬる月の　影のこすらん

（『続古今集』夏歌・為家「文永二年七月七日題をさぐりて七百首歌人々によませ侍りしに、卯花を」一九〇

＊結句「かげやどすらむ」）

為家がこの歌を詠んだ文永二年（一二六五）七月七日の催し、通称『白河殿七百首』は、当座の探題歌会であった。そこで為家が引きあてた題は「籬卯花」であり、詠歌の下句は「明行く月の影やどすらん」となっている。『続古今集』に入集したかたちでは、結句が「かげやどすらむ」となっており、詞書が示す題からも「籬《まがき》」が抜け落ちている。題に関しては『和歌口伝』も同様であるが、いずれにしても末句「明ぬる月の影のこすらん」は、源承の記憶違いか、あるいは伝写時の誤りであると考えられる。ここでは『白河殿七百首』に詠まれた以下のかたちにしたがって、為家の詠歌過程に介在した古歌を探ってみたい。

　　籬卯花
卯花の　まがきは雲の　いづくとて　明行く月の　影やどすらん
（『白河殿七百首』夏七十首　一三五）

まず「雲のいづく」「明」「月」「やどる」および結びの「らん」という詞から、次の古歌が再利用されていると考えられる。

　　月のおもしろかりける夜、あかつきがたによめる
夏の夜は　まだよひながら　あけぬるを　雲のいづこに　月やどるらむ
（『古今集』夏歌・清原深養父　一六六）

「夏の夜は、宵の気分を残したまま早くも明けてしまったが、いったい雲のどのあたりに、月は宿っているのだろう」と、夏の短夜の「心」を、機知をもって詠んだ歌である。他方、為家の歌において、雲のどこかにあるの

かと訝られているのは、明け方に茫漠たる光を放つ卯花の植えられた垣根であり、それが消えてゆく月の光を宿しているのだろうかと詠まれる。卯花の白さを、明け方の月光の残滓に見紛えるという趣向は、一一世紀後半あたりから盛んに詠まれはじめる。勅撰集に載る歌として、たとえば次のような歌がある。

月かげを　いろにてさける　うのはなは　あけばありあけの　心地こそせめ

（『後拾遺集』夏・よみ人しらず「題しらず」一七三）

したがって、そこから約二世紀を経た為家の時代には、卯花と月光との取り合わせは、すでに使い古されたものになっていたといってよい。しかしそれを、夏の短夜の月を愛惜する古歌から抽出した「雲のどこかに〜が宿っているのだろう」という趣向と合成することによって、卯花と月光の配合における意外性が生じている。第Ⅰ部で見た、為家の「古歌を取る」方法の特徴を如実に示す歌といえよう。しかも為家はこの趣向の合成を、探題の当座詠、すなわち即興的な詠歌の場において実践している。これは為家の「古歌取」が、いかに精密かつ迅速であったかをあらわす証となる歌である。その膨大な詠歌の中から、源承が「初本とすべき歌」に選んだ所以であろう。

初秋風

をとたてて　いまはた吹ぬ　わが宿の　荻のうは葉の　秋のはつかぜ

（『新勅撰集』秋歌上・為家「題しらず」一九八）

定家が『新勅撰集』に入集させた詠歌から源承が選んだ「初本とすべき歌」である。出典は不明であり、『新勅撰集』にも「題しらず」とされて入集している。つまり「初秋風」を詠んだものと判断したのは、源承である。この詠歌に関してはすでに考察したが【二・1・c】、その内実を再び確認しておく。荻の葉に吹く風が立てる音によって秋の到来を知るという着想は、初秋を詠む歌において常套的なものといってよい。まず「荻のうは葉」「秋のはつかぜ」という詞は、

あさぼらけ　をぎのうはばの　露みれば　ややはださむし　あきのはつかぜ

（『好忠集』「はじめの秋　七月」一九二『新古今集』秋歌上「題しらず」三一一）

から摂取されていた。しかし初秋を詠んだという共通点はあるものの、好忠詠の荻の上葉は「露」と結びついており、早朝それが風に吹かれて乱れるのを眺めることによって肌寒さという身体感覚に変換するという「風情」を、為家は再利用していない。次に「音」「いまはた」「吹」「荻」「かぜ」から、

夕暮は　荻吹く風の　音まさる　いまはたいかに　寝覚めせられむ

（『新古今集』秋歌上・具平親王「題しらず」三〇三）

の影響を指摘することができた。ここでも、夕暮の風に吹かれて立ち騒ぐ荻の葉音を、寝る時に思い起こして、「今はまたいっそう」目を覚まされる、という「風情」は、為家詠に影を落としていない。「をとたてて」にも先行例があるが、そこに詠まれる「心」を表出させないという点では同様である。これは、同じような「心」を詠むとしても、特定の古歌の「心」が想起されないように周到に詞を再構成するという、為家に特有の方法であった。このように、源承が為家の詠歌から選んでいる「初本とすべき歌」は、為家の推進した「古歌を取る」方法

によって詠まれたものであるといえる。

次に、為家の嫡男であり、源承の兄でもある二条為氏（一二二二―八六）の詠歌を見てみたい。源承が選んでいるのは、為家が『続後撰集』に撰んだ次の歌である。

花

乙女子が　かざしの桜　さきにけり　袖ふる山に　かかるしら雲

（『続後撰集』春歌中・為氏「花の歌の中に」七〇）

『源承和歌口伝注解』では、一四世紀の歌論書『井蛙抄』を引いて、次の歌を「本歌」として紹介している。(6)

をとめごが　袖ふる山の　みづがきの　ひさしきよより　思ひそめてき

（『拾遺集』雑上・巻第十九巻頭・人麿「題しらず」一二一〇）

「をとめごが」「袖ふる山」という詞から、為氏がこの古歌を参照していたことは疑いえない。しかし「乙女が袖を振る、布留の山の瑞垣が、悠久の時を経てきた久しき以前から、あなたのことを想い染めていた」という、長年の思慕の情を詠んだ古歌の「心」が、為氏詠において表出されているとはいえない。為氏は、「乙女が髪に挿す挿頭につけた桜が咲いた。その乙女が袖を振るという布留の山にも桜が咲いて、白雲がかかっているようだ」と、桜花の季節の訪れを、乙女の挿頭の桜とともに詠んでいる。したがって、人麿詠を為氏詠の「本歌」と見なすことはできない。やはりこれも、「古歌取」によって詠まれていると解釈するべきであろう。

また「〜の桜」「さきにけり」という詞続きからは、次の名歌が思い起こされる。

内大まうちぎみのいへにて人人さけたうべてうたよみ侍けるに、はるかに山ざくらをのぞむといふ心をよめる

たかさごの　をのへの　さくら　さきにけり　と山のかすみ　たたずもあらなん

（『後拾遺集』春上・大江匡房　一二〇）

桜の開花を悠然たる遠景に望むという点で、為氏詠と匡房詠とは主題を共有している。但し、為氏が「乙女子がかざし」から「袖ふる山にかかるしら雲」へ、「桜」を媒介として視点を誘導するという趣向をもって詠んでいるところから、匡房の歌の「心」が表出されることはない。その詞の響きが揺曳するのみであるといえようか。これと同様に、次の西行（一一一八―九〇）の歌も念頭に上る。

おしなべて　花のさかりに　成りにけり　山のはごとに　かかるしら雲

（『千載集』春歌上・西行「花歌とてよめる」六九）

第三句「～にけり」から結句「かかるしら雲」という響きが共通しているものの、その「心」の侵入をやはり「乙女子がかざしの桜」が阻んでいる。以上のように、遠望される桜という古歌に親しい「心」を詠み、かつ詞を摂取していると考えられるにもかかわらず、特定の古歌の「心」が表出されないように詞を再構成するという方法は、為家のそれと共通している。為氏が御子左家の嫡男として、その方法を正確に把握し、自らのものとしていたことが垣間見られる。とすれば、為氏の歌は、第二章で見た為家の自讃歌、

明けわたる　外山のさくら　夜のほどに　花さきぬらし　かかる白雲

も分解して、詞を摂取していたと解釈することも可能であろう。

為家と為氏の歌の分析を通して明らかになったように、源承が「初本とする歌」は、「古歌を取る」方法、あるいは為家に親しい方法によって詠まれている。この事実は、為家の次世代歌人、特にその嫡流において、「古歌取」的な方法が理念化されていたことを示す、一つの証である。源承による阿仏への敵対視は、所領争いという経済的な次元においてはもちろん、詠歌理念の違いそのものにも起因している。

2-c 「似劣る」歌の忌避

源承が「古歌を取る」詠み方を理念化した動機について考える上で示唆的なのは、『和歌口伝』で繰り返し用いられる「似劣る」という語である。この非難は、主に同時代歌人に向けられているところから、源承の世代における古歌再利用意識の実態をあらわすと同時に、その行きづまりをも想像させる。たとえば、飛鳥井雅有（一二四一—一三〇一）の歌、

よそに見し　雲もさながら　うづもれて　霞ぞかかる　かづらきの山

を、家隆の歌、

けふみれば　雲も桜に　うづもれて　霞かねたる　みよしのの山
（『新勅撰集』・春歌上・巻第一巻軸・家隆「千五百番歌合に」七二）

と並べて、

是も、面形をとりて侍にや、桜にうづもれたるこそ、たぐひなく思よりて侍を、雲もさながらといひ、霞かねたる、おかしく侍を、かすみぞかかるとをきかへん許は、似劣てや侍らむ。

と評している。(7) 家隆は、桜を雲に見紛えるという常套的な発想を逆手にとり、雲が満開の桜の中に埋もれてしまっているように見え、吉野山には霞も立たないという趣向をもって詠んでいる。源承の解釈では、雅有はこの一首の眼目となる趣向を、イメージもそのままに摂取している。霞も立たないという趣向こそがおもしろいにもかかわらず、それを転換して霞がかかっているなどと詠むことは、家隆の歌に似通っているというよりも、むしろ劣っていると、源承は見なしている。このように、先達が「よみのこしたる風情」はないという源俊頼（一〇五五―一一二九）の時代からの共通認識と、新古今時代を頂点と見る和歌史的な認識から、「心」を異文脈へと移植せぬまま、先行する歌から詞を摂取することによって、「似劣る」歌しか詠むことができない、という結論が導き出される。ここには、「心を取る」方法、すなわち古歌を「本歌とする」方法の限界を感じとることができる。少なくとも源承は、新古今歌に「似劣」っている、自らと同時代の歌を列挙しているところから、それを痛感していたと考えられる。このことこそ、為家を基点として、古歌を「本歌」とするのではなく、古歌の詞を異文脈において再利用するという表現意識へと方向性が転換した、一つの要因であったのではないだろうか。

『和歌口伝』の「不審ある歌」という項目には、以下のような挿話が載る。建保四年（一二一六）の『内裏百番歌合』で、順徳院は

一すじに　うきになしても　たのまれず　かはるにやすき　人の心は

此心詞をうつしよめる歌あまた出来たりしをば、先人撰歌時、建保の御弟子とて皆すてられにき。

（『続後撰集』恋歌四・順徳院「恋歌の中に」八六八）

という歌を詠んだ。これに対して、

という為家の扱いを、「庭訓」たりうるものとして紹介している。為家は、『続後撰集』を撰進する際、順徳院の歌の「心詞」をそのまま移しただけのような歌を、「建保の御弟子」としてすべて切り捨てた。同時代歌人の詠んだ詞のみならず「心」までをも再利用しているために、価値創出への道が全く閉ざされている歌を、為家はその歌の「弟子」のようなものであると表現している。弟子は師に似ることはあっても、決して師を超えることはできない、というのがその含意であろう。仮に師と同じ土俵に立つならば、その「心」を変換する詞の配列を周到に操作し、その「心」の表出を避けなければならない。ここからはまた、進んである歌の「弟子」となることをやめ、自ら師となるべきだという志向を読みとることもできる。これも同時代における「似劣る」歌への批判であるととらえられよう。為家による「古歌取」およびその基盤となる詠歌理念は、源承や為氏の中に、たしかに息づいていた。

3　二条為世の「本歌取」分類

ここまで、為家の次世代に当たる歌人たちの表現意識の中で、「本歌」という語の規定、あるいは「本歌を取る」という方法の内実が、それ以前とは異なってきていることを確認した。本節では、このような用語の錯綜が進展した一つの契機として、古歌再利用法を分類するという意識について見てみたい。

この分類意識は、すでに新古今時代の全盛期の直後に書かれた『八雲御抄』にあらわれていた。『八雲御抄』において「古歌をとる事」は、「詞をとりて心をかへ」る詠み方と、「心ながらとりてものをかへたる」詠み方の二種に大別される。とはいえ、後者は補足的なものであり、「古歌をとる事」は「詞をとりて心をかへ」るものと同一視してよいことが導き出された【一・2】。この見解を踏襲し、「古歌を取る」という方法に価値創出の可能性を見出したのが為家であった。他方、阿仏や源承は、「古歌を取る」ことを「本歌を取る」という語によって記述していた。これはいわば、用語規定の逆転である。「本歌」という語は語義どおり、摂取の対象となる「本の歌」という指示内容を回復したと見ることもできる。

このような状況を踏まえて、古歌再利用法の総体を「本歌を取る」と呼びながら、それを分類しようとしたのが、二条為世（一二五〇―一三三八）である。為世は、為家の嫡男為氏の子、すなわち御子左藤原家の嫡流である。ところが、為氏の時代に御子左家は分裂を余儀なくされ、為世の時代には、歌壇における主導権を血族同士、すなわち京極家や冷泉家の歌人たちとの間で争うようになっていた。二条家歌人たちの中で、自らこそ歌の道の「宗匠」であるという自覚が芽生え、俊成を祖とする歌道家の「師説」を重んじる風潮が顕著になったのは、当然の帰結である。したがって為世の言説は、歌壇の中心において提唱されたものであり、後世への影響も甚大であった。為世による「本歌を取る」方法の分類はそれゆえに、古歌を再利用するという方法に対して「本歌取」という用語が採用される一つの大きな契機として位置づけられる。まずはその分類の実態から見てみたい。

3-a　分類基準：内容から形式へ

『和歌用意条々』の成立年代は不詳であるが、奥書の為世の呼称から、正応五年（一二九二）以後の成立とされる。[8] その中に、「本歌をとる事さまざまの体あり」という項目を立て、古歌再利用方法を分類する箇所がある。そこでまず述べられるのは、次のような形式上の理想である。

古歌の詞を上下して、おきあらたむる事本体なり。本のままにおきつればいかなる風情をめぐらしつれども、新しき歌に聞えず。

古歌の詞を摂取する上で、その配置を古歌におけるそれとは変えること、特に詞の順番を入れかえて上下句に分散させることの推奨は、定家の『近代秀歌』にすでに見えていた。その理由を「新しい歌に聞えない」ためとするのも、『近代秀歌』と全く同じである。但し為世が、このような詠み方を「本体」と見なしていることには注意すべきであろう。為世において、「本歌をとる事」はまず、この理想的な形式を充たすべき方法として把握されている。この意味で、分類の第一項目が、「本歌の詞をおきかふる体」をもってはじまることもゆえなしとしない。つまり為世は、詞の配置を変えているか否かという、それまでにはなかった分類の基準を、一義的なものとして設けていることになる。

それを証立てるように、為世の推定する「本歌」と対にして挙げられる「本歌の詞をおきかふる体」の例には、古歌の「心」を変えて詞のみを摂取したものと、古歌の「心」に詠み重ねたものの両者が混在している。たとえば、『源承和歌口伝』「初本とすべき歌」の例としても挙げられていた為家の歌、

卯の花の　籬は雲の　いづくとて　明けぬる月の　影やどすらむ

［為世の想定する「本歌」］
夏の夜は　まだ宵ながら　明けぬるを　雲のいづくに　月宿るらむ

は、前述したとおり、「古歌取」の例である。また以下の対も、為家の詠歌にかかわるものである。

泉川　水まさるらし　夕立に　けふみかのはら　雨ぞふりきぬ
（『秋風和歌集』夏歌下・為家「原夕立といふことを」二一五　＊結句「雨はふりきぬ」）

［為世の想定する「本歌」］
都出でて　けふみかの原　泉河　かは風さむし　衣かせやま
（『古今集』羇旅歌・よみ人しらず「題しらず」四〇八）

この歌は、「けふ」の「みかのはら」の、「泉川」における情景を踏襲し、そこに夕立を降らせるという、古歌を

「本歌とする」方法をもって詠まれたものと考えられる。このように、為世においては、古歌の「心」を転換したか否かは、「本歌の詞をおきかふる」上で問題となっていないことが、まず確認されよう。

この項目に挙げられる例は、すべて為家の詠歌である。これに続けて、「他家には此体をはばからず」として、真観ら反御子左家歌人によって詠まれた、古歌の詞をその配置を変えずに摂取する歌が列挙される。それらの中には為家の歌と同様に、古歌の「心」を変えたものも含まれている。しかしその末尾に、付言として次のように述べられていることに着目したい。

古歌を取る体可被交合歟。

「古歌を取る体」をここに混ぜるべきだろうか、という疑問が、為家詠を含むそれまでに挙げたすべての例に向けられたものなのか、あるいは詞の配置を変えぬことを憚らない「他家」の詠歌にのみ向けられたものなのか、文脈から見て判然としない。また為世のいうところの「古歌を取る体」が、どのような詠歌を指しているのかも不明である。しかしいずれにしてもここでは、用語としての「古歌を取る」ことが、「本歌を取る」ことに内包されていることを確認できればよい。為家以降の和歌世界において、この両者の用語法的な従属関係がついに逆転するに至ったことを示す、為世の見解である。同じ箇所には、次のようにもいわれている。

一句なりとも肝要をとらば、定めて本歌と聞ゆべし。

ある古歌が「本歌」となる条件は、その「心」が依然として機能しているかどうかという内容的なものから、単にある古歌に特有な詞を摂取しているかどうかという形式的なものへと移行している。繰り返し指摘しているように、これは「本歌」が「本の歌」という一般名詞と化したということにほかならない。ここに、「広義の本歌取」という現代の辞書的な定義の淵源を見出すことができよう。

3-b　「本の歌」との優劣関係

古歌再利用法の「本体」としての役割を担う「本歌の詞をおきかふる体」に続く分類項目は、「古歌に贈答したる体」というものである。これは、

有りといふに無しといひ、見るといふに見ずといへる、是也。

と説明される。例として挙げられる三首は、先の項目と同様に、すべて為家の歌となっている。一例とそれに付された評言は、以下のとおりである。

霞みゆく 難波の 春の 夕暮は 心あれ など 身を思ふかな

（『雲葉和歌集』春歌上・為家「題しらず」七四　＊第三句「ゆふぐれに」）

心あらむ 人に見せばや 津の国の なには わたり の 春の けしきを

（『後拾遺集』春上・能因「正月ばかりにつのくにはべりけるころ人のもとにいひつかはしける」四三）

心あらむ人にといへるを、答へて我心あれなと贈答せられたる、無比類者歟。

為世は、為家が能因の詠んだ古歌に「答へ」たと解釈し、そのことを称賛してやまない。このような詠み方を「古歌に贈答したる体」と称する所以である。まず注意すべきなのは、摂取される詞の配置が、古歌とは変わっていることである。つまり「古歌に贈答したる体」は、「本歌の詞をおきかふる」という古歌再利用法の「本体」に付帯する項目として位置づけられる。したがってこのような詠み方も、為世における理念的な古歌再利用法であったと見てよい。この方法論は、『和歌用意条々』をもって初見とする為世独自のものである。

次に重要なのは、為家詠の「心」と古歌のそれとの関係性である。「心ある人に見せたいものだ、津の国の難波あたりの、春の素晴らしい景色を」と、能因の歌は独白のかたちをとる。これに対して、「霞みゆく難波の春の夕暮」とその景色を具体化しながら、そこに臨んで「その景色の美を感受する心、能因がそれをもつ者に見せたいと願ったような心が、自らにあってほしいと思うことだ」と為家は詠む。ここでは、古歌の「心」を下敷きにして、そこに新たな内容を重ね合わせているという意味で、古歌を「本歌とする」方法によっていると解しうる。為世はこの詠のほかに二対の例を挙げた後、

是等者皆以て同じ心詞、本歌に立勝るをや。

との意見を表明している。古歌から詞を摂取しながら同じ「心」を詠んでいると見なしているところから、為世が古歌を「本歌とする」方法をも、理念的な方法として想定していたことがわかる。ここでいわれている「心」とは「難波の春の美景に感動する感受性」という一首の主題であるととらえてよい。為世の定める方法の特質は、二首の間に「贈」と「答」という、時系列において明確な対応関係を認めているところであろう。古歌を一つの

行為と見て、それが設定する世界観を正しく受け継ぎ、それに対する反応として新たな詞を接ぎ足すことが、為世のいう「古歌に贈答したる」詠み方である。それが理想的なものと見なされるためには、さらに「答」が「本歌」に「立勝」っていることが条件となる。同じ「心」の範囲内において歌が詠まれている以上、勝っているか否かは、それを表現する詞によって判断せざるをえない。為世の判断ではおそらく、能因詠における「春のけしき」を展開した「霞みゆく」「春の夕暮」、および「答」の根幹をなす「心あれな」という詞が、「贈」としての古歌に勝っていたということであろう。この意味で、為世のいう「古歌に贈答したる体」には、「おなじ事」を「ききよくつづけなす」ことを志向する為家の表現意識との親縁性を見出すことも可能である。

3－c　「贈答」としての「本歌取」

「本歌」という語はそもそも、贈答歌における「贈」の歌を指すものであった。序章において触れたように、『俊頼髄脳』には、古歌を詠歌に再利用する上で「古き歌」に対して「詠みます」ことを理想とした箇所がある。俊頼はそのような例を挙げた直後に、贈答歌について言及している。それは古歌を再利用するという行為の基盤の一つに、王朝貴族たちが盛んに交してきた贈答歌という形式があったことを示唆している。贈答歌のあるべき姿に関して、俊頼は次のように述べる。

歌の返しは、本の歌に詠みましたらば、いひいだし、劣りなば、かくしていひいだすまじとぞ、昔の人申しける。

俊頼によれば、「答」の歌は、「本の歌」に対して「詠みまし」たものであるべきであり、そうでない場合は「答」を返してはならないとされる。為世のいう「本歌」が、「本の歌」を指していることを示す証であり、「答」えるからにはそれに「立勝」ることを理想とする姿勢が、「本の歌」に「詠みます」ことを志向する贈答歌のそれと正確に対応していることがわかる。(9) 為世の祖父、為家の表現意識は、俊頼による「古き歌」に対して「詠みます」という表現意識を発展させたものであった。為世のそれは、為家とはまた異なる回路において、俊頼と接続しうるものであったといえよう。

為世による「本歌をとる事」の分類項目には、ほかに「取意不取詞の体」と「心をば取らずしてさながら姿を取捨たるやう」の二種があるが、これらに関しては何も説明されず、例も挙げられていない。前者は『八雲御抄』「古歌をとる事」にいわれるところの、「心ながらとりてものをかへたる」方法であると考えられる。後者は、為世独自の表現であるが、「心」を取らず「姿を取捨たる」とは、詞のみを摂取する「古歌を取る」方法の中で、詞の配列が生み出す趣向の枠よりも、その響き自体を重視するような詠み方をいうのであろうか。いずれにしても、為世の分類における強調点が、「本歌の詞をおきかふる体」と、それをさらに限定した「古歌に贈答したる体」に置かれていたことはたしかであろう。

為世が「古歌に贈答したる体」において挙げる為家の歌が、前世代にあたる時代の勅撰集、『続後撰集』『続古今集』『続拾遺集』のいずれにも入集していないという事実は、古歌再利用意識の変遷を見る上で重要である。為世はそのうちの一首を、自らが撰者となった『新後撰集』に入集させている。これは、古歌の再利用法の変遷に伴って、その方法によった詠歌の価値基準そのものも変化したことをあらわしている。

為世の著したもう一冊の歌論書である『和歌庭訓』には、「本歌の事」という項目がある。そこでは、以下のような方法が説かれている。

とるべき句などのなくして、しかもとりぬべからん万葉集などの歌をば心をよくとる也。

これは、俊成以来の万葉歌称揚の風潮を受けて、『万葉集』に詠まれる「心」を再利用することを謳ったものであろう。例に挙げられる一首は、父為氏の歌である。

人とはば　みずとやいはむ　玉津嶋　霞む入江の　春の曙
（『続後撰集』春歌上・為氏「建長二年詩歌をあはせられ侍りし時、江上春望」四一）

［為世の想定する「本歌」］
玉津嶋　よくみていませ　あをによし　ならなる人の　まちとはばいかに
（『万葉集』巻第七・雑歌・羈旅作「藤原卿が作」一二一五）

この為氏の歌に対して、

玉津嶋の一句の外はよろしき句侍らぬほどに、かやうにとられ侍るにや。大方及びがたきさま也。

と為世は絶賛している。実際に取られている詞は「玉津嶋」という地名だけではない。「玉津嶋をよく見ておきなさい、奈良で帰りを待っている人が、玉津嶋はいかがでしたか、と問うならば、どのように答えますか」と、万葉歌は「答」を促すように詠まれている。これに対して、「もし人が問うならば、玉津嶋など見ていないと答えよう、入江は霞む、春の曙であった」と詠む為氏は、まさに「古歌に贈答」している。この歌は、『続後撰集』

に採録された。撰者為家は、贈答の「本の歌」と比較して、玉津嶋を見ていないという趣向と、その原因としての「霞む入江の春の曙」という増幅された内容を、高く評価したと考えられる。さらにこの為氏詠は、『和歌庭訓』「余情の事」という項目においても例に挙げられ、次のように称賛されている。

玉津嶋の有さまをこまかに詠じたらんよりも、彼浦の景気眼にうかびて、おほくの風情こもりて聞ゆる也。

為氏の歌は、玉津嶋の様相を細部にわたって詠むよりも、かえって和歌の浦のイメージを髣髴《ほうふつ》させ、多くの情感がこもっているように聞こえると解釈されている。ここでいわれている、イメージを最小限の詞によって表現するという要素は、古歌への贈答という「心」の時系列的な重層構造があって、はじめて獲得されるものであろう。錯綜していく古歌再利用意識の中で、「古歌に贈答したる体」は為世において以上のように設定され、はじめて高い価値を認められた詠み方であった。

結

本章では、新古今時代および為家の時代の次世代にあたる時代の言説を素材として、古歌再利用意識が種々の局面において錯綜していく様相を追った。源承・阿仏・二条為世といった、為家と直接対峙してその教えを受けた世代にして、すでに「本歌を取る」と「古歌を取る」という用語規定の区別は曖昧となり、前者をもって後者を包括しようとする意識を確認することができた。但し、用語の規定はどうあれ、為家が先鋭化した「古歌取」

および古歌の詞の再構成は、潜在的な方法論として、源承と為世によって踏襲されていた。いわば御子左藤原家の嫡流において、〈擬古典主義〉への順応が見られたといってよい。

為家以降の和歌世界において変化したのは、用語の規定のみではない。それと相まって、古歌再利用意識そのものの錯綜ともいうべき事態が起こる。阿仏が『夜の鶴』において提唱した、「そらごと」を廃し「ありのままのこと」を詠むという詠歌態度にかかわる主張は、直接的な影響はなかったとしても、次世代の京極為兼の詠歌理念と共鳴するものである。次章では、鎌倉時代末期からはじまる、いわゆる二条派と京極派の対立の中に、その錯綜の要因を見る。為兼の歌論書からその詠歌理念を導き出し、また対立する「二条派」のそれをも併せて参照することで、中世和歌における古歌再利用意識の根底にある和歌観および歌詞観を解明したい。

註

（1）阿仏の呼称に関して、同時代においては女房名「安嘉門院四条」がもっとも一般的であり、歌集などにはこの名で収録されている。今日では「阿仏尼」という呼称が普及している。しかし、たとえば正徹（一三八一―一四五九）の歌論書『正徹物語』に見られるように、法名は「阿仏」であり、後世にもその名が伝わっている。そのため本書においては、「阿仏尼」ではなく「阿仏」の名で統一した。『正徹物語』の当該記事は、次のとおりである。

為相は、安嘉門院四条腹の子也。安嘉門院へまいりし間、安嘉門院四条と云也。為守も此腹也。安嘉門院四条を出家の後、阿仏と申ける也。

（2）一例を挙げると、福田秀一は、『毎月抄』の伝本のうち、冷泉家蔵本系統にある為家の奥書、および為相の子、為秀の奥書が偽作でなく、したがって『毎月抄』が定家の真作であると認める立場をとる。これにしたがえば、為家から為相への相伝の段階で、阿仏の関与を確実視してよいことになる。福田秀一『中世和歌史の研究』（角川書店、一九七二）第三篇・第三章「詠歌一体（甲本）の成立と毎月抄偽作説について」。

（3）藤壺の歌における「なほうとまれぬ」の「れ」は自発の助動詞「る」の連用形、「ぬ」は、完了の助動詞「ぬ」の終止形であるという見解が、今日では大勢を占めている。他方、「れ」を「る」の未然形で可能の意ととり、「ぬ」を打ち消しの助動詞「ず」の連体形と見れば、たとえ不義の子であっても、やはり源氏との間に授かった子をうとましく感じることなどできない、という意となる。それを摂取したと考えた場合、俊成卿女の歌においては、「山桜」が無常の世の中の象徴であると重々知りながら、それを愛でる気もちを捨てることなどできない、という逆説に主眼が置かれることになる。また藤壺詠においては自発＋完了であった意を、俊成卿女が不可能の意に転換したと、推測を進めることも可能である。

（4）『源承和歌口伝』収載の万葉歌の表記に関しては、原則として『和歌口伝』の表記をそのまま載せたが、いわゆる万葉仮名表記になっている場合は、便宜的に仮名交りの表記を〔　〕内に併記した。

（5）『愚問賢注』における、良基による頓阿への質問に、

　万葉に「佐野の渡にいへもあらなくに」といふを、定家卿とりて「袖うちはらふかげもなし」とよめり。これは本歌をとる本など申。しかるべきにや。

と見えるのが早い。宗祇（一四二一―一五〇二）『自讃歌註』にも、「この歌を本歌をとれる歌の本といへり」とある。

（6）『源承和歌口伝注解』二二一頁。

（7）『雅有集』では、

　よそにみし　くももさながら　ひとつにて　かすみぞかかる　かづらきのやま

（『雅有集』「仙洞御百首　秋日同詠百首応製和歌」「春」二八七）

とあり、『和歌口伝』に載るかたちと第三句が異なっている。したがって源承の引用が、批難する意図の先行した恣意的なものであることは否めない。とはいえ、雅有の歌が家隆の歌に比して「似劣」っているとする源承の解釈は、妥当性を失うものではなかろう。

（8）『日本歌学大系　第四巻』所収『和歌用意条々』解題、二二一頁。

（9）鴨長明『無名抄』には、俊頼の子、俊恵（一一一三―九四以前）が、小侍従（生歿年未詳）の歌の特質として

「歌の返し」が誰よりもすぐれていたと述べたと紹介されている。

本歌にいへる事の中に、さもありぬべきところをよく見つめて、これを返す心ばせの、あり難きにこそ。

というのがその評言である。「本歌」に詠まれた内容の中で、いかにもそうであるに違いないと共感できるところをよく吟味する、とは「本歌」に対して「詠みます」あるいは「立勝る」ための前提条件であると見なすことができる。

第四章　「心詞」の再利用可能性

序

　ここまで、中世和歌世界における古歌再利用意識の諸相を見てきたが、その表現論的な意義や価値基準が明らかになっていくにつれて、一つの根源的な疑問が立ち起こることになる。中世の和歌世界は、なぜ新しき「心」の詠出のために、新しき「詞」の領域に頼らなかったのか。いいかえれば、俗語＝「ただ詞」を歌詞へと採用するという帰結に至らなかったのは、何ゆえであったのか。新しい内容を模索するにあたって、その構成要素である詞自体を刷新するという選択肢は、明治時代の自然主義文学の隆盛を待たずとも、中世の段階で当然考えられたはずである。それでもなお、過去に詠み出だされ蓄積されてきた「歌詞」の引力は、有無をいわさず歌人たちをとらえて離さなかった。この事実は、「詞」をあえて語彙的に限定しながらも、なお新たな「心」を詠み出ださんとする志向性の中に、詞とそれがあらわす「心」との間に設定され、共有されていたある関係性が内包されているということをあらわしている。

　この問題について考察する上で格好の素材となるのが、鎌倉時代後期から南北朝時代にかけて、対照的な歌風を提唱して対立した、二条・京極両派それぞれの和歌観である。この対立はまさに、和歌における「心詞」の関係性、そのあるべき姿についての考え方の根本的な相違に起因していた。本章では、両派の活動の初期、すなわち両派の対立がもっとも顕著であった時期に、各々が互いを意識しながら著したと目される歌論書の内容に焦点を当ててみたい。具体的な考察に入る前に、まずは当時の歌壇の情勢とそれぞれの歌論書の性格について、ごく簡潔にではあるが述べることにする。

　藤原俊成・定家父子の歌壇への貢献によって、歌道の家としての地位を確立した、いわゆる御子左藤原家は、定家の嫡男為家以降、当時の政治情勢や皇統争いなどと複雑に絡み合いながら、分裂の途を辿る。為家の息子である為氏・為教・為相は、それぞれ二条家・京極家・冷泉家を興して歌道の正統を争ったが、表面上はやはり、嫡男為氏の二条家が正統を継ぐこととなった。為氏の嫡男である二条為世の著した歌論書『和歌庭訓』（一三二〇―二六成立）は、それゆえに俊成・定家・為家による歌論の内容を意識的に継承しようとしたものであり、同時に「二条派」の和歌観を代表するものである。

　一方、為氏の弟、為教（一二二七―七九）の子として生を受け、同時代において二条為世の好敵手となったのが、京極為兼（一二五四―一三三二）である。庶流として和歌の世界にかかわることを余儀なくされた為兼は、歌道の正統をもって自らを任じる二条派の歌風に対抗して、独自の和歌観を提唱した。この為兼を指導者的な存在として、和歌史上独特の歌風をもって知られるのが、「京極派」の和歌である。初期京極派の和歌は、為兼が撰進した第十三番目の勅撰集『玉葉和歌集』（一三一三完成）に結実している。その歌風の指標となったのが、為兼の著した『為兼卿和歌抄』（一二八五―八七頃成立）であった。

　以上の歌論書にあらわされた主張を主な考察素材として、和歌における詞と「心」との関連性の諸相を帰納的に特定し、古き詞が新しき「心」のために採用されるに至った必然性について明らかにしたい。

1　二条派の和歌観──詞の配列による「心」の操作

1-a　詞の「つづけがら」と詠歌の独自性

二条為世の『和歌庭訓』には、一つ書きのかたちで六つの主となる教えが述べられている。その冒頭に置かれるのが、「心はあたらしきをもとむべきこと」という教えである。「詞はふるきをしたふべき事」という教えとともに、為世は父祖定家の主張を、言葉遣いもそのままに踏襲している。為世はここでまず、以下のような諦観を開陳している。

あたらしき心いかにも出来がたし。よよの撰集、よよの歌仙、よみのこせる風情有べからず。

和歌に詠まれるべき「あたらしき心」や「風情」は、すでに飽和状態にあるという考え方は、古くは源俊頼が『俊頼髄脳』で述べており、順徳院の『八雲御抄』、為家の『詠歌一体』にも同趣旨の主張が見えていた。成立当初から和歌史上の金字塔として見なされていた『新古今集』の時代から、およそ半世紀後に生を受けた為世らの世代の歌人たちにとって、これがまさに切実な感情であったことは、想像に難くない。但し、このことに対する為世の反応は、決して悲観的なものではなかった。

花をしら雲にまがへ、木葉を時雨にあやまつ事は、もとより顔のごとくにかはらね共、さすがをのれをのれとある所あれば、作者の得分となる也。

ここで為世は、当代の歌人たちが歌に詠む「心」が、たとえ伝統的に和歌に詠まれてきたそれと変わらなくても、人の顔が二つの瞳と一筋の鼻梁で成り立っていながら各々異なるように、その作者に帰せられるような独自性を創出することは可能であるといっている。つまり為世は、「心」の新しさを、「さすがをのれをのれとある所」、すなわち顔貌の差異になぞらえられるような独自性によって代用することが可能であると解している。花を白雲に見紛え、木の葉の散る音を時雨の降る音と聞きまちがえるといわれるものは、一首に含まれる趣向＝「風情」にほかならない。これが、目鼻や口のような顔貌の構成要素にたぐえられている。顔貌の差異はそれらの要素のかたち、および配置によって決定される以上、ここで為世がいう独自性は、「風情」を構成する詞の配列、およびその延長線上にある「風情」自体の配列にかかわっていると考えられる。

この見解に関連するのが、「詞はふるきをしたふべき事」において重視される、「つづけがら」という概念である。「つづけがら」とは、個々の詞の組み合わせ方、配列の仕方を指す語であり、新古今時代以降の歌論に頻出する。たとえば『毎月抄』には、次のような言及がある。

申さば、すべて詞に、あしきもなくよろしきも有るべからず。ただ続けがらにて、歌詞の勝劣侍るべし。

歌詞自体には優劣がない。歌詞の優劣は、詞の配列の仕方によってはじめて決定できるという意見である。一方で為世は、『八雲御抄』を引いて、詞にはよきもなし、あしきもなし、ただつづけがら也。

と主張している。一見『毎月抄』と同様の主張であるが、『八雲御抄』における「つづけがら」は、「ふるき詞」から「こころをつくる」方法において、いわばその根幹をなす要素として設定されたものである。[1] したがって為世においても、「つづけがら」は「ふるき詞」の配列を意味し、それは一首の表出内容としての「心」の優劣を決定づけるものとして把握されていたと考えられる。以上をまとめると、為世が「心」の新しさに代用しようとしていた「風情」の独自性は、詞の「つづけがら」によって判断されるものであることが確認できる。[2] では、この「つづけがら」自体の優劣は、いかなる要素によって決定されるのであろうか。

為世が直に和歌の手ほどきを受けた祖父為家の『詠歌一体』においても、詞の配列がきわめて重視され、随所でこのことが強調されていた。

おなじ風情なれど、わろくつづけつれば、あはれよかりぬべき材木を、あたら事かなと難ずるなり。されば案ぜむをり、上句を下になし、下句を上になしてことがらをみるべし。上手といふは同じ事をききよくつづけなすなり。

（『詠歌一体』「歌のすがたの事」）

おなじふる事なれど、言葉のつづきなし様などの珍しくききなさるる体をはからふべし。

（同、結語）

「同じ趣向であっても、それを変換する詞を悪く続けてしまえば、『ああ、せっかくいいものであったはずの材木に対して、惜しいことをしたものだ』と非難すべきである。したがって歌を詠み案じているときに、上の句を下に置き、下の句を上に置いて、あらわされることがらの変化を見るべきである。上手と呼ばれる歌人は、同じことがらであっても、耳に心地よく詞を続けるものである」と為家は主張する。ここで注目すべきなのは、たとえ詠歌の「心」を構成する「風情」＝趣向がすぐれたものであったとしても、詞の組み合わせ方や配列の仕方を間違えれば、一首の価値が損なわれてしまうと見なされている点である。裏を返せば、何度も詠まれてきたような「心」ないし「風情」であっても、詞の配列さえ秀逸であれば、一首の価値は認められる。この配列の良否の基準が、「ききよく」、あるいは「珍しくききなさるる」といわれるように、聴覚印象に置かれていることは、繰り返し確認してきた。ここには、和歌にあらわされている「心」が、詞の聴覚印象に連動して変化するという考え方が、如実にあらわれている。

また為家は、「歌詞の事」という教えの中で、「ぬしぬしある事」というものを設定していた。たとえば、

よられつる　野もせの草の　かげろひて　すずしくくもる　夕立の空
（『新古今集』・夏歌・西行「題しらず」二六三）

における「すずしくくもる」や、

またやみむ　かたののみのの　桜がり　花の雪ちる　春のあけぼの
（『新古今集』春歌下・俊成「摂政太政大臣家に五首歌よみ侍りけるに」一一四）

における「花の雪ちる」などがそれである。これらの詞の意義について、次のように説明される。

聞きよからむ詞はいまはじめて読みいだしたらむもあしかるべきにあらず。上手の中にはさる事おほかり。

「聞いて心地よいような詞は、今はじめて詠み出だしたものであっても、悪いものではない」ということは、為家は「ぬしぬしある」詞に、「聞きよからむ」という意味での価値を認めていた。「同じ事をききよくつづけなし、「聞きよからむ」詞を詠み出だすことができるというのが、為家の規定する「上手」の条件である。以上の要素に鑑みて、為世のいう「つづけがら」の優劣も、詞の配列の聴覚的な要素によって判断されるものであったと考えられる。したがって、意外性をもった聴覚印象を誘発する、句単位での詞の連なりこそが、為世のいうところの「心」の新しさを代用する独自性、「さすがをのれをのれとある所」であろう。

1−b　聴覚印象と「余情」

為世においては、詞の連なりから生じる聴覚的な印象は「心」の新しさと同等のものであるばかりではなく、「心」が表出する情感の深さにかかわるものでもある。慣習にしたがって、為世は和歌における「余情」を重視し、「わづかに三十一字のうちにおほくの心をよみあらはす」（「余情事」）ことを志向する。「余情」ある歌として例に挙げられているのは、次の三首である。

ゆふされば　かどたのいなば　おとづれて　あしのまろやに　秋風ぞふく

（『金葉集』三奏本・秋・源経信「師賢朝臣の梅津に人人まかりて歌よみけるに、田家秋風といへることをよめる」一六四）

夕されば　野べのあきかぜ　身にしみて　うづら鳴くなり　ふか草のさと

（『千載集』秋歌上・俊成「百首歌たてまつりける時、秋の歌とてよめる」二五九）

うづらなく　ま野のいりえの　はまかぜに　をばななみよる　秋の夕ぐれ

（『金葉集』三奏本・秋・俊頼「堀河院御時御前にて草花を採りて人人歌つかうまつりけるに、すすきをとりてつかうまつれる」二三三）

いずれも、当時人口に膾炙していた名歌であるが、為世はこれらに対して、次のように賞讃している。

うたのおもてにはさしたる曲節も見えず、ながめいだせば、あはれもふかくさびしさもまさる歌ども也。

字面のみを追うと、これといってすぐれた音の印象のある歌には見えない。ところが吟詠してみると、感動が深まり、寂しさも増すという。

為世を筆頭とする二条派の和歌観において、一首の表出内容としての「心」と詞の配列とは、きわめて密接に関連する。そこでは「心」は、詞の聴覚印象と連動性をもつものである。ゆえに「心」の伝達の深度は、詞の配列自体を媒体として決定される。これはつまり、詞の配列がその響きによって、いわば歌の「心」の深浅を操作することができるという見解である。

為家は「ぬしぬしある」詞を設定することを通して、それらを詠み出だした歌人ただ一人に帰せられる、独自の響きを帯びている詞を、詠歌に再利用することを厳しく戒めていた。これも、「心」が詞の配列とその響きによって操作されるという和歌観にもとづいていると考えてよい。『近代秀歌』において、古きをこひねがふにとりて、昔の歌の詞を改めずよみすゑたるを、即ち本歌とすと申すなり。

という時、定家はその「本歌」の詞の再利用に関して、以下のように戒めている。

「年の内に春は来にけり」「月やあらぬ春や昔」「桜散る木の下風」「ほのぼのと明石の浦」かくの如きの類は、二句と雖も更にこれを詠ずべからず。

定家はその理由を、「新しい歌に聞えない」からであるとしていた。為家の言説を経た為世の主張においては、その基準の恣意性が払拭されている。これらの句は、独自の「風情」を構成すると同時に、その「心」の表出の契機となる独自の響きを発する詞の連なりとして例示されている。したがって、三十一字の中にその響きを取り入れてしまえば、他の詞が連なって発する響きが、かき消されてしまうことになる。

以上のように、為世の和歌観において、「古きをこひねがふ」定家や「同じ事をききよくつづけなす」ことを志向する為家の表現意識は踏襲され、独特の解釈をもって展開されている。それは、詞の配列が生み出す響きの中に「心」を封じこめ、操作することができるという考である。このことこそ、「本歌を取る」にせよ「古歌を取る」にせよ、古歌の詞を摂取しながらその配列を組みかえることによって、新たな「心」の詠出を目指すという、古歌再利用意識の総体の基盤となり、詠歌行為の前提となっていたといえよう。

2 京極派の和歌観――「心のままに匂ひゆく」詞

2-a 「人の心」と「天地の心」との照応

『為兼卿和歌抄』の冒頭で、為兼は地下の連歌師たちにこと寄せて、当代歌人たちの和歌観を次のように批判している。(3)

歌と申候物は、この比花下に集る好事などのあまねく思ひ候様にばかりは候はず。心にあるを志といひ、ことにあらはるるを詩歌とは皆しりて候へども、耳にきき、口にたのしみ候ばかりにて、心におさめ候かた、くらく候ゆへに、ただしらざると同事になりはて候にけるよし沙汰候。

［歌と申しますものは、近頃花のもとに集う好事家などが普通思っております様ばかりではございません。心の中にあるものを志といい、それが詞にあらわれたのが詩歌であるとは皆知っておりますが、耳に聞いて、口に出して楽しみますばかりで、心に修めますことに関しては、無知でございますゆえに、結局何も知らないのと同じことになってしまっておりますことをお伝えするのです。］

近頃「花下」に集って連歌をことととする好事家たちの間では、一句の聴覚印象や口あたりのよさばかりがもてはやされ、本来詠まれる詞のもととなるべき「心」のあり様には、全く関心が払われていない。為兼はここで、いわゆる「花の下連歌」を興行する連歌師たちを槍玉にあげている。しかしこの非難は明らかに、詞の配列の帯びる聴覚印象に「心」の表出する情感の深度を託す、為世と二条派歌人たちに向けられている。つまり二条派歌人たちは、歌の玄人ではない連歌愛好家と同一視され、所詮、和歌というものが何であるかを全く理解していないに等しい、と一蹴されている。為兼は以下のように続ける。

からの歌・やまと歌とは申候へども、うちに動心をほかにあらはして、紙にかき候事はさらにかはるところなく候にや。[…] 弘法大師の御旨趣にも、委見て候にこそ。境に随ひて、をこる心を声にいだし候事は、花になく鶯、水にすむかはづ、すべて一切生類みなおなじことに候へば、「いきとしいけるもの、いづれか歌をよまざりける」ともいひ [...]。

［漢詩・和歌とは申しますが、自らのうちで感動する「心」を外にあらわして、紙に書きますことは、どちらも全く変わるところがないのではございませんか。[…] 弘法大師のご主張される旨にも、くわしく見えることでございます。外界の様相にしたがって、湧き上がる「心」を声に出しますことは、花に鳴く鶯も、水に棲む蛙も、一切すべて、生きているものは同じことでございますので、「いきとしいけるもののうちで、歌を詠まないものなどない」ともいい [...]。］

ここで為兼が引いているのは、空海（七七四―八三五）が『文鏡秘府論』にあらわしている、

夫れ文章興り作るところ、先ず気動き、気心に生じ、心言に発し、耳に聞き、目に見、紙に録す。

（『文鏡秘府論』）

という詩の起源論である。[4] また同時に、紀貫之が『古今和歌集』仮名序で開陳したところの、

やまとうたは人の心を種として、万の言の葉とぞなれりける。

という根源的和歌観も念頭に置かれている。つまり、為兼がここにいうところの「心」とは、一首の表出内容の総体としての「心」ではない。それは「うちに動心」であり、「境に随ひて、をこる心」、すなわち、歌人自らのうちにある「人の心」である。

『為兼卿和歌抄』では、この自身の「心」を詠歌行為の主体とみなす、独自の和歌観が展開されている。

大方、物にふれて、ことと心と相応したるあはひを能々心えんこと、〔…〕春は花のけしき、秋は秋のけしきに心をよくかなへて、心にへだてずなして、言にあらはれば、をりふしのまこともあらはれ、天地の心にもかなふべきにこそ。

歌を詠むにあたっては、外界の事物に触れることによって、その対象と自身の「心」とが照応した、その様相を自覚することがまず重要となる。四季の景の実相に「心」をよく順応させ、その「心」から隔たることなく、「心」の感受したものがそのまま詞にあらわれれば、時節の真の姿もあらわれ、「天地の心」との交感をも達成することができる。これが為兼の考える心と詞との関係性である。また別の箇所では、対象に「心」を向け、「心」がどのように感じ躍動しているのかを自覚した上で「心にことばをまか」せれば、あらわれた詞は自ずと真理を内包したものになるとも述べている。この境地を為兼は、「心のままに詞のにほひゆく」と表現している。

2－b 「稽古」の否定

このように、為兼において和歌の価値を決定する基準は、自らのうちにある「心」の感受した対象が、いかにそのままの状態で詞にあらわれているかという点に収束している。つまり、為兼における表出内容としての「心」は、対象を感受した自身の「心」の様相に等しい。詞の古義や縁語に拘泥することへの非難、題詠における規範に対する懐疑、歌病の無視など、『為兼卿和歌抄』は徹頭徹尾、詠歌において重要なのは自らの「心」の様相をありのままにあらわさんとする姿勢であることを説く。そのような姿勢に立っていさえすれば、詞は「心」から立ちのぼる匂いのごとく、自ずから現出することを、為兼は疑わない。

この和歌観を補強する主張として注目されるのは、定家をはじめとする御子左家の歌論において伝統的に重視されてきた「稽古」のあり方を、為兼が痛烈に批判している点である。

古歌を多くおぼえ、家々の抄物をみるばかりによりて、歌の能よまれば、末代の人ぞ次第に見てはかしこくなるべき。
［古歌を多く覚えて、家々に伝わる歌論や私撰集を見るだけで、歌がよく詠み出だせるならば、時代が下っていくにしたがって、人々はそれらを見て次第に賢くなっていくに違いない。］

いにしへにたちならばんと思はば、古におとらぬところは、いづくより、いかにぞすべきぞと、かなはぬまでも、これこそ委大事にてもあるに、ただ姿詞のうはべをまなびて、立ならびたる心地せんは、叶侍なんや。
［古歌に立ち並ぼうと思うならば、古歌に劣らないところは、どういうところであり、どのように詠むべきかと、たとえ達成し難くても、こういうことこそが大事であるのに、ただ一首の印象や詞の表面のみを学んで、古歌に立ち並

んだ気になるのは、かなわないことではございませんか。」

先に見た二条派の志向するところにおいては、あらわされる「心」やそれをつくる「風情」が同じであっても、それらを変換する上で組み合わされた詞の聴覚印象のいかんによって、一首の独自性は新たに認められるものであった。このような姿勢は、先達の秀歌における詞の配列が、いかにして表出内容としての「心」を体現しているかという点への関心を生む。したがって「古歌を多くおぼえ」、「家々の抄物」を参照し、表現する詞と表現される「心」との連動性に関する用例を収集し分析すること、すなわち「稽古」が重視される。しかし「心のままに詞のにほひゆく」ことを疑わない為兼の立場から見れば、二条派の姿勢は、すぐれた古歌を目指しているとはいえ、単に皮相的な面を学んでいるにすぎず、そのことをもって古歌と肩を並べた気になっているものとして映る。為兼の考える真の和歌表現とは、過去の詞に縛られた不自由なものではない。それゆえに、先達の秀歌に匹敵するほどの歌をいかに詠み出だすかという問題には、自らの実践をもってのみ答えなければならない。為兼にとっての一義的な疑問とは、

歌はいかなる物ぞ、いかにとむきて、いかにとよむべきぞ、よしとはいかなるをいひ、あしとはいかなるをしるべきぞ、昔今のかはれるはいづくがかはれるぞ［…］。

［歌とはどのようなものか、どのように向き合い、どのように詠むべきか、よい歌とはどのようなものをいい、悪い歌とはどのようなものなのかを知るべきである。今昔の変化したところはどのような点なのであろうか［…］。］

という、和歌の本質論に立ち戻るものであった。

和歌とは「をりふしのまこと」をあらわし、「天地の心」との交感を達成するためのものである。これが為兼

を指導者ないしは理論的な支柱とする、「京極派」和歌の眼目であった。和歌に詠まれるべき「心」とは、自らのうちで感動する「心」の様相そのものにほかならない。ゆえに詞は、対象と重なり合うまさにその刹那における、人の「心」の様相と不即不離の関係にある。京極派の立場においては、同じ「心」を反復し、それをまた別の詞の配列によって変換することなどできない。そもそも一回性をしかもたない「心」が、他の「心」と同じになるという事態は、原理的にありえない。この意味で、ある「心」を詞に変換する際に過去を検索するという行為も、理念的には忌避されると考えられる。(5)

3　中世和歌世界の選択

3－a　「歌ことば」と「ただことば」

歌壇の中心にいながらも、中世和歌世界における基幹的な立場とは全く異質の詠歌理念を提唱する為兼、および彼の指導下にある「京極派」の和歌は、当然ながら歌道の家の正嫡をもって自らを任ずる二条家歌人たちによって、厳しい批判に晒されることになる。京極派和歌においてもっとも痛烈な非難の対象となったのは、その詞の用い方であった。

為世は『和歌庭訓』において、京極派歌人たちを次のように糾弾している。

いかなる詞なりとも、などかうつくしうなしたてざるべきとておもひかかる事、返々もきもふとくこそ侍れ。

本来、和歌における詞の扱いには細心の配慮が払われるべきである。にもかかわらず、京極派歌人たちはどんな詞であろうと美しく仕立てることができると思い上がっており、厚顔無恥というほかない、という批判内容である。また、著者に関しては不詳であるが、二条派に近い歌人によって書かれた『歌苑連署事書』（一三一四頃成立）には、為兼一人が撰者となった勅撰集である『玉葉和歌集』に収録されている京極派の和歌を列挙し、それらを激しく難陳する箇所がある。以下に例を挙げて、その内実について考察してみたい。

風ののち　あられひとしきり　ふり過ぎて　また村雲に　月ぞもりくる

（『玉葉集』冬歌・京極為子「冬歌の中に」一〇〇五）

為兼の姉、京極為子（生没年不詳）は、その詠が『玉葉集』に多く採録されている、代表的な京極派の歌人である。寒月を戴く冬の夜の天象を詠んだこの歌は、『玉葉集』の取材対象である『為兼家歌合』（一三〇三）において、

句ごとに心を含みて、景気あらはに面白く侍る［…］。

という高評価を得ている。「景気」とは、一首にあらわされた内容によって現出する、視覚的な影像を指す語である。京極派において、歌を詠む際に重視されるのは、「春は花のけしき、秋は秋のけしきに心をよくかなへて、心にへだてずなして、言にあらは」すことであった。この、自らの「心」をとおして「言にあらは」された「けしき」こそが、京極派和歌において詠出されるべき歌の「心」である。為子の歌を京極派の立場から鑑賞すれば、為子自身の「心」に映し出された対象が、句ごとにそれを内包したままのまま詞となり、その結果、和歌の

「心」は鮮明に像を結んでいると把握される。

ところがこの歌は、『歌苑連署事書』において一蹴されることになる。

ただことばにてものをいひたらんやうなり。うたとはいひがたし。

「ただことば」とは、伝統的に和歌に用いられてきた詞、すなわち「歌ことば」と対をなす概念であり、和歌に用いるべきでない口語や俗語の類を指す。為子の歌は「ただことば」を用いて何かものをいっているように見えるだけであり、それはもはや歌とはいえない。すなわち文字どおり、「ただのことば」の羅列に過ぎない、と見なされている。この批難は、対象を「ありのまま」に詞にあらわそうとする、京極派和歌の根源的志向性に向けられている。たとえば為子詠における「あられ」が「ひとしきり」「ふる」という表現は、「為兼家歌合」以前に歌に詠まれたことは一度もなく、和歌史上はじめて詠み出されたものである。とはいえ、それは中世の人々が日常的に用いるような、俗語の類であった。この意味で、「ただことば」によって会話しているようであるという『歌苑連署事書』の批判は、正鵠を射ているといってよい。古き詞の配列を組みかえ、再構成することによって「心」をつくりあげていく二条派の立場から見れば、「ただことば」は歌の構成素材にはなりえない。

3-b　「心」の反復性と一回性

次に見るのは、為兼の代表歌に対する二条派からの難詰である。

ねやの上は つもれる雪に 音もせで よこぎるあられ 窓たたくなり

（『玉葉集』冬歌・為兼「冬歌の中に」一〇一〇）

よこぎるといはずともたたくにてさこそ心得め。上手のことばづかひはかやうにはなきものを。又かぜともいはでよこぎらんもいかが。

「かぜ」という詞がないにもかかわらず、「よこぎる」という詞が用いられるのは不用意である。そもそも「たたく」という詞だけで、冬の激しい嵐の様子はあらわされるはずであるから、「よこぎる」という詞は全く不必要である、といわれている。「わづかに三十一字のうちにおほくの心をよみあらはす」（『和歌庭訓』）ことを志向する二条派から見れば、為兼の詞の用い方・配列にはいかにも無駄が多く、それゆえに、あらわされるところの歌の「心」も浅薄であると見なされていることがわかる。

では、この種の伝統的な立場からの激しい批難に、為兼ならどう応えるであろうか。『為兼卿和歌抄』には、『万葉集』の和歌を高く評価する中で、

歌詞ただのこと葉ともいはず、心のおこるに随而ほしきままに云出せり。

と述べられている。また新古今時代の高僧、明恵（一一七三―一二三二）の発言が引かれ、

すくは心のすくなり。いまだ必ずしも詞によらじ。

とも主張される。京極派の和歌においては、自らのうちで感動する「心」の状態を正確に把握し、それを表現することこそが、歌を詠むという行為の内実にほかならなかった。したがって和歌の価値を判断する基準は、いかにして「心の自性をつかひ、うちに動心を外にあらはす」かという詠歌の過程に置かれている。一首の価値は当然ながら、詞の「つづけがら」などによって決まるわけではない。自らの「心のままに匂ひゆく」べきものである詞に関して、その配列を意識的に操作することなどもっての外であり、一首の「心」は、自らの「心」をありのままに映写したものでなければならない。

実際に、京極派歌人たちの活動領域内においては、先に見た為子の歌は、為子の「心」に映じた対象のありのままの様相を、日常語を用いて変換するというまさにそのことによって、そのままのかたちであらわれていると解釈されていた。為兼にしても、閨の上で横たわりながら、降り積もる雪に外界の音が吸いこまれるような静寂の中で、窓を横方向から叩く霰の音のみが際立っている、という空間の音響的な様相を、ありのままに詞にあらわしたのであろう。つまるところ、「どんな詞であろうと美しく仕立て上げることができると思い上がっている」という為世の批判は、京極派の立場から見れば全く的外れなものとなる。なぜなら、京極派歌人たちはそもそも、詞を美しく仕立て上げること自体に興味がないからである。

このように、両者の和歌観が交わることは決してなかった。この対立の結末として、南北朝時代の末期に至って、京極派の和歌は「異風」として和歌世界から放逐されることになる。この事実は単に、歌壇における一つの流派の命脈が尽きた、ということのみをあらわしているわけではない。またその理由は、ただ南北朝の政争の勝者が二条派和歌を庇護したから、という皮相的なものでもない。ここには、総体としての中世和歌世界によって下された、「心詞」の関連性についてのある重大な決断があらわれている。すなわち、和歌の「心」とは、為兼のいうように、自由に動き回る人の「心」のうちで、それがある対象に触れた時に生み出される一回的な詞によってあらわされるべきものではない。それは、共有物としての古き詞の配列によって構成されるべき何ものかでなければならない、という決断である。

但しこれは、感動する人の「心」が、詠歌行為において看過されていたことを示しているわけではない。和歌の「心」は、人が何ものかに感動するその「心」を根源としているということは、『古今集』仮名序の冒頭をもち出してくるまでもなく、いわば自明の前提である。中世から見た過去の和歌の総体は、そのような感動を経て「詞」へと結晶した、「昔の人」の「心」の集合体にほかならない。他方、このことから導き出されるもう一つの前提は、歌人たちを諦観へと導くものでもあった。万葉の時代より連綿と構築され続けてきたこの「心詞」の集合体は、もはやその全容を一望のもとに見わたすことなど不可能なほど、巨大なものである。その中に、せいぜい「七八十年」の時間をしかもたない一人の歌人が、しかも自らの「心」という極限された主体からのみ詠み出された歌の「心」を、新たなものとして加えることなど、できようはずはない。しかし、いったい何のために和歌は詠まれるべきかと問われれば、それは「新しき心」を詠み出だすためであり、「本意」の更新は至上の命題である。そうであるならば、「昔の人」の「心」が保存された豊かな「詞」の海を前にして、とるべき方法は一つしかない。すなわち、京極派和歌をその中心から退けた中世の和歌世界は、「新しき心」への志向性のために、「古き詞」を再利用し続けることを選択した。古き詞の再配列と再構成によって詠み出だされる「心」は、集合体の末端において不断の淘汰を蒙りつつ、時にその微細な部分を更新しながら、集合体を拡張していくことになる。

結

為家から為氏・為世へと連なる〈擬古典主義〉の系譜に対して反発する歌のあり方は、阿仏による「ありのままのこと」を詠むという詠歌態度論に萌芽し、京極為兼による詠歌主体の「心」の重視において花開いた。為兼の主導のもと歌壇に新風を巻き起こした、いわゆる京極派和歌に顕著な方法は、対象に触れて感動する「人の心」の様相を、そのまま詞へと移しかえるというものである。しかしこの「心のままに匂ひゆく」詞は、二条家歌人を中心とした歌壇の勢力から厳しく弾劾されることになる。為世が為家から聞いたという歌の詠み方を、二条派を代表する歌僧、頓阿（一二八九―一三七二）は『井蛙抄』にこう記録している。

民部卿入道〔為家〕申しは、歌をば一橋《ひとつ》をわたるやうによむべし。左へも右へもおちぬやうに斟酌すべき也。心のままによむべからず。

為家を経由した中世和歌の理念を受け継ぐ二条派において、歌詞とはその配列にしたがって歌の「心」の表出する情感を操作しうるものであり、その響きに過去の「心」を封じこめることができるものであった。このような立場から見れば、京極派和歌の詞遣いはもはや「歌」として見なされない。この両派の対立に、京極派の追放をもって応えた中世和歌世界は、古来詠み出されてきた「心詞」の総体を再利用可能なものと見なすという和歌観を選択したといえよう。

この選択は取りも直さず、中世の始発期以来、過去の「心詞」がつねに〈検索〉の対象となってきた事態を再確認することにつながる。蓄積されてきた膨大な古歌は、勅撰和歌集をはじめとする種々の詞華集や私撰集、ないしは類題集などのかたちをとって保存されている。それらの総体はまた、詠歌に際して歌を構成する素材となるべき「心詞」を検索するための〈データベース〉としての役割を果たしてもいたと理解することができる。〈擬古典主義〉への順応は、このデータベースの意識的な構築とその普及を助長するものでもあった。

この事態を裏側から見れば、〈擬古典主義〉の原理にひそんでいる陥穽もまた明るみに出てくる。二条派の和歌は、それまで歌壇の末端を占めるにすぎなかった「地下」の歌人たちを、歌壇の中心部に引き入れた。まさにその一人である頓阿は、為世が撰進した二度目の勅撰集である『続千載和歌集』（一三二〇完成）に関して、『井蛙抄』に為世からの聞書を載せている。

故宗匠〔為世〕続千載集をうけ給はりて被撰時、さして歌よみにもあらざる人の来にも、勅撰こそ候へ、御歌や候、出され給へと申されしを、故戸部〔二条為藤〕其外の門弟も、勅撰は道の重事、秀逸を可被撰事にて侍るに、分明歌もよまぬものに歌をこはるる事、人の難もありぬべき事なり、不可然のよしつぶやき申されしをかへりきかれて、予に対面のとき被仰しは、歌は此国の風俗也、国に生まれたらんものたれか歌よまざらん、稽古して世にしられたるもあり、独吟して心をやしなふ者もあり、能歌の出来る事、歌よみならぬものも読出してふるき集にも入れたり、後撰八子が歌なり、勅撰をうけたまはりて、ひろくよき歌をもとめむとき、名誉なき人もいかなる秀逸をか詠じてもちたらん、などかあひふれであるべきと被申し、返々面白覚侍りき。

為世は『続千載集』の編纂にあたって、大した歌詠みではない、いわば素人歌人からも広く歌を募集した。子の為藤（一二七五—一三二四）をはじめ、門弟たちはこの為世の見識を疑い批難する。しかし為世は、和歌が日本の風俗であることを重視し、また歌詠みとして世に知られた玄人だけでなく、無名の人であってもすぐれた歌を詠んで秘蔵しているかもしれないと期待し、その方針を貫いたという。この箇所は、二条派和歌の「包容力」を示す言説としてまず解される。(6)実際に、為世は地下の歌人を多く門下にしたがえ、彼らに三代集をはじめとする古典の知識をしばしば伝授した。彼らこそが、しだいに嫡流の歌人にとって代わり、その後の二条派和歌を担っていったことは、周知のとおりである。(7)

しかし、「さして歌よみにもあらざる人」「分明歌もよまぬもの」「歌よみならぬもの」「名誉なき人」の中には、おそらく為兼のいう「この比花下に集る好事（好士）」のような歌の素人も、多く含まれていたのではないか。そのことが、まさに二条家が培ってきたような、古典にまつわる正統的な知を融解させる事態を招くことになる。『六巻抄』（一三二八成立）は、行乗（生歿年未詳）が、為世とその弟である定為（一二五二頃—一三二七以前）から『古今集』に関する講説を受け、それを記録した書である。その序文には、

文道の才覚だにもなき花下の衆などいふ輩も、此集を人にさづくるとかや。

という慨嘆が見える。二条派によって拡散された古典の知識は、彼らのあずかり知らぬところでもまた拡散されていた。それは歌道の家における理解との相違をおそれぬ、独自の釈文にもとづいたものであった。たとえば、連歌に使用されうる歌詞の結合例、すなわち「寄合」を収集した書である『連証集』（一三〇〇頃成立）は、

をちこちの　たづきもしらぬ　山なかに　おぼつかなくも　よぶこどりかな

（『古今集』春歌上・よみ人しらず「題しらず」二九）

という古今歌における「たづき」を「立木」と表記している。つまりこの語を、山中のあちらこちらに立っている木と解していることになる。他方『六巻抄』は、「たづきはたよりなりけり」と、手がかりの意に解している。(8)『連証集』の作者は不明であるが、いわゆる「花の下連歌」に携る者によって編纂されたとも考えられている。(9)傍証ではあるものの、「花下の衆」が『古今集』に関する独自の知を育み、それを頒布していたことがうかがわれよう。

「めづらし」という価値は、古歌の詞が表出しうる内容にもとづいて醸成される期待を、異文脈に逸らすことによって創出されるものであった。いいかえれば、「めづらし」という価値を判定する前提として、古歌の詞と心の双方による期待の醸成が不可欠となる。古典の知識の無軌道な拡散は、この脱文脈化されるべき古歌の断片の表出作用が、実作者の立場においても鑑賞者の立場においても、十全に機能することを困難にする。古歌の内容を記憶することなく、その詞を再構成することのみによっては、偶然にしか「めづらし」という価値は生じない。古歌の心を記憶することなくして古典の〈擬装〉は成立せず、行きつくところは、単なる〈偽の〉古典の量産にすぎなくなる。〈擬古典主義〉の土壌には、まさに偽古典主義の種が植えられている。阿仏や為兼による〈擬古典〉への反動は、この危険性を感知するところから出発していたと見てもよい。

但し最後に、『連証集』が寄合集であることにあらためて注目したい。寄合は、句を連ねていく過程において、前句の詞に直ちに反応し、それに結合しうる詞を自動的に指定する。それは即興性が眼目となる連歌の進行を円滑にし、合理化する働きを果たす。詞の結合の出自たる歌の内容そのものは、寄合の発揮する〈自動入力auto-complete〉機能にとって必須ではない。和歌世界において危険視されていた「花の下」の原理は、〈擬古典主義〉を危険にさらす一方で、連歌を駆動させるプログラムとしてそれを応用していたと考えることもできよう。

附 「あたらし」／「めづらし」――中世和歌における〈独創性〉の出自

為家の歿後、歌道の家たる御子左藤原家の嫡流として歌壇を牽引した二条派の歌人たちは、定家・為家の歌論書の記述を字義どおりに守り、古き詞を「歌詞」とする語彙的な制限を設け、その配列の「めづらし」さを追求した。それに対して京極派の歌人たちは、詠歌する主体の「心」を「ありのまま」にあらわす歌を志向した。詠歌はそのつど一回かぎりのものであり、「心のままに詞の匂ひゆく」ことがその理想となる。この京極派和歌の詞遣いは、本来歌に用いるべき「歌詞」ではない「ただ詞」として、二条派から攻撃された。結局、一四世紀半ばに京極家は断絶し、その和歌も「異風」として歌壇の中心から遠ざけられることになったことはすでに述べたとおりである。しかしこのような背景のもとで、二条派和歌の眼目である「歌詞」と「ただ詞」との峻別に対する疑義が、冷泉派歌人の中から呈されはじめる。

今川貞世（法名了俊一三二六―一四一四頃）は、南北朝の動乱期より足利家のもとで重きをなし、特に九州の平定に功をなした武将である。九州探題の職を解任されてからは、かねてより愛好していた歌・連歌に精進し、多くの歌論・歌学書、連歌論書を遺した。冷泉為秀（一三〇二頃―七二）の門弟であることを自負する了俊の著した歌論書は、当時の歌壇における冷泉派和歌の主張として位置づけることができる。了俊が盛んに歌論書を執筆した一五世紀初頭は、それまで歌道家の正統として歌壇を指導してきた二条家の血統が断絶したため、俊成・定家・為家の血を受け継ぐ家として、冷泉家が歌壇の中心と目されつつあった時期であった。このような潮流の中で、了俊による攻撃の矛先となったのは、二条派和歌の歌詞観であった。

「和歌所へ不審条々」の別名をもつ歌論書『二言抄』(一四〇三)には、和歌所を預かるようになった冷泉家の当主、冷泉為尹《ためまさ》(一三六一―一四一七)への叱咤激励が込められ、それまで主流であった二条派和歌の詞遣いを一新しようとする気概に溢れている。その冒頭は、次のような疑念をもって書き起こされる。

抑、詠歌に、歌言《うたことば》ただ言《ことば》といふかはりめは、いかなるを可申ぞや。先達《せんだち》の被仰ごとくは、言はふるきを可用云々。[…]始《はじめ》たる詞なりとも、さりぬべき一説ありぬべくは必可読とをしへられたる事も侍れば、末代なりとも、などか可不読と思侍り。

二条派の志向する和歌において、歌に用いるべきは、とりわけ三代集時代の「古き」詞である。これは、「詞は古きを慕ひ」(『近代秀歌』)、「詞は旧きを以て用ゆべし(詞は三代集の先達の用ゆる所を出ずべからず)」(『詠歌大概』)という定家の教えを、忠実に守るものといえる。そのような「古き」歌詞の使用を推奨する一方で、俗語や、耳慣れない新奇な詞は、「ただ詞」と規定され、厳しく戒められた。これに対して了俊は、「古き」詞=歌詞という規定に反論し、「始たる詞」、すなわち、和歌にはじめて詠まれた詞を重視する。

了俊が依拠する「さりぬべき一説」とは、為家の『詠歌一体』「歌の詞の事」に載る次の主張であると考えられる。

いかにも古歌にあらん程の詞を用ふべし。但し聞きよからん詞はいまはじめてよみいだしたらむもあしかるべきにあらず。上手の中にはさる事おほかり。

いかにも古歌にありそうな詞、と輪郭を暈しつつ、すぐれた聴覚印象をもつ詞は、今はじめて詠み出だしたようなものであっても苦しくない、と為家はいう。これに続けて、「ちかき世」の歌人、ましてや同時代歌人が詠んだ詞を摂取することを戒め、その例を挙げつつ、次のように説明していた。

　か様の詞はぬしぬしある事なればよむべからず。古歌なれども、ひとりよみいだしてわが物と持ちたるをばとらず、と申すめり。

挙げられている例はすべて、新古今時代の歌の秀句である。為家によると、これらは所有者が明確な詞、独自に詠み出だして、自分のものとしてもっている詞である【二・1-d】。この「ぬしぬしある事」は、後の二条派歌人たちによって「制の詞」と呼ばれ、摂取することを禁制されてきた。

　他方、了俊による「制の詞」の解釈は、摂取の禁止という本来の趣旨とは焦点がずれている。

　制の詞と云は、ただつづけがらによりて珍しくも成たるぞかし。されば、などか初《はじめ》たる詞なりとも聞にくからずはばかるべきかはとおもひ侍れば、いかが候べき。

了俊は、「初たる詞」が「ただ詞」として忌避される現状に反抗し、「制の詞」も、本来は詞の配列の仕方によって「めづらしく」なった「初たる詞」であるゆえに、「初たる詞」を積極的に詠んでもよいではないか、と主張している。裏返せば、「初たる詞」がたとえ「ただ詞」であったとしても、「めづらし」ければ憚ることはない。さらに注目すべきは、『二言抄』において、古歌に詠まれないような「ただ詞」が、「新しき」詞に転化しうる可能性を認めている点である。

頓阿が歌様を見候へば、十首に七八首は古歌を多分は用よみて候間、か様の輩は、げにも新《あたらしく》鋪読らん詞をばただ言と可申候哉らん。それも、西行上人、俊頼朝臣などの詠歌を見候へば、はじめてよませられたるとおぼしき歌詞のみ候歟。さては此人々の歌の様をばまなぶまじく候哉。

了俊が、頓阿を二条派歌人の代表格として敵視しているのは、その子孫が、了俊・為尹の好敵手にあたるからであろう。その頓阿＝二条派の如く、古歌の詞を過剰に摂取する輩は、真に「新しく」詠んだように見える詞をも、「ただ詞」として斥けてしまう。西行や源俊頼の歌に見出すことができる、「はじめて」詠まれたと思われる詞は、決して非難されるべき「ただ詞」などではない。『二言抄』の用語をもって要約すれば、「めづらしき」＋「初たる」詞は、「新しき」詞として価値をもつ。この見解は、「めづらし」を「あたらし」の条件として位置づけ直すものにほかならない。さらに、西行・俊頼の歌にある詞が「ぬしぬしある事」にも採録されていること[10]を併せて考えると、「新しき」詞が、価値を認められた「ぬしぬしある」詞に接続しうるという了俊の理解が浮き彫りになる。ここに、「新鋪読らん詞」が、まさに誰も詠んだことがないという意味での〈新しさ〉という価値を獲得する、という論理を垣間見ることができよう。

こうして、「新しき」詞の必要性を喧伝した上で、了俊の主張はしだいに、歌の内容にまで及んでゆく。『二言抄』に続く歌論書『言塵集』（一四〇六）において、同時代をすでに全盛期の去った「末代」と把握しつつ、了俊は次のように述べる。

いかさま末代の哥は、第一に同類をまぬかれてめづらしきをもとめ、詞にまとはれずして、心のすぢを一云たつべき也。上古のごとくに有のままに云出さんずる哥は、縦よろしくとも一首も我哥は有がたかるべし。[…]いかさまにも末世の哥詠は、上古の哥人よりも大事なるべき歟。其故は、上古は思とおもひ云といふ心言みなあたらしかりしかば、道の広かりける也。今はおもひと思云といふ事、新事有べからず。皆以古事同類なるべし。されば其主に成詠哥まれ也。

はるか昔の歌人は、対象を「ありのまま」に詠み出だしていた。また、膨大な過去の詠歌の蓄積に囚われる恐れもなく、思いついたままの内容とそれをあらわす詞は、すべて「あたらし」と見なすことができる。現代の歌人は、過去の蓄積を前にしながらもなお、過去に幾度となく詠まれた内容を避け、「めづらしき」歌を目指すべきではある。しかし今や、思いついたことに必ず先例があるために、「新事」はありえない。このように、「古事同類」の対義語として用いられる「あたらし」は、誰も詠んだことがないという意の〈新しい〉と、目睫の間にあるといってよい。

過去の圧倒的な蓄積を前にした和歌表現の可能性についての諦観は、了俊にかぎって見られるものではない。しかし、それに対して提案される方針は、為家が理念化し、二条派歌人によって踏襲された、詞の配列における「めづらし」という要素を志向する解決策とは異なっている。『了俊一子伝』（『弁要抄』）（一四〇九）には、二条派和歌について、次のような意見が表明されている。

所詮定家のおほせられたるごとくは、此道に不堪の人の志ふかからん人は、地歌のかかりの詞なびやかに、心はめづらしからずとも、ききよくよみならふべきとをしへ給たる体を、二条家は本とをしへられたるか。しからば此道をへり下給歟。［…］二条家の歌ざまは、最初心の人もやがて至歟。是にて可思、道のあさき事を。

了俊の考えでは、二条家の歌人たちは、和歌に熱心な素人のために定家が与えた便宜的な教えを鑑としている。

それは、たとえ詠出内容が「めづらしく」なくても、詞の聴覚印象には配慮せよとの旨である。しかしこの教えは、初心者中の初心者のためのもので、それに盲従したせいで、和歌の道は衰退し、浅くなってしまった。かくいう了俊は、詠歌の理想を次のように説く。

好忠、西行上人、俊頼、頼政卿などの歌こそ更に難及事なれ共、浦山敷存也。ただ見るまま心にうかぶままをいひあらはして、しかも言のふしくれず、ちぢけず、可聞由いかに雖不叶このましく存体也。

了俊の挙げる歌人たちの詠みぶりが、実際いかなるものであったかについては措くとして、彼らの詠歌に対する了俊の解釈に注目したい。彼らは、先に見た「上古の哥人」同様、目に映るまま、心に思うままのことを詠みあらわしている。しかも、そうしていながらもなお「同類」に堕さず、「あたらしき」心と詞を達成している、というのが、その隠さざる評価であろう。

以上見てきたような和歌観を抱く了俊の舌鋒は、歌壇の指導者として地歩を固めつつあった為尹を擁護する時、いっそう鋭くなる。前節においてすでに見た内容と重複する箇所もあるが、『了俊歌学書』（一四一〇）には、次にように主張されている。

かの卿の哥ざまを如見及は、心の新《あたらしき》をむねと存せられたるなるべし。しからば今古人のよみふるしつるばかりに、まとはりてよめらん人は同類の難をはいかがのがれ侍べき。

堀川院の百首人数、好忠、俊頼朝臣、西行上人、仲正、定家卿、為家卿、信実朝臣、知家卿、いしいしの哥にもひた新なる只言おほく侍れども、ききよければはばかられざるべし。此為尹卿もききにくくよまれたらんはわろかるべけれども、さすがに重代にて、しかも天骨の哥さま有て、毎哥あなめづらし、かかる風情の残たりけるよと聞驚哥のみこそよまれたれ。

但生得不堪なる人は、さやうに古哥にまとはりて、其心言を身にして同類をのみよみて、数寄の人数になりとる事も可成也、されど、をのれが新くよみたる哥有まじけれは、まことの歌よみとは人にいはるまじければ、まして撰歌に入べからず。

過去の歌人が詠み古した内容ばかりを詠んで、「同類の難」に陥ってはならない。先達は、「ひた新なる只言」を多く詠んでいた。彼らのように、自身が「新く」詠んだ歌がなければ、「まことの歌よみ」とは認められない。そして了俊は当然、為尹の詠み出だす歌が、毎度「めづらし」く、今まで詠み残されてきた趣向をものにしており、「心の新」を旨としていると解する。ここにおいて、「あたらし」は「めづらし」を包摂する理念として把握されるに至ったといってよい。

さらに着目したいのは、為尹の歌の様態を、「天骨の哥さま」と評している点である。「天骨」とは、天与の才にほかならない。了俊の連歌の師であった二条良基（一三二〇—八八）は、連歌論においてこの語を頻用している。了俊による「天骨」の用語は、直接には良基より受け継いだものと考えられる。[11] 了俊の詠歌理念を余すところなく実現し、過去の名だたる歌人たちにも劣らぬ為尹の和歌に、了俊は〈天才〉のあらわれを見出す。

為尹の「天骨」については、『落書露顕』（一四一二）にも次のような言及がある。

為尹卿の歌ざまも一体あたらしくして天骨のおはしますにや。毎歌あなめづらしときこえて、人の口をへつらはず、自心底より出来を本意とせらるらん。

「天骨」の根拠は、為尹の歌の様態が「あたらしく」、どの歌も「めづらし」と聞こえるからである。それらは、他者の詠みぶりに追従することなく、自らの心の底から生まれ出たと目される。天才の所行としての〈新しさ〉こそが、了俊が見出した為尹の和歌の特質であった。『落書露顕』によると、巷では、為尹の「詠歌の体其言」は「自由」であると批判されたという。「自由」はこの時代、自分勝手という意の悪口であった。しかし、了俊による為尹の歌の理念化は、何ものにも縛られず、意のままに躍動するという、現代語にいう「自由」への価値づけともつながってくる。

しかし実のところ、為尹の和歌は、了俊の絶賛するその要因を必ずしも充たしているわけではない。『為尹千首』（一四一五成立）から、その一例を挙げる。

夕立の水まさ雲のはやすみて涼しくうかぶ三日月の空

（『為尹千首』夏百首「夕立易過」二九二）

「水まさ雲」という語の用例はほとんどないが、それでもやはり、源仲正（一〇六六頃—一一三七以降）、慈円（一一五五—一二二五）に先例を見出すことができる。[12]「涼しくうかぶ」は、新古今時代の歌合に一例があり、[13]詞遣いとして別段〈新しい〉ものではない。「三日月の空」は、西行をはじめ、[14]慈円・定家・家隆ら新古今歌人に用例がある。加えて、一首全体として「夕立があがった後、澄んだ空に三日月が浮かぶ景に、涼しさを感受する」という内容は、多く詠み継がれてきたものであり、決して〈新しく〉はない。したがって為尹の詠歌は、先行する歌の詞を再構成しながら、その配列の「めづらし」さを追求していると解すのが妥当である。この要素は、為尹のほかの詠歌にも概ねあてはまるといってよい。つまり、了俊のいう天才を、為尹の歌に見出すのは困難であるといわざるをえない。

畢竟、了俊の為尹評は、いわば我田たる冷泉派和歌に水を引くための、過大な喧伝であったと見ることもできる。とはいえ、了俊によって繰り返し主張された〈新しさ〉への傾倒、また〈新しさ〉を生み出すことができるのは、天才の心、詠歌に対する真摯な態度であるという理念は、その後の和歌世界において、たしかな命脈を保ち続けることになる。「古事」の内側からの変容、更新によって達成される「あたらしき心」と、「古事」の範囲内で成立する、表現・詞の配列の意外性としての「めづらし」。古典主義にもとづくこれらの価値を度外視した、「古事」からの離脱による「あたらし」を強調する姿勢は、了俊の次世代においてさらに推し進められる。

了俊・為尹に和歌を学んだ正徹（一三八一―一四五九）は、歌論書『正徹物語』（成立年未詳）において、自らの詠歌を解説しながら、その〈新しさ〉を頻りに強調する。

一、山早春

来る春に逢坂ながら白川の関の戸あくる山の雪かな

逢坂をおさへて白川の関にてあけけると思ひたるにてある也。ここがちとあたら敷も侍るか。

祈恋に、

あらたまる契りやあると宮造神をうつして御祓せましを

是も又ふるく人の読ぬ事也。

「ふるく人の読ぬ」という点で「あたらしき」ことを自賛する正徹は、了俊による〈新しさ〉重視の、正確な延長線上にいる。

その正徹の薫陶を受けた心敬（一四〇六―七五）は、殊に詠歌に臨む作者の「心」を重視する。『ささめごと』（一四六四成立、以降増補改訂）に曰く、「詞は心の使」であり、すぐれた表現は「世の哀れをも深く思ひ入れたる人の胸の内より出でたる」ものである。このように、作者の人生観そのものを評価する心敬にとって、歌道精進は仏道修行と不即不離の関係にあり、歌道は「心地の修行、おろそかにては至り難し」と主張される[15]。さらに、新古今時代を代表する歌人たちの歌を、「胸の底より出でたる」歌と解し、特に定家、そして正徹の歌を示して、「心地修行の歌なり」という。このような、作者の「心」にもとづく詠歌態度の理念化も、了俊と通底している。

正徹は、生涯に二万首を超える歌を詠んだ多作の歌人であったが、足利幕府の六代将軍義教（一三九四―一四四一）に疎まれたために、和歌史上最後の勅撰集『新続古今和歌集』（一四三九完成）への入集が許されなかった。心敬の活躍した応仁の乱前後、公家の権威が失墜し、中央の和歌世界が縮小したことも、周知のとおりである。依拠すべき規範からの放擲が、二人の歌僧の詠歌を「自由」にし、個々の理想にしたがう方向に向かわせたことはたしかであろう。

了俊が強調し、正徹と心敬にそれぞれ顕著にあらわれていた、〈新しさ〉の追求と詠歌する主体の「心」の重視は、己のみが詠むことのできる〈新しさ〉、すなわち〈作者の独創性 originality〉の生成をあらわすものにほかならない。しかし、新しさとは一義的に、他との関係性の中で相対的に成立する概念である。ある作品に対する、比較を抜きにした新しさの判定は、作者という個の枠内に、作品を封印してしまう。また、「ありのまま」に対象を詠んでいるか否かや、詠歌に臨んでの修行的な姿勢如何について、結果として詠まれた歌から判断することはできない。つまり、詠まれてあるテクストの集合体として和歌をとらえるならば、新しさへの傾倒と詠歌態度の理想化は、集合の外に立つことによってしか実現しえない。ここにおいて、つねに過去の蓄積を基準として、そこからの差異に価値を見出してゆく自律的システムであった和歌から、外部的要因によって価値を判断する他律的システムとしての和歌が融解しはじめた、という事態を看取することができる。但し、和歌の膨大な蓄積は、乱世を通じて歌人たちの記憶に残存し続け、たとえ失われた権威であったとしても、それを価値の基準としながら、「近世」に至るまで「中世」の和歌が詠み継がれたこともまた事実である。それは、「古歌」を「本」

とする「あたらしき心」と、「古事」との差異に宿る「めづらし」という価値によって、表現の拡張性や、表現のフィードバック機能を特質とする自律的システムが駆動し続けたことによる。

和歌史の「近代」以前に確立されたこの相対する価値判断は、圧倒的な「過去の重荷」に対峙した際に、当代の作者たちが取捨せざるをえなかった二者択一の帰結と考えられる。その一方には、過去を断片化・並列化し、その配列の渦の中から「めづらし」「始・初」という価値を探りあてるという選択があった。そしてもう一方の選択肢として、過去との差異を無効化し、「あたらし」という要素を前面に押し出すことによって、「あたらし」という価値を達成しようとする表現意識が対置される。この過去との比較を絶った「あたらし」の定立が、歌を詠む個人の「心」の内奥に託されたところに、和歌世界における〈独創性〉概念が生成してくる。

註

（1）紙宏行「詞のつづけがら　新古今の方法と表現構造」『文芸研究』一二一（日本文芸研究会、一九八九・五）一二頁。

（2）「つづけがら」に関して、長明の『無名抄』に、

歌はただ同じ詞なれど、つづけがらいひがらにて、よくもあしくも聞ゆるなり

とあるのは、『八雲御抄』、および為世と全く同じ見解と見なしてよい。

（3）『為兼卿和歌抄』からの引用については、長文となるため、現代語訳を［　］内に付した。

（4）『文鏡秘府論』の本文は、弘法大師著作研究会編『定本弘法大師全集　第六巻』（高野山密教文化研究所、一九九七）所収のものにより、書下し文にあらためた。

（5）ことばとは本質的に共有物である以上、造語にでも及ばないかぎり、歌人はつねに過去の語彙を踏襲することを余儀なくされる。それは「歌ことば」であっても「ただことば」であっても変わりはない。しかしその前提条件を差し引いたとしても、京極派の和歌には、古歌の詞を意図的に摂取したと考えられるものがしばしば見出され

る。一例を挙げれば、為兼は次のような詠歌を残している。

風わたる きしのやなぎの かたいとに むすびもとめぬ はるのあさつゆ

（『閑月和歌集』春歌上・為兼「五十首歌おくりて侍りし中に、春雨を」五四）

この歌に関連して、為兼は『玉葉集』に、以下の為家詠を撰んでいる。

浅みどり 柳の枝の かたいともて ぬきたる玉の 春の朝露

（『玉葉集』春歌上・為家「春の歌の中に」一〇六）

『閑月集』は、源承が編んだ私撰集である。そのため、採録された為兼の歌が、その意に染むようなものではなかったという見方もできなくはない。とはいえ、ほかならぬ『玉葉集』に撰んだ為家の歌から、詞を意図的に取りこんでいることは明らかである。やはり為兼にも、既存の秀歌から心と詞を摂取するという意識があったと考えたい。ここに、「心」の一回性と「詞」のそれとを同一視する、京極派の和歌観の限界が露呈しているともいえよう。

（6）井上宗雄は、為世が選外佳作的な集や、将来の勅撰集の準備のための集を随時撰んでいたと推測し、それによって「門流大衆を発奮せしめ、力づけていた」と述べている。井上宗雄『中世歌壇史の研究 南北朝期』（明治書院、一九八七）二四九―五〇頁。

（7）石田吉貞は、二条派に地下の有能者が多く集まったことの背後に「唯心的・古典的・静寂的」という二条派和歌の特質があったことを指摘し、これが「中世における本当の和歌であり、京極派の和歌は二条派に対抗するために無理につくられた、時代逆行のものであって、そのために普及力も永続性もなかった」と和歌史を跡づけている。石田吉貞『頓阿・慶運』（三省堂、一九四三）。

（8）この箇所への着目に関しては、山本啓介「連歌における『古今集』享受と実作―三鳥をめぐって―」『文学』一二―四「特集＝連歌の深奥」（岩波書店、二〇一一）九八―九頁を参照。

（9）山元有美子「連歌の付合と本歌の典拠 連證集の典拠と成立とをめぐって」『文学史研究』一四（大阪市立大学文学部、一九七三）。

（10）『二言抄』「珍しく見え候古歌」は、詞遣いが斬新であると了俊が考える歌を集めた項目である。そこに西行の歌、

よられつる 野もせの草の かげろひて すずしくくもる 夕立の空

（『新古今集』夏歌「題しらず」二六三）

が入れられている。この「すずしくくもる」は、『詠歌一体』「ぬしぬしある事」に採録された詞である。

（11）「天骨」に関して、その中国における語誌を繙く準備はない。和歌世界においては、『万葉集』巻第十七に載る大伴池主（生歿年未詳）の日録に「所謂文章は天骨にして、習ひて得ず」とあり、すでに天与の才としての意が見える。また『毎月抄』には「すぐれたる姿を天骨とよむ人のあらむに」と、生まれながらという意で用いられている。

（12）それぞれ、『為忠家後度百首』四〇二、『拾玉集』一三四四。慈円の歌は、『夫木和歌抄』雑部一「雲」七八五二に再録。

（13）建仁三年（一二〇三）『影供歌合』一番「水路夏月」右・藤原有家 三九。

（14）『山家集』下・雑 一一五一。

（15）詠歌行為を仏道修行と同一視する態度は、西行においてその実例が確認され、その後、無住（一二二七―一三一二）の『沙石集』（一二八三第一次完成、以降増補）に、いわゆる「和歌陀羅尼」思想として結実する。心敬はこの思想を継承し、自己の詠歌理念として昇華している。

Ⅲ 「本歌取」論のパラダイム形成

第五章　解体する「本歌取」――『井蛙抄』に見る頓阿の分類

序

第Ⅱ部では、新古今時代からポスト新古今時代を経た、その次世代に当たる時代、詠歌行為において古歌を再利用するという方法が、個々の歌人による解釈にしたがってしだいに錯綜していった状況を確認した。それに伴って、古歌の再利用行為をあらわす呼称にも混乱が起こっていた。すなわち、「本歌」という語が字義どおり「本の歌」という一般名詞としての意味を取り戻し、古歌を再利用する行為の総体が「本歌を取る」という語によって包括されるという事態の現出である。これは、現代における「本歌取」という用語法の淵源として位置づけられるものであった。

またこの時代には、阿仏や京極為兼によって、詠歌行為における古歌の再利用そのものに対する疑義とも解しうる和歌観が提起されていた。すなわち、「人の心」を詠歌の主体として据え、「そらごと」を排して「ありのままのこと」を詠むという、いわば自然主義的な詠歌態度にもとづく和歌である。そこでは、過去に表出された

「心」を保存する断片である古き「詞」に依存することなく、対象を感受する自らの「心」の様相をありのままに言語変換するという詠歌過程に重点が置かれていた。しかし御子左家の嫡流、二条為世を中心とした歌壇の勢力によって、この表現意識をもって詠まれた歌の存在意義は否定され、京極派和歌がその命脈を保つことはついに叶わなかった。この事実は、二条・京極両派の争いに二条派が勝利したという皮相的な結果を示すのみではない。総体としての中世和歌世界が、「詞は古きを慕ひ、心は新しきを求める」という新古今時代以来の詠歌理念を選択し、詠み出され蓄積されてきた「心詞」を、普通の詠歌素材として採用したということをあらわしている。その実践の結果として、歌に用いる語彙を「ただことば」の領域へと拡げることになった京極派の和歌であったが、それは継承されてきた「歌ことば」を否定し去るまでの影響力をもちえなかった。中世和歌が、古歌を再利用するという方法から離れては決して成り立たないことが、京極派和歌を比較対象にすることによってあらわになったと見ることもできる。

二条為世門下の歌僧、頓阿（一二八九―一三七二）の著した『井蛙抄』は、中世の和歌世界が、以上の選択を明示した時代の歌論書である。そこに提起される「取本歌事」の分類は、錯綜していた「本歌取」概念が、ある到達点へと収斂してゆく様相をあらわすものである。『井蛙抄』は数多くの伝本が遺されており、書誌学的に見て、その成立過程は未だ確定されていないという。しかしその主要部分は、延文五年（一三六〇）までには書かれていたとされ[1]、後光厳天皇（一三三八―七四）によって二条派の和歌が正統であると確認された後の和歌世界の様相を伝える歌論書と見てよい。但し、第六章において俎上に載せる、頓阿と二条良基が共同で執筆した歌論『愚問賢注』が、後光厳天皇や時の将軍足利義詮（一三三〇―六七）にも献上されるなど、広く衆目に触れたのに対して、『井蛙抄』は二条派の門弟の間で秘書的に扱われていたと見られる[2]。その第二巻は「取本歌事」と題され、古歌の再利用にまつわる過去の歌論書からの引用を含め、この方法論を総括したものである。特に、「本歌をとれるやう、さまざま也」としてこれを詳細に分類していることは、現代における「本歌取」研究においても必ずといってよいほど指摘、参照されている。

まず確認しておきたいのは、頓阿において、古歌の再利用という方法の総体が「本歌を取る」という語をもってあらわされているということである。繰り返し述べてきたように、とりわけ為家歿後の和歌世界において、「本歌」という語が、詞を摂取する「本の歌」という一般名詞としての意味をしだいに強め、同じ一般名詞である「古歌」を内包するに至っていた。『井蛙抄』においても、同様の傾向が受け継がれていることがわかる。この用語法を前提とした「本歌をとる事」の分類意識は、二条為世の『和歌用意条々』においてすでに見られた。それは「本歌の詞をおきかふる体」を「本体」として立て、さらにそれを限定した「本歌に贈答する体」を設定しているところから、為世の高く評価する古歌再利用法をあらわしていると把握することができた。『井蛙抄』の分類にも、頓阿の抱く古歌再利用法の理念があらわれている。但し為世の分類と異なるのは、挙げられる例歌の多さと相まって、それまでに実践されてきた古歌再利用の諸相を網羅しようとする意図がうかがわれるという点である。本章では、分類項目とそこに挙げられる例を考察の素材として、古歌再利用法に対する頓阿の認識を抽出したい。

分類項目は以下のとおりである。[3]（　）内は、頓阿が例に挙げている歌の数と、その歌人別の内訳を示している。

A　古歌の詞をうつして、上下にをきて、あらぬ事をよめり。

［古歌の詞を自らの歌に移して、それを上句と下句に置いて、古歌には詠まれていない内容を詠んでいる］

（八首：定家三首・良平二首・為家一首・為氏二首）

B　本歌にかひそひてよめり。

［本歌を支えとしながら、それに寄り添って詠んでいる］

（六首：後鳥羽院・家隆・良経・顕昭・雅経・通具各一首）

C 本歌の心にすがりて風情を建立したる歌。本歌に贈答したる姿など、ふるくいへるも此すがたのたぐひなり。

［本歌の「心」にすがって、「風情」を構成した歌。古くは本歌に対して贈答したような詠み様などといっていたのも、このような詠み方の類である］

（十一首：定家三首・家隆二首・為家四首・順徳院一首・為氏一首）

D 本歌の心になりかへりて、しかもそれにまとはれずして、妙なる心をよめる歌。これは拾遺愚草のうちに常にみゆる所也。

［本歌の「心」を追体験しながら、しかもそれにまとわれることなく、不思議なまでにすばらしい「心」を詠んだ歌。これは、定家の家集『拾遺愚草』の中につねに見えるところである］

（十一首：定家十首・家隆一首）

E 本歌の只一ふしをとれる歌。

［本歌からただ一つの「ふし」を取った歌］

（五首：有家・家隆・俊成・定家・良経各一首）

F 本歌二首をもてよめる歌。

［本歌二首をもって詠んだ歌］（二首：定家・信実各一首）

1　「古歌取」の認定と「あらぬ事をよむ」という方法

項目A「古歌の詞をうつして、上下にをきて、あらぬ事をよめり」は、記述としては『和歌用意条々』の「本歌の詞をおきかふる体」という形式的な分類と相似している。それとともに、「あらぬ事」という用語から、阿仏『夜の鶴』に見えていた「本歌のことば、句の置き所もたがはねど、あらぬことにひきなして、わざとよくきこゆるも候ふぞかし」という言説との類似も指摘できる。阿仏のいう「あらぬことにひきなして」とは、「本歌」とは異なる主題・内容を詠むことであった【三・1-a】。頓阿の推定する「本歌」とともに挙げる例を見ると、本論に既出の歌の中では、

ちる花の　わすれがたみの　峯の雲　そをだにのこせ　春の山風
（『新古今集』春歌下・九条良平　一四四　『詠歌一体』「古歌をとる事」【一・2】）

乙女子が　かざしの桜　さきにけり　袖ふる山に　かかる白雲
（『続後撰集』春歌中・二条為氏　七〇　『源承和歌口伝』「初本とすべき歌」【三・2-b】）

が選ばれている。この二首はともに、古歌の詞を摂取しながらその「心」を変える、「古歌取」によって詠まれたと判断することができる歌であった。前者は為家の『詠歌一体』に、「古歌とりたる歌」の例として挙げられ、後者は為家が『続後撰集』に入集させているところから、これらが為家の掲げる「めづらし」という価値を創出した詠歌であったことがわかる。したがって頓阿の分類項目も、「古歌を取る」詠み方を意識したものであると見てよい。頓阿はこの項目においてのみ、「本歌」ではなく「古歌」という語を用いている。為家の子息、源承の『和歌口伝』あたりまでは生きていた、「古歌を取る」という用語法の名残を、ここに見出すことができる。

この項目において注意しておきたいのは、「古歌の詞をうつして、上下にをきて」と規定しておきながら、実際には次の為家詠のように、配置をほとんど変えずに古歌の詞を摂取している歌も、その例に含まれていることである（一対の間にある「本歌」の語は、『井蛙抄』に記載のとおり）。

たをやめの 袖 もほしあへず あすか風 ただ いたづらに 春雨ぞふる

（『新後撰集』春上・為家「弘長元年、百首歌たてまつりける時、春雨」五一）

本歌

たをやめの 袖 吹かへす あすか風 都をとをみ いたづらに 吹

（『万葉集』巻第一・志貴皇子「明日香宮より藤原宮に遷宮りし後に［…］」五一 ＊初句「婇女《うねめ》の」『続古今集』羈旅歌「題しらず」九三八）

したがって、頓阿においては詞の配置よりも、古歌に対して「あらぬ事」を詠んでいるかどうかという要素の方が、分類の基準としてより強く意識されていたといえよう。つまり、頓阿の分類は形式によるというよりも内容によるものであり、詠出されている「心」が分類において重要な基準となっている。これは『和歌用意条々』において「古歌の詞を上下して、おきあらたむる事本体なり」と、まず形式面の基準を適用していた為世とは、異なる立脚点である。

順序は前後するが、次に項目E「本歌の只一ふしをとれる歌」に着目したい。まず確認できるのは、他の分類項目と比較すると、例として挙げられる歌において、「本歌」から摂取されている詞の分量がきわめて少ないという点である。特に次の俊成の歌において、「本歌」とされる歌から摂取されている詞は、わずか一句にも満たない。

うき身をば　我だにいとふ　いとへただ　そをだにおなじ　心とおもはん
（『新古今集』恋歌二・俊成「片思ひの心をよめる」一一四三）

本歌
あかでこそ　おもはん中は　はなれなめ　そをだに後の　わすれがたみに
（『古今集』恋歌四・よみ人しらず「題しらず」七一七）

同じ古今歌を「本歌」として、項目Aの例として挙げられていた

ちる花の　わすれがたみの　峯の雲　そをだにのこせ　春の山風

は、「そをだに」「わすれがたみ」という詞が自律的に形成する、「せめてXだけでもYのわすれがたみとしたい」

ことを願うという「風情」の枠を再利用しつつ、「本歌」とは異なる文脈へと「心」を移しかえたものであった。

他方、俊成の歌において「本歌」から摂取されている「そをだに」という詞は、「せめてそれだけでも」という内容を指示しているにすぎず、それのみによって「風情」の枠がかたちづくられているとはいえない。この様相を、頓阿は「本歌の只一ふしをとれる」と記述しているところから、頓阿において「ふし」とは、「風情」の下位概念であったと考えてよい。つまり、趣向をあらわすという点で「風情」に内包されはするものの、その中でも特に、単語の指示内容と同等の趣向が「ふし」である。俊成は、「自分でさえ厭わしい我が身を、あなたも厭わしく思ってくれればよい、せめてそれだけでも、あなたと同じ心を共有していると思いたい」と詠んでいる。「飽きずに想い合っている間柄のうちに別れてしまいたい。せめてその事実だけでも、別れた後の忘れ形見としよう」と詠む「本歌の心」は、悲愴な「片思ひの心」の下地となるほど強く表出されてはいない。

この俊成詠は、『井蛙抄』の分類を整理した『愚問賢注』の分類において、「ただ詞一をとりたる歌」の例となっている。詞が指示機能をもつ以上、同じ一語からは当然、同じ内容が指示される。但し「ふし」となるためには、それがどんな詞でもよいわけではなく、やはりある程度のまとまりをもった趣向を形成する詞でなければならない。頓阿が同項目の中で他に挙げる例において「本歌」から摂取されている詞に、たとえば「命にむかふ」「命がけの」、あるいは「わすれじの」［忘れまいとする］という一句がある。これらのように、「ふし」を形成する最小単位として、一般的な語彙としては認められない詞であるという条件を確認することができる。

ここで注意すべきなのはむしろ、俊成の歌が「本歌」と主題を共有しておらず、したがって本歌と異なる文脈において「心」を表出していることであろう。『井蛙抄』の項目Eは、項目Aをさらに限定したものである。それは「只一ふし」を摂取したのみで、「本歌」に「あらぬ事」を詠むという内容的な基準をもって分類されているると見てよい。以上から、項目A・Eは、「古歌を取る」方法をもって詠まれた歌を入れるものとして認定することができる。

2 「本歌の心」への依存

項目Ｂ「本歌にかひそひてよめり」は、多くの問題を含むため、後述することとしたい。次の項目Ｃ「本歌の心にすがりて風情を建立したる歌。本歌に贈答したる姿など、ふるくいへるも此すがたのたぐひなり」は、項目Ｄとともに、全項目中最多の十一対の例が挙げられている。端的に指摘できるのは、「本歌の心にすがる」という消極的な用語によって説明していることから、頓阿においてこの分類項目が、理念的な「本歌取」をあらわすものではないという点である。(4) それは、項目Ｄにのみ「妙なる心をよめる」という高評価を示す語が用いられているのと対照的である。同様のことは項目Ａ・Ｂに対しても当てはまる。頓阿の用語からは、その分類基準の中に、価値判断が先験的に内包されていることがうかがわれよう。

2－a　依存度の測定：為家の歌に対する誤解

この項目に挙げられる例十一首中、最多の四首が為家による詠歌である点は注目される。そのうち、まずは「本歌に贈答したる姿」と見られるもの以外の三首について考察を加えたい。

卯花の　まがきは 雲の いづく とて あけぬる 月 の 影 やどす らん

（『白河殿七百首』夏七十首・為家「籬卯花」一三五 ＊第四句「明行く月の」『続古今集』夏歌「文永二年七月七日題をさぐりて七百首歌人々によませ侍りしに、卯花を」一九〇 『源承和歌口伝』「初本とすべき歌」＊結句「影のこすらん」）

本歌

夏のよは まだよひながら 明ぬるを 雲のいづくに 月 やどるらん

（『古今集』夏歌・清原深養父「月のおもしろかりける夜、あかつきがたによめる」一六六）

この為家詠は、『源承和歌口伝』において「初本とすべき歌」の例として挙げられているところから、源承の考える理想的な古歌再利用法によって詠まれたものとしても把握しうるものであった【三・2-b】。為家は、「雲のいづく」「あけぬる」（出典である「白河殿七百首」においては「明行」）「月」そして「やどすらん」という詞を摂取しながら、夏の短夜の月を惜しむという古歌の「心」を、あたかも月光を宿しているように白んでいる、明け方の卯花の籬へと転換していた。これは、卯花の白さを月光に見紛えるという常套的な「心」に対して、「風情」の合成によって「めづらし」という価値を創出する、為家の方法の特質を余すところなく示す歌であった。

このような詠み方を、頓阿は「本歌の心にすがりて風情を建立したる」ものであると解釈している。為家の歌の「風情」、すなわち「卯花の咲く垣根は、雲のどこかにあるのだろうか」と訝ってみせる趣向は、たしかに頓阿のいう「本歌の心」の中から導き出されている。しかしそれが、夏の短夜の月を惜しむという「心」に依存することによって形成されたという把握の仕方には、違和感が残る。というのも、もしそうならば、古歌から詞を摂取して趣向の枠を再利用するという行為は、すべて「本歌の心」に依存していると見なすことができてしまうからである。明け方の卯花の、茫漠とした白さを詠んだ為家の歌が、夏の短夜の月を惜しむという「心」に依存しているとはいえない。実はその逆であって、為家の歌の主題・内容は、古歌のそれとは文脈を異にしている。したがってこの歌は、頓阿の分類基準にしたがうならば、項目Ａ「古歌の詞をうつして、上下にをきて、あらぬ事をよめり」に入れるべきである。ここには、「本歌の心」への依存という行為の内実に関する、頓阿の恣意的な解釈がうかがわれる。

この一対は、為世の『和歌用意条々』「本歌の詞をおきかふる体」の例としても挙げられていた【三・3-a】。それは為世にとって古歌再利用法の「本体」とされるものであったが、頓阿の分類において、この設定は解消されていた。頓阿が、自他ともに認める二条為世門下の代表的な歌人であったことは、周知のとおりである。しかし、少なくともその「本歌取」分類においては、為家・源承・為世という御子左家嫡流の言説がさほど重視されていないことに、注意を払うべきであろう。

天川　とをきわたりに　成にけり　かたののみのの　五月雨のころ

（『続後撰集』夏歌・為家「夏の歌の中に」二〇七）

本歌

天河　とをき渡りに　あらねども　きみが舟では　年にこそまて

（『拾遺集』秋・人麿「題しらず」一四四）

為家が『続後撰集』に自ら入集させた自讃の歌である。この詠歌における古歌再利用の諸相に関してはすでに詳述したが【二・1-b】、ここでもう一度簡潔にまとめておく。頓阿が選ぶ「本歌」は、蒼穹の「天河」を場面として設定し、それが幅広い渡瀬でないにもかかわらず、想い人である牽牛星の舟出を一年かけて待たなければならない、織女星の慕情を詠む。これに対して、為家詠における「天川」は、禁裏の狩猟地であった交野の地に流れる現実世界の川であり、それが五月雨によって幅広い渡瀬になってしまったという夏の情景を詠む。「天川とをきわたりに」という詞を、配置もそのままに摂取しているが、指示内容自体を転換することによって、古歌の「心」の表出を巧妙に阻んでいる。古歌とは主題を全く異にするという意味で、この歌も、項目Aに分類されるべきものであるといってよい。

古歌においてはそうではなかった天の川を、「とをきわたりになりにけり」と逆転させていることを、「本歌の心」への依存によって形成された「風情」であると、頓阿は見なしている。しかし為家の歌における「天の川が幅広い渡瀬となった」という「風情」は、むしろ頓阿のいう「本歌」の外にその取材対象をもっていた。「天川」が「とをきわたり」となる原因は、「かたののみの」に降る「五月雨」であり、そこに「本歌」の内容は全く介在していない。為家は、「かたののみの」という歌枕が古来、「何ものかが空から降ってくる」場として詠まれてきたことに着眼し、そこにはじめて「五月雨」を降らせてみせた。しかしこれは、頓阿が選定する「本歌」のみを見ていては把握できない要素である。摂取されている詞から「本歌」を推定し、その「心」との関係性をもって古歌再利用法を分類しようとする頓阿の方針は、複数の古歌から詞を摂取した上で、特定の古歌の「心」が表出されないよう周到に再構成することを特徴とする為家の歌には適用できない。ここにも、「本歌の心」への依存度をもって分類基準とすることの問題があらわれているといえよう。頓阿は分類項目の最後に、補足的に「本歌二首もてよめる歌」を立てている。為家詠のように、複数の古歌の詞が再構成されているような歌は、形式的な観点から見てそこに分類されうる。「本歌」との一対一の関係の中でその詠み方を分類することの妥当性に関する問題は、現代の研究においても未だ解決されていない。

行春も　よるはこえじと　とまらなん　くるるまがきの　山吹の花

（『白河殿七百首』春百三十首・為家「籬款冬」一二〇）

本歌

夕暮の まがき は山 と みえな なむ よるはこえじと やどりとるべく

（『古今集』離別歌・遍昭「人の花山にまうできて、ゆふさりつかたかへりなむとしける時によめる」三九二）

この一対は、為世の『和歌用意条々』において「本歌の詞をおきかふる体」の例として挙げられている。しかし詞の配置に頓阿が拘泥しないことは先に指摘したとおりである。では、頓阿が選定する「本歌の心」への依存度についてはどうであろうか。「本歌」は、人々が花山へと自らを訪ねてきて宴に興じた後に、「夕暮時の我が家の籬が、客人たちには山のように見えてほしい、夜は越えるのをやめようと思って、我が家に泊まっていってくれるように」と詠んだものである。一方で為家は、「よるはこえじ」「まがき」という詞を摂取してその配置を逆転させながら、「去りゆく春も、夜はこの籬を越えようとせずにとどまろうとするだろう、薄暮の中に咲く籬の山吹の花のせいで」と詠んでいる。何ものかが「籬を夜に越えようとしない」という趣向は、たしかに「本歌」から抽出されたものである。しかしやはり、宴が客人の帰宅とともに引いていってしまう寂しさを主題として詠んだ「本歌」に対して、落日の光を浴びて際立つ山吹の花の魅力を主題としてその趣向を適用した為家が、「本歌の心」に依存しているとすることはできない[5]。以上のように、頓阿が項目Bに挙げる以上の為家詠三首は、いずれも項目Aに分類し直されるべきものである。

2-b　「本歌の心」への依存としての「贈答」

以上のような歌の中に、頓阿は「本歌に贈答したる姿」を含めている。これについて「ふるくいへる」といわれているのは、『和歌用意条々』「本歌の事」において「古歌に贈答したる体」が立てられていたことを指すと見てよい。実際に頓阿は、為世が挙げていた次の為家詠を例としている。

霞行なにはの春の明ぼのに心あれなと身をおもふ哉

（『雲葉集』春歌上・為家「題しらず」七四　＊第三句「ゆふぐれに」『和歌用意条々』「本歌に贈答したる体」　＊第三句「夕暮は」）

本歌

心あらん人にみせばやつのくにのなにはわたりの春のけしきを

（『後拾遺集』春上・能因「正月ばかりにつのくににはべりけるころ人のもとにいひつかはしける」四三）

為家の歌は、能因の歌を「本歌とする」方法によって詠まれたものといえるが、同時代の勅撰集には入集しておらず、為世が独自の解釈をもって価値づけたものであった【三・3-c】。霞みゆく春の曙（『和歌用意条々』に引かれるかたちでは「春の夕暮」）という情景を新たに設定しながら、「本の歌」に対して応答するように詠んだことによって、それに「立勝」っているというのが、為世の解するこの歌の眼目であった。この為世の解釈は、「同じ事」を「ききよくつづけなす」という聴覚印象における「めづらし」さを志向する、為家の理念に共鳴するものでもあった。

このような歌をも、頓阿は「本歌の心にすがりて風情を建立したる歌」と見なしている。古歌に「贈答」するためには、その主題を正確に踏襲しなければならないため、「本歌の心にすがる」という語をもって把握して間違いではない。その上で、為家が「本歌」における「春のけしき」を「春の明ぼの」へと展開し、能因の呼びかけに答えるようにして詠むという「風情」を形成しているという頓阿の解釈は、一応の妥当性をもつ。

為世が理想化していたこのような「本歌」の取り様を、為世門を代表する歌人であった頓阿は、さほど重視しているようには見えない。頓阿にとってそれは、数ある分類項目の一つにすぎなかったと考えられる。実際に、為世が『和歌庭訓』「余情事」および「本歌の事」においてともに例として挙げて称賛していた、

人とはば みずとやいはん 玉津しま かすむ入江の 春のあけぼの

（『続後撰集』春歌上・為氏「建長二年詩歌をあはせられ侍りし時、江上春望」四一）

本歌

玉津嶋 よくみていませ あをによし ならなる人の まちとはばいかに

（『万葉集』巻第七「藤原卿が作」一二〇五）

という為氏の『続後撰集』入集歌も、同じ項目に分類されている。このように、為家・為世による古歌再利用法、および為世によるそれらへの価値づけに対する頓阿の姿勢は、中立を保っているというより、むしろ消極的でさえある。もとより、それらを貶めるようなことはないものの、次の項目Dにおいて為家の歌が一首も例に挙げられていないところからも推測できるように、頓阿の理念は、為家や為世のそれと志向性を異にするものであった。

2-c　「本歌の心」の通時的踏襲による「風情」の形成

「本歌に贈答」している場合を除いて、「本歌の心にすがりて風情を建立」するという方法は、つねに為家詠のように古歌に「あらぬ事」を詠むという結果を導くのか。この疑問に答えるために、頓阿が挙げる為家詠以外の例について見てみたい。

消なくに　又やみ山を　うづむらん　わかなつむ　野も　あは雪ぞふる
（『定家卿百番自歌合』春　二　『拾遺愚草』一〇〇五　『続拾遺集』春上　二〇）

本歌
み山には　松の雪だに　消なくに　宮こは野べの　わかなつみけり
（『古今集』春歌上・よみ人しらず「題しらず」一九）

「本歌」は、「深山では未だ、松に積もった雪さえも消えていないのに、早くも都では、野原で若菜を摘む季節になったことだ」という意である。ここから詞を摂取して、定家は「未だ雪が消えずに残っているのに、またも深山を雪が埋めてしまうのだろうか、若菜を摘む野にも淡雪が降っている」と詠む。早春の野に若菜を摘むという主題の情景は、定家の歌においてその属する時系列を進められている。若菜を摘んだ野に淡雪が降っていることから、再び雪に埋もれる深山を想像するという趣向は、「本歌の心」の範囲を越え出てゆくものではない。すなわち、「本歌に贈答」するように詠まれた歌と同じく、「本歌の心」への依存によって「風情」が形成されていると解釈することが可能である。

しがのうらや 遠ざかり行 波間より こほりて出る 有明の月
（『新古今集』冬歌・家隆「摂政太政大臣家歌合に、湖上冬月」六三九　『家隆卿百番自歌合』一〇一）

本歌
さ夜ふくる ままに汀や 氷るらん とをざかり行 しがの浦波
（『後拾遺集』冬・快覚「題しらず」四一九）

「本歌」に詠まれるのは、夜が更けるにつれて遠ざかってゆく志賀の浦の波音と、それによって想像される、凍結してゆく汀の情景である。一方で家隆は、「本歌」における波の聴覚印象を視覚印象に転換した上で、凍りついてしだいに遠ざかってゆく波間から姿をあらわす、氷のように冴えわたった有明の月を詠んでいる。家隆詠における「有明の月が凍結しながらその姿をあらわす」という趣向は、「本歌」にある、凍結して遠ざかってゆく志賀の浦の波音を時系列的に踏襲しなければ成立しない。この意味で、家隆詠の「風情」は「本歌の心」の表出範囲のうちにとどまっている。したがって頓阿の用語どおり、この歌は「本歌の心にすがりて風情を建立したる歌」として見なしうる。

定家・家隆の歌は、為家の歌のように「本歌」に「あらぬ事」を詠出しているわけではない。この両首は、古歌の詞を摂取しながら、それによって古歌の「心」をまず表出させているという意味で、古歌を「本歌とする」詠み方である。その内実は、頓阿の用語とも整合性を保っている。「本歌に贈答したる体」の特徴とも併せてその取り様を見るに、「本歌の心」に依存することによって「風情」を形成するという行為は、「本歌」の主題・内容を時系列的に引き継いではじめて成り立っている。項目Cは、このような古歌再利用法によって詠まれた歌を入れるべき分類項目と見なすべきである。

3　「本歌の心」の追体験

次に、項目Ｄ「本歌の心になりかへりて、しかもそれにまとはれずして、妙なる心をよめる歌。これは拾遺愚草のうちに常にみゆる所也」について考察したい。先にも触れたが、「妙なる心をよめる」という高い価値賦与をあらわす語とともに説明しているところから、他の項目に分類される歌よりも、項目Ｄのそれがすぐれていると、頓阿は見なしている。しかもそれは「拾遺愚草のうちに常にみゆる所也」と注記されているように、定家の歌を念頭において立てられた項目である。その証として、この項目において、頓阿が推定する「本歌」とともに挙げる例十一首のうち、定家の歌は実に十首を数える。さらに十首中八首が、『定家卿百番自歌合』にも採録されている定家の自讃歌である。この事実は、「本歌の心になりかへりて、しかもそれにまとはれ」ないという古歌再利用法に、定家自身の詠歌理念が込められている、と頓阿が解釈していたことを示唆している。ここには、今日「定家的本歌取」といわれる詠み方をもって中世の古歌再利用法の代表とし、それに最高の価値を認める考え方の端緒を見出すことができる。それらがいかなる内実をもつものであるか、分類上の問題点を併せて指摘しながら導き出したい。

3―a　「本歌の心」の共時的踏襲としての追体験

大空は　梅のにほひに　かすみつつ　くもりもはてぬ　春のよの　月
（『新古今集』春歌上・定家「守覚法親王家五十首歌に」四〇　『定家卿百番自歌合』春　三）

本歌
てりもせず　くもりもはてぬ　春のよの　おぼろ月よに　しく物ぞなき
（『新古今集』春歌上・大江千里「文集、嘉陵春夜詩、不明不暗朧朧月といへることをよみ侍りける」五五）

序章・附節において紹介した、現代、「定家的本歌取」の様相を余すところなく伝えていると認識されている歌である。その認識の濫觴は、まさにこの分類項目が立てられたところに見出される。「本歌」は、大江千里（生歿年未詳）の私家集『句題和歌』に載る歌で、『源氏物語』「花宴」の巻を経て、『新古今集』に入集した。千里は「不明不暗朧々月」という白居易の句を題として、皓々と照り輝くわけでなく、かといってその光が曇りきってしまうわけでもない、春宵の朧月夜の魅力を嘆じている。これを受けて、定家は「曇りもはてぬ」、「春の夜の」、そして「月」という詞を摂取している。後者の二語は一般的に用いられる詞であるから、「本歌」に独特の詞「曇りもはてぬ」に付随して取られたものと考えられる。定家が抽出して並べかえたこの「くもりもはてぬ春のよの月」という詞は、本歌の「三十一文字」を否応なく手繰り寄せる。すなわち、千里の歌の「心」、そして『源氏物語』「花宴」において朧月夜の君が登場する際の、妖しく幻想的な春の夜の情景までをも、直ちに喚起するものとして機能する。そうして手繰り寄せられた「本歌」の情景に、梅花の香りに霞む大空という「本歌」にはない情景を合成することによって、「本歌」に詠まれる春の朧月夜の美観が増幅されている。「本歌」の情景と重なり合いながら、そこからずれるようにして立ちあらわれる新たな情景、およびそこから表出される情感を、頓阿は「妙なる心」と称している。「本歌の心」を追体験しながら、しかもそれにまとわれていないというのは、頓阿による詠歌過程の想定である。それは観賞者の視点から見て、定家が千里詠の「心」を詠歌の場としていながら、そこに時系列の差が認められず、「本歌の心」が定家詠の「心」に内包されているように見えることをあらわしていると考えられる。

駒とめて　袖うちはらふ　かげもなし　さのの渡りの　雪の夕ぐれ
（『新古今集』冬歌・定家「百首歌たてまつりし時」六七一　『定家卿百番自歌合』冬　九三）

本歌
にはかにも　ふりくる雨か　みわがさき　さのの渡りに　家もあらなくに
（『万葉集』巻三「長忌寸奥麿歌一首」二六五　＊初句「くるしくも」『新勅撰集』羈旅歌「題しらず」五〇〇　＊初句同前）

この一対は、『源承和歌口伝』「万葉集歌とる事」において、理想的な万葉歌摂取の例として挙げられていた【三・2-a】。それに対して頓阿は、「本歌」が万葉歌であるか否かを、分類の基準として特に重視していない(6)。「本歌」に詞書はなく、詠まれた季節も判然としない。そこに詠まれているのは、容赦なく降り注ぐ雨を遮るものとてない、旅の途上の苦しさや寂寥感である。これに対して、頓阿、あるいは源承の「本歌」選定によれば、定家の詠において摂取された詞は、「さのの渡り」という一語の地名のみである。この「さのの渡り」という地名が、降りしきる雨の中で寄る辺もない、索漠とした旅の情景を呼び起こす働きをしている、という頓阿の解釈は、源承のそれとおそらく一致している。その漠然とした情景が、馬を停めて袖に降り積もる雪を払う木陰もない、荒涼とした冬の夕暮れの情景へと変容しながら像を結ぶ。このことを可能にしているのは、遮るものの何もない中で風雨が降り注いでくる場という、「本歌」において「さのの渡り」が生み出した属性の共有である。この意味で、定家は「本歌」の「風情」を再利用している。しかし「馬を停めて雪の降り積もった袖をうち払う蔭もない夕暮」という「風情」は、「本歌の心」の範囲を越えてゆくものである。この歌も、鑑賞者の視点から見ると、「本歌」に詠まれる情景を、必ずしも時系列にしたがうことなく追体験しながら、しかもそれにとどまることなく「雪の夕ぐれ」という新たな情景を詠出したと把握できよう。薄暮の中で雪に煙る灰色の情景は、「さのの渡り」において古歌に詠まれた情景と同期されることによって、他の場所に置かれるよりも、すなわち他の詞によるよりも、はるかに寂寥感をかきたてるものとなりうる。以上のような解釈にもとづいて、頓阿は「妙なる心」を詠んだ歌の例としてこの歌を挙げたと考えたい。

名取川 いかにせんと も　またしらず　おもへば人を　うらみつるかな

（『定家卿百番自歌合』恋　一〇七　『拾遺愚草』「奉和無動寺法印早率露胆百首文治五年春」「恋」四七三　＊結句「うらみけるかな」）[7]

本歌

なとり川 瀬々の埋木　あらはれば いかにせんと か　あひみそめけん

（『古今集』恋歌三・よみ人しらず「題しらず」六五〇）

「名取川」という地名、および「いかにせん」という詞から、「本歌」の特定は容易である。「本歌」の意は、

「名取川の浅瀬に沈む埋木が川面に浮かびあらわれてしまうように、二人の恋仲が知れわたってしまったなら、いったいどうするつもりで逢いはじめてしまったのだろうか」。「浮名を取る」という名をもつ「名取川」にこと寄せて、恋路の暴露に対する不安を詠んでいる。他方、定家は「名取川の名のとおり、恋路が暴かれた結果、どうすればいいかもうわからない。それを思えば、自分を夢中にさせた想い人が恨めしいことだ」と、自暴自棄になって恋人を恨む感情を詠んでいる。この歌も明らかに、「本歌の心」を前提として、そこに接続するかたちで詠まれている。恋愛関係の露見に対する不安を追体験した上で、すでにそれが露見してしまった状況における感情へと、「本歌の心」にまとわれることなく、その内容を展開していることがわかる(8)。この詠歌にかぎっていえば、「本歌の心」との間に時系列的な差を認めることもできる。しかし関係が露わになってしまったせいで想い人への恨みを募らせるという定家の歌の「風情」は、「本歌の心」の範囲内にはあらわれておらず、むしろその「風情」を拡張したものであると解することができる。

3-b　「本歌の心」を追体験する「人の心」：京極派和歌の吸収

鑑賞者の視点に立って、「本歌の心」と定家詠の「心」との関係性を想定することによって、定家が詠歌に臨んで「本歌の心」を追体験し、そこに「本歌の心」には詠まれていなかった新たな展開を加えていると、頓阿は解釈した。この解釈において、頓阿が「本歌の心」を追体験しているとしているものは、詠歌主体である定家の「人の心」にほかならない。対象に触れて感動した「人の心」の様相を、そのまま詞に変換しようとする京極派の理想は、和歌世界において否定されるに至った【四・3-b】。その排斥が決定的なものとなったのが、まさに頓阿の生きた時代である。しかし頓阿の理想とする「取本歌事」の中で、詠歌行為における「人の心」は、詞を古歌に託すという一見それとは相容れぬ方法において、掬いとられている。京極派和歌の詠歌過程において感受されるべきものが、自らの「心」の様相だったのに対して、「本歌の心になりかへ」るという古歌再利用の過程においては、それが「本歌の心」に置きかえられている。もちろん頓阿自身に、京極派の理念を救出しようなどという意図はなかったかもしれない。しかし頓阿の理想とする古歌再利用法は、詠歌主体としての「人の心」をその中心に据えているという意味で、京極派の和歌観と共鳴するものである。つまり、頓阿による「取本歌事」の分類において根幹となる基準は、歌を詠む「人の心」が「本歌の心」を追体験しているかどうかにあった。そして、詠まれた歌の「心」に内在する詠歌主体の「心」の有無という要素はまた、頓阿にとって「本歌取」による歌の価値を判断する基準でもあった。

『井蛙抄』第一「風体事」において、頓阿は『新撰髄脳』『俊頼髄脳』『古来風体抄』『詠歌大概』『近代秀歌』『八雲御抄』などの歌論書、さらに俊成の歌合判詞などから、先達がどのような歌をすぐれたものと考えていたかという秀歌観、またそれはいかにして詠まれるかという理想的な方法について引用している。その引用の最後に、「京極定家卿事被進衣笠内大臣也状云」として、『毎月抄』に提起されている「有心体」が紹介される。「有心体」は『毎月抄』において「歌の本意」とされる、理念的な詠歌の様態である。頓阿の引用している部分では、次のように説明される[9]。

よくよく心をすましてその一境にいりふしてこそ、まれにもよまるる事に侍れ。さればよろしき歌と申、歌ごとに心のふかきをのみぞ申すめる。

「有心体」は、詠歌主体の「心」を澄ませて、それが詩的想像力となって十全に活動する境地に到達した時にはじめて詠むことができるが、それでもなお稀にしか詠まれないような歌の様態である。「有心体」の秀歌とは、歌ごとに「心」が深く浸透しているとされる。この箇所を引用する頓阿は、主体の詩的想像力として働く澄明な「心」が、その歌にあらわれていることをこそ、秀歌の条件と考えていたのではないか。『毎月抄』が、定家の真作である確証のない歌論書であることはすでに触れたが、ここでは著者の真偽については措いてよい。重要なのは、頓阿が「有心体」を定家の詠歌理念の結晶として把握し、それに共感していたという事実の方である。

『毎月抄』の引用の直後には、「私云」として頓阿自身の「有心体」に関する考えが、次のように述べられている。

心ある体といふこと、よくよく心得べき事也。近日の人は、風情のめづらしく興ありてたくみいだしたるを、心あるとおもへり。更しからざる事也。風雲草木の感につけても、又世間盛衰などにつけても、おもひいれたるを心あるとは申なり。

「最近の歌人たちは、一首を構成する趣向に意外性があって、興趣を誘うような技巧的な歌を有心体だと思っているようだが、全くそうではない」と頓阿はいう。頓阿によれば、「心ある」歌とは、自然の現象や景物に対する情感、あるいは人生における盛衰の機微に対する感動を詠みこんだものであった。この主張には、『為兼卿和歌抄』に開陳されていたような、京極派の和歌観の影が揺曳している。しかしながら、和歌世界における詠歌の根本的な前提は、古来詠み継がれ蓄積されてきた、古き詞を用いるということである。頓阿が主として定家の歌を参照しながら設定した「本歌の心になりかへりて、しかもそれにまとはれずして、妙なる心をよめる」方法は、古歌の詞を摂取すると同時に、対象に触れて感動する「人の心」を詠歌の中心に据えて、それが「本歌の心」を追体験した様相を詠むというものである。それはまた、中世和歌の前提に根を下ろしつつ、それに対立する「異風」の和歌の理念を吸収する方法でもあった。

では、頓阿がもっとも重視するこの項目と、先に見た項目C「本歌の心にすがりて風情を建立したる歌」との境界線は、どこに求められるであろうか。「本歌の心」に依存することによって趣向を形成する場合に顕著な要素は、「本歌の心」の属する時系列を受け継いでいるというところにあった。しかし「名取川」の定家詠においても、「本歌の心」の時系列的な展開という要素は見てとれる。ここで重要になってくるのは、「本歌の心になりかへる」ことよりも、むしろそれに「まとはれ」ないということの方であろう。裏を返せば「本歌の心にすがる」とは、「本歌の心になりかへ」りながらも、それに「まとはれ」ている状態を指すと考えることもできる。この両者を分かつ基準として指摘できるのは、「本歌」から摂取する詞の分量である。項目Cに挙げた定家・家隆詠に比べて、項目Dの例歌に摂取される「本歌」の詞は、明らかに少ない。これによって、「三十一字」のうちの残りのスペースに、「本歌」には詠まれなかった詞をより多く配置することが可能となる。したがってそれらは、「本歌」には属さない趣向を、新たに形成することを容易にする。「本歌の心」を追体験しながらも、そこに内包される趣向までをも摂取している歌は、「本歌の心」に依存しきっていると解釈される。「本歌」に「答」えるために、その主題と趣向をともに踏襲する「本歌に贈答したる体」がそう解釈されたことは、以上のような頓阿の分類基準に照らして、整合性をもっている。そしてそれは、「本歌の心」にまとわれずに詠まれた歌に、価値としては劣ると判断される。「妙なる心」詠出の条件となっている、「本歌の心」に「まとはれ」ないその追体験とは、「本歌」と主題・内容を共有しながらも、「本歌の心」に内包されていない「風情」を新たに創出する、あるいは「本歌の心」に属していた「風情」を拡張するものであると結論づけられよう。

4 「本歌」選定の恣意性

「本歌の心」の追体験によって「妙なる心」を詠出することを理想とする頓阿であるが、第2節において考察した為家の歌の分類にすでに見られたように、項目Dの中にも、その分類基準を適用する恣意性に起因した、種々の問題があらわれている。

秋の色に さてもかれなで あしべ こぐ たななしを舟 われぞつれなき
（『定家卿百番自歌合』恋 一四二 『拾遺愚草』「建暦二年十二月院よりめされし廿首」「恋五首」一九七七）

本歌
ほりえ こぐ たななし小舟 こぎ帰り おなじ人にや こひ渡るらむ
（『古今集』恋歌四・よみ人しらず「題しらず」七三二 ＊結句「こひわたりなむ」）

頓阿の推定する「本歌」から定家が摂取している詞は、二句にも満たない、「こぐ」「たななしを舟」という二語のみである。「たななしを舟」とは、舟縁に板のない小舟を指し、たゆたい定まらないものの隠喩として、『万葉集』以来多く歌に詠まれてきた。「本歌」においてこの詞は、どれだけ漕いでも堀江に還ってきてしまうところから、諦めようとしても諦めきることのできない、長年にわたる同じ人への恋心を例示している。一方で定家の歌においては、想い人が自分に対して倦怠を感じている気配を「秋の色」と重ね合わせ、それがわかっていながらもなお、枯れることも離れることもできない自分自身の姿が、蘆辺を漂う「たななしを舟」に比され、そのつらさが詠まれている。二首はともに恋の歌であるが、「たななしを舟」が暗示しているものの相違とも相まって、表出される恋の「心」は各々の様相を異にしているといってよい。同じ人への変わらぬ恋心と、想い人に飽きられて寄る辺なく漂う自らの姿とが、恋の時系列において展開しているとはいいがたい。したがって、定家が「本歌の心」と同一の次元に身を置いて、それを追体験していると見なすことはできない。

つまるところ、頓阿がこの「本歌」を選定したのは、「こぐ」と「たななしを舟」という詞が共通していたからにすぎなかったからではないか。この二語をもって「ほりえこぐたななし小舟」の古今歌に辿り着く頓阿の検索能力のたしかさは、信用に値する。しかし、そうであるからこそ、「本歌の心になりかへりて、しかもそれにまとはれ」ない歌の例として挙げられるこの一対において、頓阿の「本歌」選定の不確実さが、いっそうあらわになっている。このことを、『井蛙抄』における頓阿の「本歌取」分類に関する、一つの大きな問題点として指摘しておきたい[10]。

やどりせし かりいほの 萩の 露ばかり きえなで袖の 色に恋つつ

（『定家卿百番自歌合』恋 一三七 ＊第二句「かりほの萩の」『拾遺愚草』恋「住吉歌合、旅宿恋」二五七二[11]）

本歌

秋の田の かりほの庵の にほふまで さける秋はぎ みれどあかぬかも

（『万葉集』巻第十 二一〇四 ＊初二句「秋田刈る仮盧の宿りに」『後撰集』秋中・よみ人しらず「題しらず」二九五 ＊二句「かりほのやどの」）

定家の歌と、頓阿の選定している「本歌」との間で共通しているのは、「庵の」「萩」という一般的な詞のみである。『井蛙抄』に記載される「本歌」のかたちは、その出典である『万葉集』あるいは『後撰集』から引いてくる際に、記憶違いをした結果であろうか。「本歌」は、「秋の田に立てられた粗末な仮小屋に宿を取る時、匂わんばかりに咲き誇っている萩は、いくら見ても飽きることがない」と秋の田野の情景を詠んでいる。これに対して定家の歌は、「一夜の宿を取った仮の庵に咲いている、萩に置く露が消えないように、涙はとめどなく流れ落ち、それによって染められた袖の色ばかりが恋の想いをあらわしている」という意である。「本歌」においては仮庵の宿りの無聊を慰める秋の風物として詠まれていた萩は、定家詠において、涙の隠喩となる露が置く景物として、恋の悲哀を表出している。この一対においても、定家が「本歌の心」を自らのものとして追体験しているということはできない。ここでは、「萩」を見る「かりほのやど」は、涙に濡れた袖の色をかこつ場としての属性を獲得している。つまりそれらの詞は、古歌の「心」を表出しておらず、異なる文脈に移植されている。以上の点で、この歌は「古歌を取る」方法によって詠まれた、項目Aに分類されるものと見てよい。

「本歌」の選定は、原理的に詞の共通性によらざるをえない。しかし再三確認してきたとおり、古歌と同じ詞を採取しているからといって、直ちに古歌の「心」が表出されるわけではない。ある歌の作者が「本歌の心」を追体験しているかどうかは、観賞者の解釈に左右される。ここに、頓阿の分類における鑑賞者的視点の恣意性という問題点を指摘することができる。それはまた、古歌を再利用しながら詠まれた歌を「本歌」と一対一の関係性の中でしか考えることができないという、解釈上の欠陥でもある。

契りをきし すゑのはらのの|もとがしは| それともしらじ よその霜がれ

（『定家卿百番自歌合』恋 一三八 『拾遺愚草』「建暦二年十二月院よりめされし廿首」「恋五首」一九七八）[12]

本歌
いそのかみ　ふるからをのの|もとがしは|　もとの心は　わすられなくに
（『古今集』雑歌上・よみ人しらず「題しらず」八八六　『定家八代抄』雑歌上・よみ人しらず「題しらず」一四九三）

「本歌」は、「古い枯れた幹ばかり残る野にある、枯れない柏の葉。私も昔からの想いは枯れず、忘れられない」の意。他方、定家は「約束しておいた行末、それは末の野原にある枯れない柏の葉。私の想いは枯れないが、そうであるとあなたは知るまい。あなたの想いは他所で、霜枯れるように枯れてしまった」と詠んでいる。「もとがしは」を枯れずに残っているものの隠喩としている点は「本歌」と同様である。「本歌」において、それは昔からの想いを暗示している。定家は、行末を誓い合った約束が枯れていないと詠む。さらに、「もとがしは」の置かれる場が「ふるからをの」から「するのはらの」へと変えられていることも考え併せると、定家が「本歌の心」を追体験するように詠んでいるとはいえない。「もとがしは」が「ふし」になっているという意味で、項目Eに分類されるべき詠歌であろう。この一対も、頓阿の分類の恣意性を示すものである。

秋はいぬ　|夕日がくれ|の　峯の松　よもの木のはの　|後|もあひ|みん|
（『定家卿百番自歌合』秋　七八　『拾遺愚草』「建暦三年九月十三夜内裏歌合　暮山松」二三〇七）

本歌
山高み　|夕日かくれ|ぬ　あさぢはら　|後|　|みん|ために　しめささましを
（『万葉集』巻第七・譬喩歌「草に寄する」一三四二　＊結句「標結はましを」『拾遺集』雑下・人丸［人麿］

「題しらず」五四六 ＊結句同前）

「本歌」は、『万葉集』によると、「草」を譬喩として詠まれたものである。そこでは「あさぢはら」が想い人の所在地のたとえとなっており、「山が高いから、夕日が早くもかくれてしまった。こんなことなら浅茅原に、後日また見るために、しめ縄を張っておけばよかった」と詠んでいる。定家は「夕日がくれ」と体言化し、加えて「後」「みん」という詞を採取し、「秋は往ってしまった。夕日が沈むと隠れてしまう峰の松。その周りにある木葉が散った後も、相まみえたいものだ」と詠む。詞を摂取しながら「本歌の心」とは全く異次元にある晩秋の情景が詠まれているため、「古歌を取る」詠法として項目Aに分類すべき歌であろう。

最後に、これまで提示してきた頓阿による分類の問題点のすべてがあらわれている次の一対を見た上で、『井蛙抄』における古歌再利用分類の問題点について、一旦まとめてみたい。

白妙の 袖の 別に 露おちて 身にしむ色の 秋風ぞ吹

（『新古今集』恋歌五・巻第十五巻頭「水無瀬恋十五首歌合に」一三三六 ＊題「寄風恋」『定家卿百番自歌合』恋 一五八）

本歌

しろたへの 袖 別る べき 日をちかみ 心にむせび なきにしもなく

（『万葉集』巻第四「紀郎女が怨恨歌」六四五 ＊結句「音のみし泣かゆ」）

「本歌」は、恋人との別れが近いことによって、落涙を抑えきれないほどの嘆きをあらわしている。定家は、

「白妙の袖の別れ」と、「本歌」の詞を結合しながら採取している。この詞によって「本歌」の表出する、悲嘆にくれる恋情を喚起した上で、そこに「本歌」における涙を暗示する「露」を加え、それが落ちて身にしみるような冷たい色の秋風が吹くと詠んでいる。迫る別れを思っての悲しさは、すでに別れが訪れてしまった後の、孤独と寂寥へと展開される。以上の要素から、定家は「本歌の心」を追体験しながら、新たな趣向を形成しえている。つまり頓阿の分類は、その解釈どおり、正確であるといってよい。「白妙の袖の別れ」という詞については、頓阿が『井蛙抄』に引く「本歌」と同じく、『万葉集』に

白栲の　袖の別れは　惜しけども　思ひ乱れて　許しつるかも

（『万葉集』巻第十二「悲別歌」三一八二）

という、取られた詞をそのままのかたちでもつ歌もある。しかし、別れる前と後の感情が「本歌」と定家詠の「心」にそれぞれ対応している点で、頓阿の選定した歌の方が、より「本歌」としてふさわしい。

　ここで、定家の歌の題に着目したい。それはこの歌が詠まれた「水無瀬恋十五首歌合」によれば、「寄風恋」であった。定家がこの題に対峙した時、「風」に対して何ら関係性をもたない、頓阿の選定した万葉歌が直ちに検索されたと考えることはできない。また、あらかじめ「寄風恋」について構想をめぐらせたとしても、その過程の中でこの「本歌」に行きあたる必然性は薄い。そこで次の古今歌を、定家の構想へ示唆を与えたものとして提示したい。

吹きくれば　身にもしみける　秋風を　色なき物と　思ひけるかな

（『古今和歌六帖』第一・よみ人知らず「あきの風」四二三）

定家詠における「身にしむ色の秋風ぞ吹く」という詞は、この古歌から採取されていると考えることができる。またこの歌であれば、「寄風恋」という題を詠みこなす上で、格好の下地となりうる。定家はまず、この古歌を選定した上で、その詞から「身にしむ色の秋風ぞ吹く」という詞を構成し、そこから「身にしむ」ものとして「露」を導き出した。「露」＝涙から「別れ」へと進み、そこから万葉歌の「白妙の袖の別れ」という詞に行き当たった。もとより以上のことは、すべて推測にすぎない。しかし、「寄風恋」の題詠という前提を勘案すれば、この推定は、詠歌過程の跡づけとして妥当性を失わない。ここまでにおいて、定家の歌が「本歌二首もてよめる歌」にも分類可能であることが確認できる。

『古今六帖』歌を基点として解釈するならば、寂寥感を誘う秋の風のつれなさを主題とした歌から詞を採取しながら、秋風によっていっそうかき立てられる別れの悲愴さという主題に詠み変えている定家詠は、「古歌取」によって成立していると把握することができる。定家をはじめとする新古今歌人、あるいは為家の歌のように、複数の古歌からの詞の摂取が常態となっている場合、そのうちの一首の古歌を「本歌」として選定してしまうことによって、解釈上、他の古歌の影響は無視されざるをえない【序・附】。鑑賞者の視点をもって、「本歌の心」への依存度を分類の基準とする頓阿にとって、「心」の次元における関連性を保つ古歌がまず検索されるのは、むしろ当然である。またそれを探しあててくる頓阿の検索能力は、たしかであるといってよい。しかし、複数の古歌の影響が認められる以上、ある一首を「本歌」とする行為は、鑑賞者の恣意性が内在しているという意味で、古歌再利用法の分類においてその多様性を把握しきれない。

以上のことを補強する証として、定家の歌に先行する、九条良経（一一六九―一二〇六）の歌を挙げたい。

風の音に　今日より秋の　たつた姫　身にしむ色を　いかで染むらむ

（『正治初度百首』「秋廿首」）

この歌において、『古今和歌六帖』の歌から摂取された、「秋」の「風」に関連する「身にしむ色」という詞が、すでに詠み出だされている。『正治初度百首』は『新古今集』の撰歌素材であり、また定家も出詠している催しである。したがって定家が、この良経の歌を経由せずに、「身にしむ色の秋風」という詞を突如として詠み出だすことができたと考えることはできない。詠み出だされた歌詞を同時代歌人たちが共有するという新古今時代の現象を、ここにも見出すことができる【序・3-b】。このように、中世和歌における複雑きわまりない古歌再利用の諸相に鑑みると、「心」の関連性に着目して選定した「本歌」と、一対一の関係からのみそれらを把握し分類することは、やはりその実相を見誤らせるおそれがあるといえよう。

5　「本歌取」に対する価値判断の恣意性

『井蛙抄』における頓阿の分類基準には、その詠歌理念にもとづく価値の序列意識が併せて内包されていることはすでに述べた。頓阿は、『毎月抄』の提起する「有心体」に共鳴しており、古歌を摂取する際にも「本歌の心」を追体験する「人の心」を何より重視する。これは頓阿にとって、定家の詠歌理念を受け継ごうとした結果でもあった。したがって、「本歌の心」を追体験しながら、その範囲を越え出るような「風情」を創出するという、頓阿がもっとも高い価値を認める古歌再利用法は、定家の歌をもって代表させられていた。但し、他の分類項目にも定家の歌が少なからず選ばれていることに鑑みて、頓阿の価値判断は曖昧なものにとどまっているといってよい。本節では、頓阿の価値序列を確認するために、項目B「本歌にかひそひてよめり」において定家の歌が例として一首も挙がっていないという事実に着目する。「本歌にかひそひてよめり」とは、「本歌」を支えとしてそれに寄り添うようにして詠んでいる、という意である。それが「本歌の心にすがる」ことや「本歌の心になりかへりて、しかもそれにまとはれ」ないこととどう違うのか、例歌を見ながら解明したい。

例として挙げられるのは六対、作者は後鳥羽院（一一八〇―一二三九）、藤原家隆、九条良経、顕昭（一一三〇?―一二〇九?）、飛鳥井雅経（一一七〇―一二二一）、源通具（一一七一―一二二七）である。このうち、顕昭の二首入集を例外として、後鳥羽院三十三首、家隆四十三首、良経七十九首、雅経二十二首、通具十七首と、いずれも『新古今集』に多くの歌が収録されている。つまりこの項目に入れられているのは、いわば新古今時代を代表する歌人の歌ばかりである。以下に、『井蛙抄』に載る順序にしたがって、内容的に関連する和歌をも参照しながら、解釈を試みる。

鶯の　鳴けどもいまだ　降る　雪に　杉の葉白き　逢坂の山
（『新古今集』春歌上・後鳥羽院「和歌所にて、関路鶯といふことを」一八）

本歌
梅が枝に　来ゐる鶯　春かけて　鳴けどもいまだ　雪は　降りつつ
（『古今集』春歌上・よみ人しらず「題しらず」五）

「本歌」の意は、「梅の枝に来て泊まっている鶯が、春を待ち望んでいるように鳴いているものの、まだしんしんと雪は降り続いている」というものである。暦の上では春が訪れているにもかかわらず、まだまだ春らしくはならない雪景に梅と鶯を配し、心浮き立つ春の到来を待ち望む心情を詠みこんでいる。この歌から、後鳥羽院は「鶯」、「鳴けどもいまだ」、「降る」、「雪」という詞を採取している。この十五文字によって、「本歌」における春の到来を待望する感情を喚起しながら、そこに白い葉の杉の木が立ち並ぶ逢坂山を詠み加えている。「雪」に焦点を当てて、それが杉の葉を白く染めているという趣向を凝らし、鶯が来て鳴いている場所を「梅が枝」からより具体的な「逢坂の山」へと転換しているという点において、後鳥羽院は「本歌の心」の範囲を越えた「風情」を案出しているといえるのではなかろうか。したがってこの歌は、項目D「本歌の心になりかへりて、しかもそれにまとはれずして、妙なる心を詠める」歌に分類し直すことが可能である。

但し、この歌に関連して注意しなければならないのは、以下の二首が先んじて詠まれていたという事実である。

鶯は　鳴けどもいまだ　古里の　雪の下草　春をやは知る
（『守覚法親王家五十首』・定家）

吉野山　今年も雪の　古里に　松の葉白き　春の曙
（『正治初度百首』・良経）

前者は、後鳥羽院の伯父である守覚法親王（一一五〇―一二〇二）による、五十首歌詠進の催しに応じて詠まれた歌である。院自身は出詠していないものの、『新古今集』の同時代における撰歌資料であり、後鳥羽院が定家のこの歌を知らなかったと考えることは不自然である。また、『正治初度百首』は後鳥羽院自身が主催した百首歌であり、当然、良経の歌はその記憶にあったであろう。このように、後鳥羽院は自らの歌の中に、同時代歌人たちの詠み出だした詞を遠慮なく取り用いている。このような詞の摂取は、後鳥羽院にかぎったことではなく、新古今歌壇の一つの特徴であった。前節で見た、「本歌」選定の問題が、ここにもあらわれている。

思ふどち　そことも知らず　行き暮れぬ　花の宿貸せ　野辺の鶯
（『新古今集』春歌上・家隆「摂政太政大臣家百首歌合に、野遊の心を」八二）

本歌
思ふどち　春の山辺に　うちむれて　そこともいはぬ　旅寝してしか
（『古今集』春歌下・素性「春の歌とてよめる」一二六）

家隆の歌は、『六百番歌合』判詞において、俊成が古歌の詞を摂取しすぎていることを難じながらも、鶯に花の宿を借りるという趣向があまりにも「艶」であると称賛したものであった【序・3―b】。「本歌」は、「気心の知れた者同士、春の山辺に連れ立って行って、思い思いの場所に旅寝をしてみたい」という、春の野に遊ぶ高揚感を詠んでいる。摂取された詞は、「思ふどち」と「そことも」の二語（但し『六百番歌合』においては、第二句は「そこともいはず」となっており、より「本歌」に近い）。鑑賞者の視点から見ると、わずか二語によって「本歌」の心浮き立つ春の情景を手繰り寄せた上で、日がな一日暮らしてしまい、野辺に戯れる鶯に対して、花でつくった宿を旅寝のために貸してほしいと呼びかけるという、本歌にはない趣向を詠みこんでいる。したがってこの歌も、「本歌にかひそひてよめり」という曖昧な項目に分類されるべきではない。これはまさしく、「本歌の心になりかへりて、しかもそれにまとはれずして、妙なる心をよめる歌」と見なしうる歌である。ここに、頓阿による価値判断の恣意性が露わになっている。

きりぎりす　鳴くや霜夜の　さむしろに　衣片敷き　ひとりかも寝む
（『新古今集』秋歌下・良経「百首歌たてまつりし時」五一八　＊『正治初度百首』「秋」）

本歌

さむしろに 衣かたしき 今宵もや われを待つらむ 宇治の橋姫

（『古今集』恋歌四・よみ人しらず「題しらず」六八九）

「本歌」は、遠くにいて逢えない恋人を、宇治橋に鎮座するという伝説の女神に置きかえ、自分を待つ女の哀れな心情を、わびしい佇まいとともに詠んでいる。良経はこの歌から、「さむしろに衣片敷き」の二句を採取している。『源氏物語』「橋姫」にも影を引くこの本歌の「心」、すなわち、来ないであろうとわかっていてもなお、想い人の来訪を待ち焦がれてしまう女の心情が、わずか十二文字を回路として、良経の歌へと移植されている、というのが頓阿の解釈であろう。自分を待つ女の姿を想像する男の立場で詠まれた「本歌の心」を、良経は反転させ、待つ女の姿そのものを詠んでいる。「本歌の心」を追体験しながら、蟋蟀の鳴く秋の霜夜の独り寝という、いっそうわびしい情景を混ぜ加えることによって、「本歌の心」の範囲を越え出た、想い人を待つ女の哀切な感情が詠まれている。この歌も、「本歌にかひそひてよめり」ではなく「妙なる心」を詠出したものとして分類しうるだろう。

ここで、下句の「ひとりかも寝む」に注目したい。いうまでもなくこの詞は、柿本人麿の著名な歌を喚起する。

足引きの 山鳥の尾の しだり尾の ながながし夜を ひとりかも寝む

（『万葉集』巻第十一 二八〇二[13]『拾遺集』恋三「題しらず」七七八『和漢朗詠集』秋「秋夜」二三八 など）

『和漢朗詠集』において「秋夜」の項に収録されていることが示すように、この歌の主題が夜長の独り寝であるならば、それは秋歌の「心」として一般的である。また『万葉集』には、

我が恋ふる　妹は逢はさず　玉の浦に　衣片敷き　ひとりかも寝む

（『万葉集』巻第九・雑歌「紀伊国にして作れる歌」一六九二）

という、全く同じ下句をもつ歌もある。つまり良経は、「秋」という主題を詠む上で、夜長の独り寝の情景についてまず着想し、「（衣片敷き）ひとりかも寝む」という詞を採取することによってそれをあらわした後に、「衣片敷き」から「さむしろに」を導き出したのではないだろうか。あるいは、このような詠歌過程が一緒くたとなって、「衣片敷きひとりかも寝む」という詞の連なりが即座に念頭に浮かんだと見ても、あながち間違いではなかろう。良経はさらに、「きりぎりす鳴くや霜夜」という情景を設定することによって、「本歌の心」にいっそうの哀切さを加えることに成功している。[14] この歌も、「本歌」として想定しうる歌が何首もあるという意味で、「本歌二首をもてよめる歌」に分類されうる。

萩が花　真袖にかけて　高円の　尾上の宮に　領巾振るやたれ

（『新古今集』秋歌上・顕昭「守覚法親王、五十首歌よませ侍りけるに」三三一　＊題「秋」）

本歌

高円の　野辺の秋萩　いたづらに　咲きか散るらむ　見る人なしに

（『万葉集』巻第二・挽歌・笠金村　二三一）

この顕昭の歌に対しては、『井蛙抄』に挙げられている「本歌」のほかにも、同じ『万葉集』の中に「本歌」として見なしうる歌が複数見出せる。以下はその例である。

高円の 峰《を》の上の宮は 荒れぬとも 立たしし君の 御名忘れめや

（『万葉集』巻第二十・大原今城「興に依りて各々高円の離宮処を思ひて作れる歌」四五〇七）

宮人の 袖付け衣 秋萩に にほひよろしき 高円の宮

（『万葉集』巻第二十・大伴家持「独り秋の野を憶ひて聊かに拙懐を述べて作れり」四三一五）

顕昭がどの万葉歌を「本歌」として想定していたか、判然としない。そのため、「本歌の心」の追体験によって新たな「風情」が形成されているか否か、という基準を適用することは困難である。例によってここにも、「本歌」選定に関する問題があらわれている。あるいは顕昭は、一首のみならず、漠然と何首かを参照したと考えることもできる。

仮に頓阿の推定する「本歌」を基点として解釈するならば、顕昭の歌は「本歌の心」とは異なる文脈においてその詞を再利用した、「古歌を取る」方法によると把握してよい。「萩の花を両袖にかけて、高円の尾上の宮で首にかけた布を振っている女性は、いったい誰だろう」という、古代宮廷人の恋を主題とする顕昭詠と、「高円の野原の秋萩は、空しく咲いて散っていくのだろうか、見る人もなく」と秋の情景を詠む「本歌」との間に、「心」の次元における親縁性を見出すことはできない[15]。

詠歌の過程を想定してみると、「秋」という題から、秋の代表的な景物である「萩」を詠むことを顕昭が思い立ったことは、まず想像に難くない。顕昭は六条藤家歌学の大成者であり、万葉歌の註釈に功績のあった、新古今時代を代表する碩学である。その顕昭が、「萩」に関連する「心」を着想する前に、「萩」にまつわる古歌を不可避的に検索してしまったと考えることは不自然ではない。そうでなくては、「秋」という包括的な題に対して、「高円の尾上の宮」という『万葉集』に頻出する詞が用いられている理由が説明できない。下句の「領巾振るやたれ」という『万葉集』に特有の調子からも、このことはうかがわれる。「領巾」という詞から、「袖付け衣」という着物に関する詞が詠まれている家持の歌が、「本歌」としてもっともふさわしいかもしれない。家持詠は、「高円の宮にいる女官たちの長袖の衣が、秋萩に映えていっそう鮮やかさを増している」という意である。この歌を「本歌」として解するならば、古代の大らかな情景の中で、宮廷人の恋を「心」としてあらわす顕昭は、家持の歌の「心」を追体験しつつ、その範囲内での「風情」を案出した、「本歌の心にすがりて風情を建立したる歌」に分類できるであろう[16]。

たへてやは 思ひあり とも いかがせむ 葎の宿 の 秋の夕暮れ

（『新古今集』秋歌上・雅経「五十首歌たてまつりし時」三六四 ＊「老若五十首歌合」「秋」）

本歌

思ひあらば 葎の宿 に寝もしなむ ひしきものには 袖をしつつも

（『伊勢物語』第三段 『大和物語』第一六一段）

頓阿の選定した「本歌」は、『伊勢物語』第三段に載る歌で、『大和物語』においても翻案の素材となっている。『伊勢物語』においてこの歌を導くのは、

むかし、男ありけり。懸想しける女のもとに、ひじき藻といふものをやるとて

という場面である。つまりこの本歌は、「ひじき藻」という詞の響きにこと寄せて、「ひしきもの」、すなわち

「敷物」に接続し、荒れ果てた宿で袖を敷物にして自分と共寝するほどの愛情が、相手にないことに対する嘆きをあらわしている。これを受けて、雅経は「本歌」の「思ひあらば」という仮定を「思ひありとも」という逆説条件に詠みかえながら、「むぐらの宿」という詞を併せて摂取している。「もしあなたに私への想いがあるなら、葎の生い茂る粗末な宿で共寝もするでしょう、敷物には袖をしつらえながら」と詠んだ「本歌」の男に対して、「耐えることができようか。想いがあったとしてもどうすればいいのか。葎の生い茂るこの宿の、秋の夕暮れに」と、女の立場で答えたと解することができる。以上のような関係性から、「本歌に贈答したる躰」に分類可能な歌である。

　　深草の 里の月影 さびしさも 住みこしままの 野辺の秋風
　　　　　　（『新古今集』秋歌上・源通具「千五百番歌合に」三七四）

本歌
　年を経て 住みこし 里を 出でていなば いとど深草 野とやなりなむ
　（『古今集』雑歌上・在原業平「深草の里に住み侍りて、京へまうで来とて、そこなりける人によみておくりける」九七一『伊勢物語』第一二三段）

本歌は『古今集』から『伊勢物語』を経て、「深草」の地にまつわる歌としては、和歌世界においてもっとも広く知られてきたといってよい。業平は、「長年暮らしてきた、この深草の里を出て行ってしまったならば、ここはその名のとおり、ますます草深い野原となってしまうだろうか」と、京へ行こうとする人の立場から、深草の里に残された者へと問いかけている。これに対して通具は、「深草」、「里」「住みこし」「野」という詞を採取してその配列を変えながら、「月影」も「さびしさ」も、長年住んできたまま変わらない、「野辺の秋風」の吹きわたる荒涼な景として「深草の里」を詠んでいる。「本歌」の問いかけに対して、馴れ親しんだ人が出て行ってしまい、残されてしまった者の孤独な寂しさをもって答えた、「本歌に贈答したる躰」として把握できる。

ここで、通具の歌が、次の俊成の歌の影響下にあったことを指摘したい。

夕されば 野辺の秋風 身にしみて 鶉鳴くなり 深草の里

（『千載集』秋歌上・俊成「百首歌たてまつりけるとき、秋の歌とてよめる」二五九）

この歌は、通具詠と同じ『伊勢物語』第一二三段に語られる状況を下敷きとしている。

深草の里に住み侍りて、京へまうで来とて、そこなりける人によみておくりける 年を経て 住みこし里を 出でていなば いとど深草 野とやなりなむ

返し

野とならば 鶉と鳴きて 年は経む かりにだにやは 君が来ざらむ

（『古今集』雑歌下・九七一・よみ人知らず）

野とならば 鶉となりて 鳴きをらむ かりにだにやは 君は来ざらむ

（『伊勢物語』第一二三段）

俊成自讃の歌であり、新古今時代の歌人ならば知らぬ者はなかったといってよいほど著名であるこの歌を、『新古今集』撰者の一人であり、しかも俊成の娘婿（俊成の孫で養女となった俊成卿女の夫）でもあった通具が知らなかったはずはない。返歌の詞遣いに、『古今集』と『伊勢物語』とで若干の異動があるが、その内容はほぼ変わらない。但し『伊勢物語』の方が、この両詠の置かれる設定がより鮮明なので、まずはそれを以下に示す。

むかし、男ありけり。深草に住みける女を、やうやう飽き方にや思ひけむ、かかる歌をよみけり。

年を経て［…］

女、返し、

野とならば［…］

とよめりけるにめでて、行かむと思ふ心なくなりにけり。

つまりこの返歌は、「あなたが去ってしまった後で、この深草の里がその名のとおり草深い野となったならば、私は鶉となって独り鳴いていよう。そうすれば、あなたはせめて鶉を狩りにだけでも、来てはくれないだろうか」という、恋人に飽きられ捨ておかれそうになった女の、機知に富んだ訴えかけを暗示している。

「秋」を詠むにあたって、俊成はまず、夕暮れが訪れた野原に独り佇み、冷涼な秋風が身にしみるという、秋の寂寥を着想した上で、それをいっそう高めるために、草深い秋の荒野に鳴く鶉のイメージを呼び起こし、同時に「鶉」の鳴く場所としての「深草の里」を導き出した。鑑賞者の視点から見ると、下句の「鶉鳴くなり深草の里」という詞が、「本歌」となる両詠の置かれる寂寥感のみを、研ぎ澄ませながら喚起している。そこに「夕されば野辺の秋風身にしみて」という詞を重ね混ぜることによって、枯れ果ててゆく荒涼な秋の野の情景が、新たに詠み出だされている。『伊勢物語』を鑑賞の基点として見れば、これは「本歌の心」を追体験しつつ新たな

「風情」を創出し、「妙なる心」を詠んだ歌である。

こう見てきた上で、通具の歌に再び目を移すと、その詠歌の過程が露わになる。通具は「秋」という題から、秋の寂寥感を更新した俊成の歌を、まず想起した。そしてそこから、「野辺の秋風」と「深草の里」という詞を採取した上で、「深草の里」から『伊勢物語』の古歌へと進んで、それに「贈答」するように詠み進めたのではないか。この意味で、「本歌二首もてよめる歌」にも分類可能であるが、ここには看過できない問題点がある。通具は俊成の歌と同じ詞を用いるばかりではなく、俊成の歌を「本歌」ともして、その「心」に依存している。これは『簸河上』において真観がいうところの、「本歌をとると思ひては本歌を取りたる後歌をとる」「歌の孫」の例としてふさわしい【一・附】。

以上、『井蛙抄』の分類項目B「本歌にかひそひてよめり」に挙げられる例について、頓阿の選定する「本歌」との表出内容における関連性を基準として、分類し直した。それぞれの詠歌との影響関係が認められる先行歌に関する考察とも併せて、分類に頓阿の恣意性が介在しているという事実は動かしがたいものとなった。「本歌にかひそひてよめり」という分類項目は、実際は項目として自立していない。六首の歌は、鑑賞者の視点から見るだけでも、それぞれ他の項目に割りふることができるものである。とりわけ、後鳥羽院・家隆・良経の歌は、「本歌の心」を追体験しながら、その範囲には回収されない新たな「風情」を創出したものであった。にもかかわらず、それらが「本歌の心にすがりて風情を建立したる歌」や「本歌に贈答したる躰」に分類されるべき歌や、本歌の「孫」とでも呼ぶべき歌と一緒くたに分類されていることは、自ら立てた分類基準に背く、頓阿の錯誤であるといわざるをえない。この錯誤は、定家を除いた新古今歌人たちによる古歌再利用を、どのように位置づけるかについての準備が、頓阿の中でまだ曖昧であったことに起因しているように見える。頓阿が高く価値づけようとしている「定家的」本歌取は、決して定家一人が到達した方法ではない。その提唱者である頓阿自身の挙げる例を見ることによって、皮肉にもその事実は暴き出されることになった。

結

『井蛙抄』における古歌再利用法の分類は、挙げられる例の多さから、この方法をもって詠まれた歌を網羅せんとする意識のもとで遂行されたものであったと考えられる。頓阿の分類基準は、まず「本歌の心」との関連性におかれている。すなわち、「本歌」と異なる主題のもとで、その内容を異文脈へと転換した歌は、項目A「古歌の詞をうつして、上下にをきて、あらぬ事をよめり」および項目E「本歌の只一ふしをとれる歌」に分類されていた。その一方で、「本歌」の主題・内容を踏襲している歌については、そこに「本歌の心」を追体験する「人の心」が働いているかどうかによって分類されている。この視点から見て、「本歌の心」を通時的に受け継ぎながら、その範囲内に収まる「風情」を案出した歌は、項目C「本歌の心にすがりて風情を建立したる歌」に分類され、またそれは「本歌に贈答したる姿」をも含んでいた。

詠歌行為における「人の心」の重視は、『毎月抄』に提起される「有心体」に共鳴した、頓阿の理念を反映するものでもあった。頓阿にとっての「有心体」とは、「人の心」が自然の現象や景物に接して感受する情感、あるいは人事間の盛衰の機微に対する感動を詠んだものである。古歌の再利用という方法においては、「人の心」の触れる体験の対象が、現実世界から「本歌」の表出する世界へと読みかえられる。「本歌の心」を追体験し、そこから感受するものを下敷きとしつつ、なおその範囲内に収まらない新たな「風情」を形成しえた歌こそが、頓阿の理想とする古歌再利用法を分類すべき、項目D「本歌の心になりかへりて、しかもそれにまとはれずして、妙なる心をよめる歌」である。これはまた、京極派和歌の理念を吸収したと考えてもよい詠歌の態度と方法でもあった。

しかし頓阿の分類は、「本歌」選定の不確実性、またそれに伴う、「本歌の心」への依存度を判定する際の主観性に起因する、大きな問題を孕んでもいた。頓阿が理想視する項目Dには、仮にその基準にしたがったとしても、他の項目に分類されなければならない歌が含まれている。また逆に、項目B「本歌にかひそひてよめり」の中に、頓阿が項目Dに分類しうる歌を見出すこともできた。ここにおいて指摘することができる最大の問題点が、頓阿の価値判断に内在する恣意性である。これは、定家の理念として見なした「有心体」に共鳴し、それにもとづいて古歌再利用法の価値を判断した頓阿において、定家の歌が特別な扱いを受けていることをあらわしている。この恣意的な価値序列は、『愚問賢注』に継承され、それが広範に普及することによって、現代における「定家的本歌取」の把握にまで流れこむことになる。

註

（1）井上宗雄『中世歌壇史の研究　南北朝期』（改訂新版、明治書院、二〇〇八）第三編・第七章「頓阿の動向―草庵集・井蛙抄その他」五八〇頁。

（2）同前、五七六頁。

（3）［　］内は、筆者による現代語訳であるが、「心」「風情」などの概念に関しては、考察の対象となるため、そのまま記してある。

（4）「本歌の心にすがる」という用語に関して、同様の表現が為家の『詠歌一体』「題を能々心得べき事」の中に見える。

難題をばいかやうにもよみつづけむために、本歌にすがりてよむ事もあり。

「難題」とは、為家の挙げる例にしたがえば、「乍来不遇恋」や「臨期違約恋」のような、複雑な構成をもつ結題のことである。為家は、難題を何とかして歌詞に変換するために、「本歌」に頼り切って詠むこともあるといっている。この発言には、何かしらその行為が一義的なものではない、積極的に実践されるべきではない、といった含意を看取することができる【一・1-a】。

(5) 君嶋亜紀はこの歌について、「本歌から、二句＋αの分量を摂取して、摂取句の上下を入れ換え、『山吹』という点景を配して季の歌としている。この変え方は、『毎月抄』に本歌の具体例をもって示された方法と近い」と述べている。「山吹の花」は「点景」というよりもむしろ、「籬山吹」という一首の主題を担うものであるが、「季の歌」への転換を強調する点で本書の主張と重なる。君嶋亜紀「『毎月抄』の本歌取論について」『国語と国文学』八三・八（至文堂、二〇〇六）三七頁。

(6) 但し『井蛙抄』第二には、「愚管抄云、万葉集歌とる事」として『源承和歌口伝』「万葉集とる事」の全文が引用されている。しかしこれは、詠歌に資するべく過去の歌論書類を集成しようとする頓阿の『井蛙抄』編集方針のあらわれであり、頓阿がとりわけ万葉歌摂取を重視していたことを示すわけではない。

(7) 『続拾遺集』恋歌三「こひのうたの中に」九一四、結句「うらみけるかな」として収録。『歌論歌学集成　第十巻』および『日本歌学大系　第五巻』には、第三句を「またしらず」として翻刻されているが、『新編国歌大観』所収の『井蛙抄』（歌のみの翻刻）、また『定家卿百番自歌合』『拾遺愚草』『続拾遺集』では「まだしらず」と濁点が付されている。本書では「またしらず」として解する。

(8) 以上の解釈を裏づける定家自身の発言として、『京極中納言相語』に載る著名な箇所を引いておく。定家曰く、
　恋の歌をよむには凡骨の身を捨てて、業平のふるまひけむ事を思ひいでて、我身をみな業平になしてよむ。

色好みの象徴、在原業平のふるまいに思いを馳せ、業平になりきって恋歌を詠むとは、業平の詠んだ恋歌の世界を文字どおり「追体験」することにほかならない。ここから、恋の歌を「本歌」として歌を詠む際にその「心になりかへ」る方法までは、目睫の間であるといってよい。

(9) ここでの『毎月抄』本文に関しては、『井蛙抄』に引用されるかたちを優先し、併せて『新編日本古典文学全集八七　歌論集』所収の『毎月抄』を参照した。

(10) 古今歌と同様に、恋人につれない態度をとられて、あてどもなくさまよう自らの姿の隠喩として「あしべこぐた

ななしを舟」を詠んだ歌に、たとえば次のものがある。
むかし、恋しさに来つつ帰れど、女に消息をだにえせでよめる、
蘆辺こぐ　棚なし小舟　いくそたび　行きかへるらむ　知る人もなみ
（『伊勢物語』第九二段）
『伊勢物語』本文は、石田譲二訳注『新版　伊勢物語』（角川学芸出版、一九七九）による。

（11）この歌は、『続後撰集』恋歌四（九二四）に「恋の歌の中に」という詞書とともに採録されている。

（12）『続後撰集』恋歌四「恋歌の中に」九三六。

（13）「思へども思ひもかねつあしひきの山鳥の尾の永きこの夜を」（『万葉集』巻第十一　二八〇二）の左註に「或る本に曰く」として載る歌。

（14）「きりぎりす鳴くや霜夜の」という詞の連なりの刻む聴覚印象は、人口に膾炙した次の歌の上句を、直ちに思い起こさせる。
郭公　なくやさ月の　あやめぐさ　あやめもしらぬ　こひもするかな
（『古今集』恋歌一・巻第十一巻頭・よみ人しらず「題しらず」四六九）
むろん、良経の歌に、この古今歌の表出内容は揺曳していない。摂取されているのは、詞の響きのみであるともいえようか。古歌の心でなく詞のみを採取する「古歌を取る」方法の行き着く先、あるいはむしろその根源には、このような詞の響きの再生とでも呼ぶべき、聴覚印象の操作を想定することができる。

（15）この笠金村の歌は、「霊亀元年歳次乙卯の秋九月に、志貴親王の薨ぜし時に作る歌」に併せられた「短歌」のうちの一首である。したがってこの歌には、高円の野辺に咲く秋萩をもはや見ることのできぬ、親王への惜別の思いが込められている。しかし、この挽歌としての意も、顕昭の歌との関係性を見る上で、解釈の変更を促すものではない。

（16）この顕昭詠に関して、定家が「顕昭が歌の中に、これに勝るものやある」（『京極中納言相語』）と述べ、顕昭の代表作と見なしていたという逸話が残っている。但しそれは、家隆がこの歌について「何かはよからむ」（どこにも

よいところがない）と無下に扱い、なぜそんな歌を『新古今集』に入集させるのかという質問に対する、定家の皮肉な回答であった。定家が自らの秀歌観にはそぐわないこの歌を一応認めている点は、古歌の再利用によって「妙なる心」に到達したものではないという頓阿の基準にしたがった解釈とも対応している。

第六章　中世「本歌取」論の帰結──『愚問賢注』と『近来風体』の分類

序

二条良基（一三二〇─八八）の歌論書『近来風体』（一三八七─八八成立）には、自らこそ二条・京極両派の対立を解消させた者であるという自負をもって、その時の状況が次のように語られている。

後光厳院殿為定卿のやうをよませ給しことは、愚身・青蓮院宮申沙汰によりて如此詠ぜしめ給なり。御流の伏見院様はすてられき。いかさまにも異風は不吉の事なり。

「為定卿」とは、当時の二条家宗匠であった二条為定（一二九三─一三六〇）のことを指す。したがって後光厳天皇（一三三八─七四）が「為定卿のやう」を詠むとは、蓄積されてきた古歌の断片たる歌詞をもって詠歌の素材と見なす二条派の和歌が、天皇によって採用、公認され、和歌世界の中心に返り咲いたということにほかならない。

これを天皇に推奨したのが、自分と「青蓮院宮」、すなわち尊円法親王（一二九八―一三五六）であったと良基はいう。観応三年（一三五二）、いわゆる「正平一統」が破れ、南朝は吉野へ後退する際に、光厳・光明・崇光の三上皇を拉致した。これによって、京極派歌壇は庇護者と基盤を失うことになる。さらに足利氏により新たに擁立された後光厳天皇は、もともと出家する予定でいた皇子であったためか、後期京極派歌壇の指導者として位置づけられる父帝、光厳院（一三一三―六四）から歌道の薫陶を受けることがなかった。為兼を中心とした初期京極派の庇護者、伏見院（一二五六―一三一六）の血脈に連なる京極派支持の流れはここにおいて途絶え、その和歌は「異風」と見なされるに至る。良基とともに為定の詠みぶりを天皇に推奨したのが、伏見院の皇子、尊円であったことは、「伏見院流」の放棄という事態を決定的なものにしている。そして皇統争いの結果とも相まって、京極派和歌を詠むことは「不吉」であるとさえ見られるようになった。以上が京極派消滅の顛末である。京極派の瓦解を契機として、良基は『後普光園院殿御百首』を詠じて頓阿・慶運（生歿年未詳）・兼好（生歿年未詳）の三名に合点させることで、二条派和歌の支持を鮮明にした。後光厳天皇は北朝再建に尽力した良基に大きな信頼を寄せ、良基は「後光厳院殿御代独歩天下、公家政務殆在掌」（『荒暦』応永元年十一月六日条）とされるほど、天皇に対して絶大な影響力を有した[1]。

このような状況の中で、頓阿によって著述・編纂されていたのが、前章の考察対象となった『井蛙抄』である。その内容を踏襲しつつ整理し、二条派和歌を称揚する気風の中で、頓阿と良基によって共同で執筆されたのが、『愚問賢注』（一三六三成立）であった。したがってこの歌論書に収められる、古歌の再利用に関する言説は、当代に至るまでの様々の言説の集大成として見なすことができ、中世和歌におけるその到達点の一つとして位置づけうる。本章では『愚問賢注』とともに、もう一つの到達点を示す歌論書として良基の『近来風体』を取り上げ、両者の考察を通して、中世の和歌世界において形成された古歌再利用に関する言説構造について解明したい。

1　「愚問」に見る二条良基の分類

『愚問賢注』は、良基が和歌に関する種々の疑問を提示し、頓阿がそれに答えるという問答形式をとる。その内容を和歌史の上から見ると、過去の歌論を集大成しながら、鎌倉時代から南北朝時代にかけて続いていた二条派と京極派との歌壇における対立に、二条派を正統とすることで決着を着けたものとして位置づけられている。この二条・京極両派の対立は、和歌に用いる「詞」とそれによって表出される「心」の把握の仕方、それらの関係性における根本的な前提の相違に起因していた。心の新生性を詞の一回性に託し、それまで和歌に詠まれてこなかった詞を大々的に用いた京極派に対して、和歌世界において蓄積されてきた古き詞を用いながらもなお、新たな「心」を詠出しようとした二条派。この対立に二条派を正統とすることをもって応えた『愚問賢注』はまた、新古今時代以来の古き詞の継承を宣言する、記念碑的な歌論書であったともいえる。

1-a　「本歌取」に対する共通認識

『愚問賢注』には、『井蛙抄』の「取本歌事」における古歌再利用法の分類を整理したと見られる分類項目が立てられている。(2) この分類項目を考察する前に着目したいのが、頓阿の「賢注」としての分類を導き出す良基の「愚問」である。そこにはすでに、良基自身による古歌再利用法の分類が示されている。(3) 良基の問いは、本歌をとる事さのみこのむべからずといへども、古賢おほく用ゐきたるをや。

［「本歌をとる」ことをあまり好んではならないといわれているが、先達がそれを実践していた例は多いのではなかろうか］

という疑問から始まっている。端的に確認できるのは、良基においても古歌再利用法の総体が「本歌をとる」という用語をもってあらわされていることである。[4]また「本歌をとることをあまり好んではならない」という見解に関しては、『詠歌一体』「古歌をとる事」において、為家が「常に古歌をとらむとたしなむはわろき也」と述べていたように、古歌再利用の普遍化に伴う注意である。しかし新古今歌人や為家の実践例があらわしていたように、中世の和歌世界において古歌を再利用することは、もはや詠歌の前提であった。先達の実践を考慮する良基の疑問は、この状況を正確に反映している。

それに続く良基の言説を、便宜的に項目のかたちにして番号を附し、質問と分けて示すと、以下のようになる。

①　或は心をかへて詞をとり、或は詞をかへて心をとる。
万葉に「佐野の渡にいへもあらなくに」といふを、定家卿とりて「袖うちはらふかげもなし」とよめり。

問　これは本歌をとる本など申。しかるべきにや。

②　上下に本歌の詞を二をきてとる、つねにみゆ。
又恋雑をば季になし、季をば恋雑にとるなど申。

問　いかやうたるべきをや。

③　万葉歌などさながら下句をとりたるもあり。「ふるき宮こに月ひとりすむ」など法性寺関白のよめるも、下はおなじ物なれど、

問　秀逸に成ぬれば、くるしみなきにや。

④　万葉の詞よりよめる歌もあるべし。「まののかや原面かげにして」といへる歌をとりて、為家卿「花のさかりを面影にして」とよめり。これは詞よりあんぜる歌ときこゆ。

問　されば詞よりとりつきて秀逸のいでくる事もあるべきにや。しかあるに心よりよまずして詞よりよむは下品の事なりと申人あり。

そして以上の疑問をまとめて、次のように頓阿の解答を促している。

此段又賢愚おぼつかなし。所詮本歌をとる様いかなるをよしとすべきをや。作例せうせうしるし申さるべし。

これらの分類項目は、後述する頓阿の項目とは、その分類基準や各要素への重点の置き方が異なっている。つまり良基は、問いのかたちをとってはいるものの、自らの考える古歌再利用法の分類を開陳していると見てよい。それと同時に、良基の立てる分類項目には、「〜と申」という語が頻用されることから、それらは当時の和歌世界における共通認識をもあらわしていると見ることができる。『愚問賢注』における古歌再利用法の分類は従来、頓阿一人によるものとして紹介される傾向があり、良基の問いに注目されることがあっても、それは結局、頓阿の解答によって打ち消される、引き立て役を担わされていた。本節では、良基の分類項目を、頓阿のそれと併せて、ともに古歌再利用に関する言説構造を決定づけるものとして、並置して考察したい。

①ではまず、「心をかへて詞をとる」ことと「詞をかへて心をとる」ことの二種類を概括し、分類を試みようとしているように見える。しかしこれは、対句的な修辞にもとづくものと理解してよい。後者は、『八雲御抄』「古歌をとる事」にあった「心ながらとりてものをかへたる」詠み方と対応すると解することもできる。しかし『八雲御抄』において、それは「詞をとりて心をかへたる」例に対して付随的に説明されるにすぎなかった。「心をかへて詞をとる」とはまさに、『八雲御抄』および『詠歌一体』における「古歌を取る」方法のことにほかならないが、それについての例は挙げられていない。

次に良基は、『井蛙抄』において頓阿が理想的な「本歌取」として提起していた、「本歌の心になりかへりて、しかもそれにまとはれずして、妙なる心をよめる歌」の例に挙げられた一対、

駒とめて 袖うちはらふ かげもなし さのの渡りの 雪の夕ぐれ
くるしくも ふりくる雨か みわがさき さのの渡りに 家もあらなくに

について、この定家の歌が世間では「本歌をとる本」などといわれている、と紹介している。良基の発言は、当時この歌が「本歌を取る」方法の手本となるものとして、その価値を認められていたことを示している。

②は、『詠歌大概』および『毎月抄』において言及されていた、主題を変えて詠む方法を指している。これは①における「心をかへて詞をとる」と対応しており、特に為家の『詠歌一体』によって価値づけられた「古歌を取る」詠み方であった。些細な点ではあるが、この「古歌を取る」方法が「本歌の詞をとる」と表現されていることは、古歌再利用法の総体が「本歌取」という用語をもって呼ばれるべき状況が確立されていたことをあらわしている。摂取した詞の配置を変えることに関しては、為世の『和歌用意条々』で立てられた「本歌の詞をおきかふる体」という項目の影響も見られるだろうか。また良基が参照したかどうか定かではないが、『井蛙抄』に

も「古歌の詞をうつして、上下にをきて、あらぬ事をよめり」という項目があったことが思い起こされる。ここで、末尾に「つねにみゆ」といわれていることに注意を払いたい。「古歌取」は、用語的には「本歌取」に完全に包摂されてしまったが、その方法は当時もなお一般的なものと見なされていたことがうかがわれる。

③は、万葉歌を摂取する際に、下句をそのままのかたちで再利用する歌があることについての指摘である。これに関して、「下句」とあるのは「上句」の間違いかと考えられている。良基は、上句がほぼ同じ歌を、その例として挙げている。

さざ浪や　くにつみかみの　うらさびて　ふるき都に　月ひとりすむ

（『千載集』雑歌上・藤原忠通「月のうたあまたよませ侍りける時、よみ侍りける」九八一）

［良基が想定する本歌］

楽浪の　国つ御神の　うらさびて　荒れたる都　見れば悲しも

（『万葉集』巻第一・雑歌・高市黒人「近江の旧堵を感傷して作れる歌」三三）

いずれにしても、このように上句三句に及んで万葉歌とほとんど同じ詞遣いをもって詠むことは、特殊であるといってよい。この分類は、『八雲御抄』における「心ながらとりてものをかへたる」詠み方【一・2】を指すものではないか。「秀逸な歌でないかぎりは許されないだろうか」という良基の疑問に頓阿が答えていないことから、是と応ずるも当然というべきであろう。

1-b　良基独自の分類項目：「詞よりとりつく」方法

④において、良基は「万葉集の詞から詠んだ歌もあるだろう」と、再び万葉歌の摂取について言及する。ここまで、万葉歌を再利用した歌と、それに関する言説を多く見てきたが、その方法を「詞から詠んだ」と記述した例はなかった。この項目は、良基独自の解釈にもとづいていると考えられる。さらにこの考えを万葉歌の摂取以外にも敷衍して、良基は「詞より取りつくことによって、秀逸が詠まれることもあるのだろうか」と質問している。そのような秀逸の例として挙げられているのが、為家の歌である。

よしさらば　ちるまでは見じ　山ざくら　はなのさかりを　おもかげにして

（『続古今集』春歌下・為家「弘長元年百首歌たてまつりけるに、はなを」一二五　『中院詠草』春　一六）

［良基が想定する本歌］

陸奥の　真野の草原《かやはら》　遠けども　面影にして　見ゆといふものを

（『万葉集』巻第三・譬喩歌・笠郎女「大伴宿禰家持に贈れる歌」三九六）

摂取されているのは、「おもかげにして」という一句のみである。「陸奥の真野の草原」は、現在の福島県真野川流域に位置する歌枕であり、笠郎女と大伴家持（七一八―八五）の時代には、そこは都からはるか遠くに隔たっているものの、面影として都人の目に浮かぶと地であると伝えられていた。笠郎女はこの伝承に着想を得て、「真野の草原は面影に見えたとしても、そこを旅行くあなたのことを見ることはできない」と、家持との別離の悲しさを詠んでいる。他方、為家は「よし、そういうこと（ゆくゆくは必ず散ってしまう）ならば、散るまでは山桜を見ないでおこう、満開の花を面影として記憶しながら」と詠み、現在の花の盛りを存分に享受する情感の中に、やがて訪れる落花への愛惜を込めている。両首の主題が異なっていることは明らかであり、これは為家に顕著な「古歌取」によって詠まれた歌である。この為家詠を「万葉の詞よりよめる歌」「詞よりあんぜる歌」「詞よりとりつく」歌とする良基の解釈は、為家による詠歌の過程を想定しつつ、為家が「おもかげにして」という詞に魅力を感じたことから、その詞を採取することをまず念頭に置きながら詠んだ、というものであった。

しかしながら、実際の詠歌過程を推定するに、この解釈は当たっていない。特定の古歌の「心」が表出されないように、複数の古歌から詞を抽出してそれを再構成するという為家に特有の方法が、この歌についても指摘できる。つまるところ、良基による「本歌」の選定は、的を射ていない。特に「はなのさかり」と「おもかげ」をともに詠んでいるという点で、次の古歌の影響を無視することはできない。

故郷の　花のさかりは　過ぬれど　おもかげさらぬ　春の空かな
（『大納言経信卿集』「未忘昔意」一二五　『新古今集』春歌下・源経信「題しらず」一四八）

為家はこの古歌から「はなのさかり」と「おもかげ」という詞を摂取して、その「心」が想起されないように、また別の古歌から抽出した詞を混ぜ合わせたのではないか。この推定が正しければ、「おもかげにして」という万葉集の詞は、「おもかげ」に接続する上で発見されたものである。

但し良基の解釈は、他の先行歌の摂取を無視するかぎりにおいて、実は妥当性を失わない。というのも、古歌の詞を再構成する為家の方法は、「おなじふる事なれど、言葉のつづきなし様などの珍しくききなさるる体をはからふべし」というその理想にもとづいているからである。経信の歌から「はなのさかり」と「おもかげ」をともに採取する為家の歌において、その組み合わせによって醸成される経信詠の「心」の表出へ期待のずらす「おもかげにして」という一句の響きは、重要な聴覚印象を担っている。良基が経信の歌に着目することができなかったという事実はまさに、この期待が逸らされている証である。詞そのものの魅力を採用の動機とする、「詞よりとりつく」歌という良基の分類項目は、為家の理念に独自の解釈をもって接近したものといえよう。実際にこの為家詠は、晩年の自讃歌集と見られる『中院詠草』（一二六四成立）に収録された、[5]自他ともに認める「秀逸」であった。

2　頓阿の分類の完成

『愚問賢注』において頓阿は、「本歌をとる事」が「正治・建仁の比」、すなわち新古今時代の興隆期より盛んになったという和歌史的な認識を披露している。頓阿のいう「本歌をとる事」は無論、「古歌を本歌とする」方法のみならず、他の古歌再利用法をも包摂する語であるから、この時代の位置づけは正確といってよい。良基自身の分類を内包した問を受け、頓阿は種々の古歌再利用法を以下の五項目に分類する。

a　つねにとるやうは、本歌の詞をあらぬものにとりなして上下におけり。
〔通常の本歌の取り方は、本歌の詞をその文脈におけるものとは異なるように取りなしながら、上句と下句とに分けて置く〕

b　本歌の心をとりて風情をかへたる歌。

［本歌の主題・内容を摂取しながら、その中で趣向を変えた歌］

c　本歌に贈答したる体。
［本歌に対して贈答歌における返歌のように詠んだ歌］

d　本歌の心になりかへりて、しかも本歌をへつらはずして、あたらしき心をよめる体。
［本歌に詠まれる世界を追体験しながら、しかもそれに盲従することなく、新しい内容を詠んだ歌］

e　ただ詞一をとりたる歌。
［本歌の詞をただ一語のみ取った歌］

前述のとおり、この分類項目は、『井蛙抄』におけるそれを整理したものである。当然、両者には共通する要素も多いが、明らかに『井蛙抄』とは異なる考えを看取することもできる。本節では『井蛙抄』からの変異に着目し、頓阿による分類の完成型の内実と、その今日への影響を明らかにしたい。

2-a　『井蛙抄』における分類基準の解消

項目aは、『井蛙抄』の項目A「古歌の詞をうつして、上下にをきて、あらぬ事をよめり」と正確に対応しているが、『井蛙抄』では「古歌の詞」となっていたものが、「本歌の詞」となっている。良基の用語法においても同様であったが、ここにおいて、「古歌を取る」という語が「本歌を取る」という語に完全に吸収されていると考えてよい。それは、現代における「本歌取」という用語が、『愚問賢注』を経由して確立されたことを示唆している。

また『井蛙抄』にはなかった考えとして、この項目に分類すべき方法が「つねにとるやう」とされていることにも注意すべきである。これも良基の分類項目と対応しているが、「古歌を取る」という方法は、用語としては消滅しながらもなお、古歌再利用法の中でもっとも一般的なものであった。このことは、「本歌取」を定家に代表させようとする認識を拒む、大きな根拠となる。例として挙げられるのは、『井蛙抄』においても同じ項目の例となっていた、良平の詠歌一首（「ちる花のわすれがたみのみねの雲そをだにのこせ春の山かぜ」）のみであるため、考察は省略する。

項目b「本歌の心をとりて風情をかへたる歌」は、『井蛙抄』にはなかった考えをもって立てられている。例は、『井蛙抄』項目C「本歌の心にすがりて風情を建立したる歌」に挙げられていた、家隆の歌一首である（表記は『愚問賢注』にしたがう）。

さよふくる　ままにみぎはや　氷らん　とをざかり行　しがのうら　なみ

といへる本歌にて、

志賀のうらや　とをざかりゆく　浪まより　こほりていづる　あり明の月

「本歌の心にすがりて」という価値判断をほのめかすいい方から、「本歌の心をとりて」という中立的な用語に変わっているが、その内実に大きな違いはないと考えられる。しかし、「風情を建立したる」が「風情をかへたる」に変更されているのはなぜか。他の項目に分類されるべき歌を多く含んでいた『井蛙抄』の項目Cにおいて、この家隆詠は、「本歌の心」に依存しながら、その範囲に収まるような「風情」を形成したものとして、頓阿の解釈は整合性を保っていたはずである。家隆の歌において「本歌」と変わっている趣向といえば、有明の月が氷結したかのように冴えわたった姿をあらわしているということのみである。これは『八雲御抄』における、「心ながらとりてものをかへたる」詠み方と対応しているのだろうか。『八雲御抄』には、「詞をとりて風情をかへたるはよし」という主張も見られるが、これと「心ながらとりてものをかへたる」との関係については言及されていない。よって家隆の歌の解釈において、頓阿が『八雲御抄』の認識を継承していたかどうか、判断することはできない。但し「すがりて」を「とりて」に変更して価値判断を解消しているところから、「風情」の形成が「本歌の心」の範囲内でなされたか否かが、もはや問題とならなくなっていることはたしかである。これは、『新古今集』『家隆卿百番自歌合』に収録されたこの歌が、少なくとも一般的な評価と同様に、中立的に見られるようになったことをあらわしている。それはまた、項目c「本歌に贈答したる体」が、挙げられる例は変わらぬまま（為家「かすみ行なにはの春のあけぼのにこころあれなと身をおもふかな」の一首）、『井蛙抄』項目Cから独立していることからも推測できよう。

2－b　着想と詞の前後関係：為家の歌に対する誤解（続）

項目e「ただ詞一をとりたる歌」は、俊成の「うき身をば我だにいとふいとへただそをだにおなじ心と思はむ」一首を例として、『井蛙抄』項目E「本歌の只一ふしをとれる歌」と共有している。「ふし」とは、「風情」に比してより限定された趣向を指していた。それは詞の指示内容そのものと重なる場合がほとんどであったため、「詞一」を摂取するという表現に変更されたと考えられる。

但しこの解釈と併せて、良基の「詞よりとりつきて秀逸のいでくる事もあるべきにや」という問に、頓阿が次のように答えていることに注意しなければならない。

「花のさかりを面影にして」も此類にて候。此歌、詞より案じたる歌にあらず。花のちる程まではみじ、さかりの面かげをのこして身にそへむとおもへる、めづらしくおもしろき風情を案じて、この心のよみがたきを「面かげにして」といふ本歌にてつづけられたるなり。

頓阿によれば、為家の

よしさらば　ちるまでは見じ　山ざくら　はなのさかりを　おもかげにして

も、俊成の歌と同様に「ただ詞一をとりたる歌」であるという。そしてそれは、良基の解するように、詞そのものの魅力が採取の動機となり、その詞を用いるという前提から出発した歌ではないと述べる。頓阿は、為家の詠歌過程における「本歌」選定とその再利用の仕方を、以下のように想像している。「花が散ってしまうまでは見るまい。満開の面影をとどめて、この身に添えておこう」という、意外性も興趣もある趣向をまず案出した為家であったが、一首全体としての内容を詠むことが難しかったため、

陸奥の　真野の草原　遠けども　面影にして　見ゆといふものを

という歌を「本歌」として詠み続けた。この考えを俊成の「うき身をば」の歌へと適用すれば、俊成詠において

も「ただ詞一をとりたる」は、「そをだに」という一語の指示内容を趣向として再利用することを指すのみならず、着想を歌詞に変換する際の補助として、「本歌の心」を「人の心」が通過した上で、「詞一」を抽出するという意味になる。俊成の歌は、「本歌の心」の総体を詠歌の土台としているとまではいえなかった【五・1】。しかし、俊成が「自分でさえ厭わしい我が身を、あなたも厭わしく思ってくれればよい、せめてそれだけでも、あなたと同じ心を共有していると思いたい」と詠むことをまず着想した上で、それをあらわす詞を検索した結果、「あかでこそ」の「本歌」に行き着いたのだとすれば、たしかに詠歌主体の「心」が「本歌の心」を通過していることになる。頓阿にとってはやはり、古歌を再利用するという行為においても、主体としての「人の心」の役割が重視されていることが見てとれる。しかし詠歌過程において、着想が「本歌」の選定に先んじているという必然性はない。つまり、まず「本歌」を選定してそこから詞を抽出しながら、一首を構成してゆくという詠歌過程も、充分に想定しうる。着想と「本歌」の選定の前後関係は、一首を鑑賞者の視点から見るかぎり、断定することができない。ここにも、『井蛙抄』において問題となっていた、頓阿の解釈の恣意性が揺曳している。

実際のところ、為家の歌にこの解釈を適用することはできない。まずこの「本歌」は、「おもかげにして」という詞を用いているという理由から、良基が恣意的に選んできたものであり[6]、為家の歌が表出する「心」は、「本歌」のそれとは文脈を全く異にするものであった。また源経信の歌「故郷の花のさかりは過ぬれどおもかげさらぬ春の空かな」の影響を無視することもできない。頓阿の解釈はむしろ、この経信詠との関係性に適用すべきものであるかもしれない。いずれにしても、仮に為家による一首全体の着想が、ある古歌からの詞の抽出に先んじていたとしても、特定の古歌の「心」を表出しないよう、詞を周到に再構成している為家において、特定の「本歌の心」をたどる「人の心」は、詠歌に介在していない。また古歌からの詞の抽出が先行し、そこから一首をかたちづくっていこうとする場合、それはまさに良基の解釈のとおり、「詞よりとりつく」歌であると解釈することができる。『井蛙抄』について詳述したとおり、頓阿の詠歌理念は、為家のそれとは志向性を異にしている。そのため、頓阿には為家による古歌再利用法の全容を把握することができない。この状況は、『愚問賢注』においても変わっていないといえよう。

2-c 「定家的本歌取」による「新しき心」

最後に、残る項目d「本歌の心になりかへりて、しかも本歌をへつらはずして、あたらしき心をよめる体」について考察したい。この項目には、これまで何度も登場した定家の歌

大ぞらは　むめのにほひに　かすみつつ　くもりもはてぬ　春の夜の　月

本歌は

てりもせず　くもりもはてぬ　春の夜の　おぼろ月よに　しく物ぞなき

が挙げられている。『佐野のわたりの雪の夕ぐれ』もこの類なり」と続くように、良基が問において「本歌をとる本と申」と紹介していた、

駒とめて　袖うちはらふ　かげもなし　さのの渡りの　雪の夕ぐれ

も、その例とされている。この項目dは、『井蛙抄』の項目D「本歌の心になりかへりて、しかもそれにまとは

れずして、妙なる心をよめる歌。これは拾遺愚草のうちに常にみゆる所也」と、その主旨は変わらない。そこで頓阿は定家の歌を数多く例に引き、それらが「本歌の心」を追体験しながら、その範囲には収まらない「風情」を創出しているという点で、「妙なる心」を詠んでいると解し、もっともすぐれた古歌再利用法として価値づけていた。『井蛙抄』において、他の分類項目に入れられていた歌には、項目Dに入れるべきものが多く含まれており、頓阿の分類にはなお曖昧さが残っていた。『愚問賢注』の分類においては、各項目を例示する歌の数がかなり絞られていることとも相まって、頓阿が項目dを立てた意図が、より明確になっている。というのも、頓阿はこの項目にのみ、定家の歌を例として挙げているからである。ここにおいて、「定家的本歌取」を至上の「本歌取」として特権的な立場に置くという、現代にまで生き残る「本歌取」観が確立されていることがわかる。

『井蛙抄』において、古歌を摂取した歌の価値を判断する基準は、「人の心」が「本歌の心」を追体験することによって、「本歌」の世界には未だあらわれていなかった趣向が、新たに現出しているかどうかという点に置かれていた。この基準は、『愚問賢注』においても基本的には変わっていない。しかし、そのようにして詠まれた歌が、結果として「あたらしき心」を詠出しているという解釈は、『井蛙抄』には見えなかったものである。つまり『愚問賢注』では、この「あたらしき心」の有無が、価値判断の基準になっていると考えられる。このことはまた、「詞は古きを慕ひ、心は新しきを求め」る（『近代秀歌』）という定家の理念を、頓阿が自らの理念にもとづいて昇華したことをあらわしている。

「くもりもはてぬ春の夜の月」という詞を採取しながら、幻想的な春の朧月夜の情景を追体験し、そこに「あたりに充満する梅の匂いに霞む大空」という「風情」＝趣向を混合することによって、「本歌の心」が新たになっているというのが、頓阿の解釈である。ここで頓阿が「あたらしき心」と呼ぶものは、「本歌の心」と重なりつつ、そこからずれるようにして立ちあらわれている「風情」を、一首の「心」の構成要素として回収した、一首全体の詠出内容としての「心」のことであろう。したがってここでいう〈新しさ〉は、「本歌の心」を基点として測定されている。それは、「本歌の心」を地とすることによって立体的に浮かび上がる文様と見なすこともできる。本来一首として文様となっていたものを、地として再利用すること。それは「本歌の心」を一つの「風情」へと圧縮することに等しい。「あたらしき心」の詠出とは、そこに自らの案出した「風情」を混ぜ合わせることによって、「本歌の心」を内側から変容させるという事態を指す。この意味で、「本歌取」による「あたらしき心」の詠出は、「本歌の心」を「風情」化しながら、新たな「風情」を案出し、それらを混合することによって成立すると結論づけることができよう。これが、頓阿が到達した理念的古歌再利用法としての「定家的本歌取」の内実である。

頓阿によるこの価値序列が、「本歌取」を「狭義」「広義」に分割し、「狭義」＝「定家的本歌取」をもっともすぐれたものと見なす現代の認識にそのまま踏襲されている。しかし、それはあくまで頓阿の認識であり、たとえば「古歌取」ような、それとは異なる古歌再利用法を志向する歌人も多くいた。また本論において辿ってきたように、新古今時代以来の実践は多様であり、それらを特に「定家的本歌取」によって代表させる必然性は見当たらない。また誰よりも、定家自身が「古歌取」を含む種々の実践を試みており、それらを等しく『百番自歌合』に収録している。繰り返し強調してきたとおり、「定家的本歌取」という虚像に中世和歌の古歌再利用を代表させるという先験的な視点は、その実相を誤認する帰結をしか導かない。次節では、はからずも現代にまでその尾を引いてしまった頓阿の「本歌取」観を相対化するものとして、良基の歌論『近来風体』に載る「本歌取」分類を俎上に載せたい。

3　『近来風体』に見る二条良基の分類

『近来風体』は、良基がその最晩年にあたる嘉慶元年から二年（一三八七―八八）に著したと見られている。その生涯に親しく教えを受けた二条為定・為明・為忠・為重、冷泉為秀ら歌道家の人々、またいわゆる為世門「四天王」のうちの頓阿・慶運・兼好など、当時の歌壇を担った歌人たちへの良基自身による評価、および彼らから折に触れて聞いてきた、詠歌にまつわる知識・談話などを紹介したものである。(7)

この中で、「本歌をとる事昔はまれなり」から始まる条文が、良基による「本歌取」分類を載せている。「此事は先年頓阿問答の愚問賢注にこまかにしるし侍しやらむ」と述べているように、この条文は『愚問賢注』における頓阿との問答を下敷きにして書かれている。詞遣いもそのままに頓阿の見解を踏襲している箇所も多いが、一部に良基独自の見解が際立ってあらわれている。まずは、分類項目のかたちにして以下に示す。

i　本歌の詞をとりて風情をあらぬ物にしなして、本歌のこと葉を上下の句にをきたる、つねの事也。これをよしとす。
「あかでこそおもはんなかははなれなめ」といふ歌をとりて、「ちる花のわすれがたみの嶺の雲」とよめる。

ii　本歌の心をもとりて、あらぬやうにとりなしたる歌もあり。
「とをざかり行志賀の浦波」といふ歌をとりて、「志賀のうらや遠ざかりゆくなみまより」とよめり。

iii　本歌に贈答したる体あり。
「心ある人にみせばや」といふ歌をとりて、「心あれなと身をおもふかな」とよめり。

iv　本歌の心になりかへり、しかも本歌をへつらはでよむ体もあり。
「てりもせずくもりもはてぬ」といふ歌をとりて、「おほ空は梅のにほひにかすみつつ」とよめり。

v　詞ばかりをとりたる歌もつねの事也。

本節ではこの分類に、古歌の再利用に関する良基自身の理念を読みとり、頓阿によって設立された「定家的本歌取」を、中世和歌の実状に即して相対化することを試みる。

3–a　「古歌取」の復権

項目ｉ「本歌の詞をとりて風情をあらぬ物にしなして、本歌のこと葉を上下の句にをきたる、つねの事也。これをよしとす」は、挙げられる例を見ると『愚問賢注』の項目ａ「つねにとるやうは、本歌の詞をあらぬものにとりなして上下におけり」と対応している。しかし「これをよしとす」という評価は、良基に独自のものである。このような価値づけを示す語は、他の項目には見えない。さらに、頓阿がもっとも高い価値を置いていた、「本歌の心になりかへりて、しかも本歌をへつらはずして、あたらしき心をよめる体」と対応する項目ivからは、「あたらしき心」という、頓阿にとって肝心であった要素が抜け落ちている。「本歌の心」を追体験して、それに盲従しないように詠む、という方法の部分のみをもって項目としていることは、良基において、項目ivより項目iの方が重視されていたことをあらわしている。

さらに、『愚問賢注』では「あらぬものにとりなして」となっていた表現に、「風情」という目的語が付加されている。この箇所は、『井蛙抄』では「あらぬ事をよめり」となっており、頓阿の認識では「本歌」に詠まれていないことがらを詠むという意であった。頓阿の用語にしたがって解釈した結果、このような詠み方によって、詠出される内容の総体としての「心」、ひいては一首の主題としての「心」が、別のものに変わっていると見なすことができた【五・1】。良基はこれを、「風情」が変わっていると解釈している。一方で、項目iiにおいて「本歌の心をもとりて」と、「心をとる」ことの包摂をわざわざ示しているように、自らが「よし」とする「本歌の詞をとりて風情をあらぬ物にしなす」詠み方が、「本歌の心」を摂取したものではないことが強調されている。

良基の挙げる例が、九条良平の歌

ちる花の　わすれがたみの　みねの雲　そをだにのこせ　春の山かぜ

［本歌］
あかでこそ　思はむ中は　はなれなめ　そをだにのちの　わすれがたみに

であることから、先の考察結果どおり、この項目は「古歌取」が分類されるべきものであると見てよい。実際にこの一対の例は、遡れば為家が『詠歌一体』「古歌をとりたる歌」の例として挙げていたものであった。ここにおいて、頓阿による「本歌取」分類の中で「定家的本歌取」に劣ると判断されていた「古歌取」が、その後、良基においては理想となる古歌再利用法として復権を果たしていることがうかがわれる。これは、現代における

「本歌取」論が、頓阿の価値序列をその基盤としていることによって見落としている点である。

良基は、「古歌取」を「風情」を変えるような詠み方と見なしている。これは「本歌」からの「心」の変容が、「風情」の変化によって達成されるという解釈である。良平の歌においては、「そをだに」「わすれがたみ」という詞が自律的に形成する、「せめてXだけでもYのわすれがたみとしたい」という「風情」の枠に充填されるものが、それぞれ「みねの雲」と「ちる花」へと変わることによって、一首全体の主題としての「心」が変容していた。良基が「風情をあらぬ物にしなす」という語であらわしているのは、まさに「風情」の枠を異なる文脈へと適用するという行為のことであろう。良基は「古歌取」の内実を精確に理解していた。

このように、良基は古歌再利用法の分類に際して、「風情」という要素を重視していたことがわかる。項目ⅱ「本歌の心をもとりて、あらぬやうにとりなしたる歌」に「風情」という語が用いられていないのは、「心」を摂取してしまえば、そこに内包される「風情」が変更できないと見なされていたからであろう。このような「風情」重視に対するかたちで、頓阿は『井蛙抄』において、「心ある体」について次のように説明していた。

近日の人は、風情のめづらしく興ありてたくみいだしたるを、心あるとおもへり。更しからざる事也。風雲草木の感につけても、又世間盛衰などにつけても、おもひいれたるを心あるとは申なり。

頓阿は、歌を詠む主体の感動を、意外性のある趣向よりも上位に置いていた。「本歌の心」そのものを、「人の心」が追体験することによって「風情」へと圧縮するという、頓阿の理想視した方法は、「本歌の心」から抽出した「風情」を異なる文脈に移植するという良基の好む方法とは、やはりその志向性を全く異にしているといえよう。

3-b 「詞ばかりをとる」という方法の提起

『近来風体』における良基の分類項目のうち、それまでの歌論書には見られなかったものとして、項目ｖ「詞ばかりをとりたる歌もつねの事也」がある。良基はこの項目に例を挙げていないので、それがどのような内実をもつのか、ここでは判然としない。これに関して思い起こされるのが、『愚問賢注』において良基が頓阿に投げかけていた、

詞よりとりつきて秀逸のいでくる事もあるべきにや。

という疑問である。良基はそこで、為家の「秀逸」な歌、

よしさらば　ちるまでは見じ　山ざくら　はなのさかりを　おもかげにして

を、「詞よりあんぜる歌」すなわち、魅力的な詞を自詠に取りこむことから出発し、一首を構成したものと理解していた。一首の万葉歌のみを「本歌」として挙げた良基の解釈は、複数の古歌から詞を抽出してそれらを再構成するという為家の詠歌過程の全容を、把握しきれていなかった。しかし、先行する歌と類似する内容であっても、それを構成する詞の配列の意外性を希求し、意想外の聴覚印象を重視する為家の理念の中には、良基の解釈が適用されうる側面をたしかに見出すことができた。したがってこの分類項目ｖを、特定の古歌の「心」が表出されないよう、複数の古歌から詞を摂取するという方法をもって詠まれた歌を入れるものと見てもよい。

とすれば、この項目にのみ「本歌」という語が用いられていない理由も明らかになる。「つねの事なり」とい

う付言が示唆しているように、この項目を立てる段階で、良基は複数の古歌から詞を摂取する方法が、和歌世界において少なからぬ実践例をもっていることを認めていたと考えられる。そのような歌は、ある一首の「本歌」と対にして、両首の表出内容の関係性をはかる、といった視点からは解釈することができない。そのことを悟っていたからこそ、良基はこの項目を「詞ばかりとりたる」という最大公約数的な定義によって記述したのではないか。『井蛙抄』において、頓阿は補足的に「本歌二首をもてよめる歌」という項目を立てることで、かえって自家撞着に陥っていた。それに比して良基は、古歌再利用の実情をはるかに正確に把握していたといえよう。

良基がこの項目において想定している詠み方が、以上のようなものだとするならば、それと項目ｉ「本歌の詞をとりて風情をあらぬ物になして、本歌のこと葉を上下の句にをきたる」との違いも明らかである。複数の古歌から詞を摂取する場合、どの古歌から「風情」が抽出されているかは判然とせず、むしろ詞の再構成そのものによって、予想を裏切るような「風情」が創出される。「本歌の心」から抽出した「風情」を、その「心」の範囲外に適用することをもっとも高く評価する良基において、基点がわからない以上、「風情」を適用する位置関係も画定できない。価値判断をあらわす語が付されていないこと自体が、この推測の妥当性を保証している。

3－c　連歌の理念の逆流：聴覚印象と即興性

古歌の再利用行為に関する良基の理念には、明らかに為家のそれと共鳴する要素が含まれている。これは良基が、為家の実践例および歌論から直接影響を受けたという理由による、とまずは考えられる。しかしその一方で、『近来風体』には、為家からの影響関係が認められない独自の理念も提示されている。

すでに触れたように『近来風体』には、同時代歌人たちへの良基の評価が記載されている。その中で、ほかならぬ頓阿について、良基は次のように述べている。

頓阿は、かかり幽玄に、すがたなだらかに、ことごとしくなくて、しかも歌ごとに一かどめづらしく当座の感もありしにや。

ここでいわれる「かかり」とは、良基が特にその連歌論書の中で頻用した語である。良基の教えを受けた梵灯（一三四九―?・）の連歌論『梵灯庵主返答書』（一四一七成立）において、次のような良基の言が紹介されているところから、その内実を措定することができる。

連歌はかかり第一なり。かかりは吟なり、吟はかかりなり。

（『梵灯庵主返答書』）

連歌において、もっとも重視すべき要素は「かかり」であり、「かかり」とは「吟」であると良基はいう。「吟」とは一義的に、詩歌の吟詠を指す。したがって頓阿の詠歌の「かかり」が「幽玄」であるというのは、その詞の配列の発する声調・響きが、形容しがたい魅力を放っているということであろう(8)。さらに「吟」についての言及も多い。たとえば次のようなものである。

晩唐の詩といふ物を見れば、すべて心も知らぬ先より吟の面白くて、心にもしむやうにおぼえ侍る也。

（『筑波問答』）

これは漢詩に関する見解ではあるが、「心」すなわち、そこに詠出される内容が理解できない先から、「吟」が興趣を誘い、心に沁みるように思われる、と良基は述べている。この記述は、良基において歌の価値を判断する基準として、その聴覚印象が詠出内容に優越していたことをさえうかがわせる。連歌においても漢詩においても、詞の聴覚印象を最重要視するのが良基の姿勢であったとすれば、詞の配列の発する響きの意外性に高い価値を認める為家と、その秀歌観をも同じくしていたと考えることができよう。

また頓阿の歌のあり様に関して、そこに「当座の感」すなわち、即興によって生じる感動が見出されることを評価する良基は、詠歌における即興性、少なくとも即興によって詠まれたことを感じさせる要素をも重視していた。良基の『近来風体』に至るまで、中世歌論の中で「当座の感」という語を用いて、それを積極的に評価するものは、管見の範囲には見出すことができない(9)。歌会などの催しで「当座」に詠むことを要求されることはあるにしろ、基本的に中世の和歌は、「兼日」すなわち、あらかじめ発表された題を後日歌会などで披露するという過程を経て詠まれるものであった(10)。この非即興の極致ともいうべき中世和歌の側面は、古歌を参照する余裕が充分に与えられていたという意味で、その再利用という方法が盛んになった一つの要因とも見なしうる。

他方、良基の当時、即興的文芸の代表であったものこそ、いうまでもなく良基自身がその指導者となった連歌である。人々が寄り集まって、その場で句を連ねてゆく連歌において、前句に即座に反応し、自らの句を付けるというその即興性は、連歌という文芸形態の前提であり、個々の句の価値を判断する根源的な基準である。良基は、自身を歌人としてより連歌作者として見なしていた節があり(11)、連歌論書を数多く遺している。したがって良基において、連歌の理念が和歌にいわば逆流していると見ることは、むしろ当然である。

詠歌において即興性を重視する、あるいは少なくともそれが即興的に詠まれたように見えることを重視するという前提のもとで古歌が再利用される時、古歌の「心」をそのつど辿って、そこに新たな「風情」を添加するよりも、詞が自律的に形成する「風情」を異文脈に移しかえ、あるいは詞の断片を再構成しながら「心」を形成してゆくという過程に、合理性という観点から見て軍配が上がるのは必至であろう。為家の理念に共鳴し、その方法に独自の解釈をもって接近した良基による古歌再利用法の価値序列は、連歌の理念から照射して見ると、必然性を帯びている。また連歌においては、前句と打越の詞に反応し、そこにあらわされていない展開を導くという創作過程は、理想というよりむしろ前提である。特に前二句によってかたちづくられた「心」を変えなければならない状況に陥った時、前句にある詞が歌詞の集合体の中で結びついている詞を検索し活用することは、もっとも合理的な方法であろう。中世の和歌が到達した古歌再利用意識の一端を代表する良基という歌人はまた、それが連歌へと接続される結節点の、まさに中核を担ってもいた。

結

『愚問賢注』における頓阿の古歌再利用法の分類は、「本歌を取る」という語をもって包括されており、ここにおいて古歌再利用法の総体を「本歌取」と呼ぶべき妥当性が成立していた。その分類項目は、前章で見た『井蛙抄』における分類を継承し、例に挙げる歌を精選した上で、各項目の特徴をより際立たせたものである。そこでは頓阿の詠歌理念にもとづいて、定家の古歌再利用詠がその膨大な実践の中から例として抽出され、それが種々の「本歌取」の中で最高の価値を認められていた。現代にまで甚大な影響を及ぼす、至高の「本歌取」としての「定家的本歌取」という認識の確立を、ここに発見することができる。その方法とは、「本歌の心」を追体験することによって、それを一首の基盤となる「風情」へと圧縮し、そこに新たな「風情」を案出して混ぜ合わせる、いわば「風情」の融合とでも称すべきものであった。頓阿はこの方法に、「詞は古きを慕ひ、心は新しきを求め」

ると いう定家の、そして中世の根源的な理念をかなえる、「本歌取」の到達点を見ていた。

一方で、『愚問賢注』において「愚問」に終始していた二条良基は、実は頓阿とは異質の「本歌取」観を抱いていた。その芽はすでに『愚問賢注』に萌しているが、自らの歌論『近来風体』において、余すところなく開陳される場を得たといってよい。良基の分類においてもっとも高い価値を認められているのは、新古今時代以来つねに実践されてきた、古歌とは異なる主題・内容を詠むためにその詞を再利用するという方法、すなわち「古歌取」である。良基においてそれは、古歌の詞が自律的に形成する趣向の枠を、異文脈の中で再利用するという意味で、「風情」を変えると表現されていた。また良基独自の分類項目として、詞のみを摂取するという方法が提示され、これも当時一般的なものであったことがうかがわれる。その方法は、複数の古歌から詞を摂取し、それらを再構成するという内実をもつ。良基の認識は、ある古歌を「本歌」として、それと一対一の関係性においてのみ古歌再利用の様相を推しはかるという、頓阿による解釈上の欠陥を解消する可能性を秘めていた。

良基が提起したこれらの古歌再利用法は、為家が積極的に価値づけたものであった。詞の配列の聴覚印象を重視する良基の秀歌観は、為家のそれと共鳴している。また詠歌における即興性をも価値判断の基準とする良基の理念は、歌人というより連歌の指導者をもって自らを任じていた良基が、連歌の理念を経由することによって到達したものであった。

新古今時代からおよそ二百年後の和歌世界において、それ以来の多様な実践は整理され、「本歌取」の詳細な分類というかたちで結実した。頓阿と良基の二人は、それぞれ「本歌取」と「古歌取」を代表している。この二様の方法の共存と、それぞれに対する価値づけこそが、中世和歌の古歌再利用意識が辿り着いた地点の実相であり、その後の実践を規定すべき言説の構造を形成している。それは従来考えられてきたように、「本歌取」のみを心柱として立つのではなく、そこに「古歌取」というもう一本の支柱を加えた、二元性をもって安定している。これをもって、中世の「本歌取」論を考えるための新たな言説構造として提起し、現代における「本歌取」論の見直しを促したい。

附　連歌における古歌再利用意識の継承と応用

二条良基という歌人＝連歌作者の実践と言説において、和歌と連歌とは相互に浸透し合っていると見なければならない。すなわち、連歌の理念が和歌のそれを染めていると同時に、和歌の理念もまた連歌にすり合わされている。史上初の連歌のアンソロジー、『菟玖波集』（一三五六成立）を編集し終え、連歌という文芸形態を和歌に匹敵する地位にまで引き上げた良基が、後光厳天皇に献ずるために執筆した連歌論書『撃蒙抄』（一三五八成立）には、「本歌・本説を取事」という項目が立てられ、古歌の再利用について例が挙げられ、その連歌への応用が示されている。以下に一例を挙げる。

おもひいづるもうき涙かな
紅の色とは是をいはつつじ
（『菟玖波集』雑連歌一・救済　一〇八一　＊前句「おもひいづるぞうき涙なる」[12]）

古今に、思出るときはの山のいはつつじといふ歌の心也。

良基の解説によると、この句は『古今集』の歌、

思ひいづる　ときはの山の　いはつつじ　いはねばこそあれ　こひしきものを

（『古今集』恋歌一・よみ人しらず「題しらず」四九五）

の「心」をもとにした「本歌取」である。前句の「おもひいづる」という詞に反応し、古今歌を想起した上で、「おもひいづる」と結合しうる「いはつつじ」という詞を採取し、古歌と同様に「いわず」を響かせながら一句に仕立てていると推定される。前句と付句とが結合すると、古今歌の「心」を下地としながら、そこに新たな内容を重ね合わせていると解釈できる。この例のような付合は、良基の用語どおり、「本歌取」的付合と呼ぶことができるだろう。

この例は、『菟玖波集』に採録されている救済（一二八四—一三八七）の句である。救済は、良基とともに同時代の連歌の指導者として活動し、『菟玖波集』に入集した句が最多であることからも端的にわかるように、良基がもっとも高く評価する連歌師であった。したがって、この作例に高い価値が認められていたことは疑いえない。しかしその根拠は、「本歌取」的な付合そのものに置かれているわけではないと考えてよい。実際に、「本歌・本説を取事」に挙げられる一三例のうち、『菟玖波集』に収録されているのは、この救済の句を含めて二句のみである。

良基が一句の価値をいかにして判断していたかに関しては、同じ『撃蒙抄』において「秀逸といふ物」を説明した箇所が示唆を与えてくれる。

うらみてだにもなぐさみにけり

松原のしほひにかすむ旅の道

（『菟玖波集』羇旅連歌・巻第十七巻頭・救済「関白内大臣に侍ける時家の千句に」一六一九）

のけどころも興あり。先句は恋にてつまりたるに、旅にとりなす体、尤風骨あり。

前句は「恨むことでさえも（あなたを想うという意味では）慰めである」という恋の句、付句は「松原の潮干に、霞んでいる旅の道」という旅の句である。両句が結合すると、「うらみ」が「浦を見る」という意に転じて、霞む春の海辺に旅路の目を慰めるという光景が立ちあらわれる。「のけどころも興あり」とはおそらく、前句に用いられている詞と即座に結びつきうるような詞が、付句に見あたらないことに対する評価である。[13]そのことと併せて、恋の句である前句に誰も付けることができずに展開がつまっていたところ、主題を旅に変化させることによって解放したことを称讃している。

良基においては、前句の主題とは異なる主題のもとで句を付けることの方が、価値判断の基準として優先されている。先に見た「本歌取」的付合の例に戻ると、前句は「想い出してもつらい涙がこぼれることだ」という恋の句である。他方、救済の付句を単独で見ると、「単なる紅の色とはいえない、イワツツジの色彩」という機智に富んだ内容となっており、それは『菟玖波集』の部立が示すとおり、「雑」の句へと転換されている。

このように、与えられた主題に対して、そこにある詞を活用しながら異なる主題へと変容させるという表現意識は、「恋の歌を春の歌にとりなしてめづらしき」ことを評価する為家と共鳴するものである。この意味で、「おもひいづる」という古歌の詞に反応しながらも、古歌の「心」とは異なる文脈の中で「いはつつじ」の色彩そのものを詠んだ救済の句は、「古歌取」的方法の条件を充たしているということもできる。『近来風体』において、良基が「古歌取」をもっとも重視していたことを考え併せると、和歌における「古歌取」が、連歌における理念的な付合と同様の表現意識をもっているという共通点が、大きな意味を帯びてくる。

さらに、自らの句を例とする次のような言説からは、連歌における詞のネットワーク、すなわち「寄合」に関する良基の理想をうかがい知ることができる。

連哥は心を第一とすべし。古事を新くするを吉とすべきにや。あながちに珍敷事不可好。一字二字にて新しくなる也。是第一用心也。荻に半、在明につれなきなどはしれる古寄合なれども、

昔の風の残るおぎ原　と云句に

あらましは半捨たる身となりて

と愚句に侍し。是は古寄合なれども、あたらしく侍にや。

（『連歌十様』（一三七九成立））

「荻（の風）」に「半」と付けるのは常套的な寄合であり、和歌の先例に鑑みても、その内容が秋から離れることはほとんどない。しかし良基は、その「古寄合」を用いながら、主題を秋から述懐に転じたことを自讃している。歌詞のネットワークのこのような使い方を、「古事を新くする」あるいは「古寄合なれども、あたらしく侍」と把握する良基の表現意識は、「おなじふる事なれど、言葉のつづきなし様などの珍しくききなさるる体をはからふべし」と主張する為家のそれと、異なるところがない。これに加えて、連歌の理念に関して、次のように述べている箇所もある。

只朝夕の事を珍敷するを本意とは云べきにや。

（『連歌十様』）

只清風明月の古き寄合にてあたら敷しなすべし、常の事をめづらしくするを上手とは申也。

常の事の新敷なるを秘事と云べし。

（『十問最秘抄』（一三八三成立））

以上のように、古歌の詞を、その古歌に詠まれる「心」とは異なるものを詠むために適用することによって「めづらし」さを達成するという「古歌取」の意義は、付合において、類型的な寄合を用いながら「心」を転じるという連歌の理想をかなえる方法に、表現意識の次元において応用されている。為家の価値づけた古歌再利用意識は、展開していく句の連なりの中で「心」をいかに跳躍させるかという、連歌のもっとも根幹の部分に作用するものとして、良基によって理論化されたということができよう。

古歌の「心」を下地として、そこに新たな「心」を重ね合わせていく「本歌取」は、古歌の「心」の圏域を内側から変容させることができる詠み方である。しかし裏を返せば、その圏域の外へと跳躍することは、原理的に困難となる。それに対して、古歌の詞を、その古歌とは異なる「心」をあらわすために再利用する「古歌取」は、歌詞同士を新たな結合へと導き、そのネットワークを絶えず更新するプログラムとして機能しうる。

他方、前句の詞に反応しつつ、新たな展開を導いていくというのが、連歌の根本的な創作過程である。そのために前句の「心」を適宜変えていく時、前句の詞が歌詞の集合体の中で持っているネットワークを「古歌取」のプログラムに則って活用することは、もっとも合理的な方法である。古来、連綿と詠み継がれ蓄積されてきた歌詞のネットワークを活用しながら、常套的な内容を構成する詞の配列の意外性を生成していくという理念的な次元において中世連歌が採用したのは、「本歌取」的方法よりもむしろ、「古歌取」的方法であった。このことは、いわば中世和歌の古歌再利用意識が極点に達した地点からはじまっている。為家が、詠歌理念にもとづいて古歌の再利用を展開させたことと、正確に対応している。

和歌と連歌との最大の構造的な違いは、いうまでもなく、それをつくる主体の数である。それに伴って、作品の価値判断基準もまた変わってくる。特に中世和歌は、無数に営まれた「歌合」に代表されるように、個々の作者によって詠まれた歌同士を「合」せることによって価値を判定してきた。「古きをこひねが」うという根源的な動機のもとで、突きつめられた〈個性 individuality〉によって生まれたのが「本歌取」であったということができるかもしれない。これに対して、為家や良基が価値づけた「古歌取」ないし脱文脈化された詞の再構成は、検索対象としての古歌を詞へと断片化し、いわばそこから作者性を拭い去ることによって、それを再構成する主体をも〈無名 anonymity〉化したのではないか。だとすれば、為家の和歌が、作者性を前提とする傾向の強い現代の目から見て、「平淡」と評されるのは当然である。為家の歌からは、現代的な意味での作者の個性が払拭されている。

その一方で、古歌の詞を再構成するところからはじまった連歌は、当時の用語でいえば「鎖《くさ》る」ものであり、連歌における作品とは、連鎖する句の総体にほかならない。したがって観念的に見れば、作者とは連歌の完成に参与した個人の集合体を指す。この「合せる」から「鎖る」への変化と、和歌から受け継いだ先行作品の再利用意識が、個々の作品の価値を競い合う作者を二重に無名化したと見ることもできる。しかしそれによって連歌は、中世の和歌が失ってしまった遊興性や即興性をたしかに回復した。連歌とはいわば、過去の断片を自律的に再構成する句の連なりの中に作者の個性を融解させることによって、和歌が本来もっていたこれらの〈現在性 actuality〉を奪還しようとする試みであった。

ところが皮肉なことに、為家の古歌再利用意識に共鳴し、それを連歌に応用した良基が『菟玖波集』において採用した編集方針には、作者の個性を再び尊重する傾向に立ち戻ってしまう方向性が内在していた。無名化された個人によって五十韻、百韻と連ねられた連歌から、「付合」のみを抜き出し、それを文字どおり作者の名のもとに採録した時、連歌はやはり和歌と同じレールの上に乗ってしまったのかもしれない。しかし南北朝期以降、少なくとも近世に入るまで、連歌が社会的な階層を越えて人々にもてはやされ、中世を代表する文芸ジャンルになったこともまた、厳然たる事実である。それは、連歌の興行に列なる人々が、『菟玖波集』のようなアンソロジーに収録されるような有名の作者となることを目指すのではなく、遊びにうち興じる集団の中で、即興的に連ねられていく詞によって展開する心の意外性が、「人の心」をとらえて離さなかったからではないだろうか。

註

（1）後光厳天皇への二条派和歌の推奨と、それに伴う京極派衰滅の顛末に関しては、『歌論歌学集成 第十巻』所収『近来風躰』、小川剛生による補注、三八五頁を参照。

（2）文弥和子「本歌取りへの一考察―定家以降の歌論における」『立教大学日本文学』二九（一九七二）。

（3）小川剛生は、『愚問賢注』は従来の歌学で取り上げられた論点を整理した上で、良基自身の疑義として再編成した書であった、という木藤才蔵の見解（『二条良基の研究』桜楓社、一九八七）を紹介する。それを踏まえて、小川は良基の「愚問」への『詠歌一体』からの影響をもっとも重視し、良基が「頓阿の回答など最初から求めていない」と結論づけるに至っている。小川剛生『二条良基研究』（笠間書院、二〇〇五）第四篇・第二章「歌論と連歌―愚問賢注」四〇四頁。

（4）但し『近来風体』において、二条為忠の歌のあり様に対する評価として、
為忠卿、天性の堪能とはおぼえ侍らざりしかども、はれの哥などはよくよまれしなり。古歌をとる事をこのみき。

と、「古歌をとる」という語が用いられている。ここでの「古歌をとる」は、古歌を「本歌とする」意の「本歌取」と、「古歌取」の両様を含んだ一般用語であると考えられる。

（5）『新日本古典文学大系　四六　中世和歌集　鎌倉篇』（岩波書店、一九九一）所収『中院詠草』、佐藤恒雄による解題、三三二頁。

（6）『万葉集』には「おもかげにして」という詞を用いた歌が、ほかにも何首かある。たとえば、
夕されば　物思ひまさる　見し人の　言とふ姿　面影にして（巻第四　六〇五）
たち変り　月重なりて　逢はねども　さね忘らえず　面影にして（巻第九　一七九八）

などが挙げられる。

（7）『歌論歌学集成　第十巻』所収『近来風躰』、小川剛生による解題、二五—六頁。

（8）小川剛生は、「かかり」を「詠吟した時の声調美を特に呼んでいる」と考え、『姿』に対して、特に聴覚的な方向から作品を把握する概念といっていよい」とする。『歌論歌学集成　第十巻』所収『近来風躰』補注、三八三頁。

（9）建長三年（一二五一）の『影供歌合』において、「山家秋風」という題に対して詠まれた為家の歌、

人とはぬ　山のかきほの　くずかづら　かつうらみつつ　秋風ぞ吹く

に対して、「山のかきほのくずかづら返返よわよわしく、当座の歌の体見ぐるしきよし申し侍りき」と判断され、負となっている。この批難は、「山のかきほのくずかづら」という表現が、いかにも熟慮なしに、その場で詠み出だされた印象を与えることに起因している。実際に即興的に詠まれたか否かにかかわらず、「当座の歌」に対しての評価が必ずしも芳しくなかったことを示す一例である。この歌合は衆議判であるが、判詞は為家が記録している。しかし為家自身は、詠歌における即興性を決して軽視していない。それどころか、即興的な歌詞の再構成は為家の得意とする方法の一つであり、それは中世連歌の初発期において重要な役割を果たしていた。

（10）鴨長明の『無名抄』「俊成卿女宮内卿両人歌のよみやう変る事」には、当時の詠歌のあり方を示唆する実例が紹介されている。

人の語り侍しは、俊成卿女は、晴れの歌よまむとては、まづ日頃かけてもろもろの集どもをくり返しくり返しよくよく見て、思ふばかり見終りぬれば、みな取り置きて、火かすかにともし、人遠く音なくしてぞ案ぜられける。宮内卿は、はじめより終りまで、草子、巻物取りよみて、切燈台に火ちかぢかとともしつつ、かつがつ書きつけ書きつけ、夜も昼も怠らずなん案じける。

これによれば、俊成卿女は晴の歌を詠む際には、まず日頃から諸々の歌集などを繰り返し閲覧してから詠歌に臨んだという。また宮内卿は、草子や物語などを通読して、灯りをともして詠歌の参考とすべき箇所を細かく書きつけておき、夜も昼も怠ることなく歌を案じていたという。ここで長明が重点を置いて記述しているのは、詠歌にあたっての彼女たちの準備の周到さ、詠歌態度の熱心さである。したがって当時の歌人たちの間で、自宅で過

去の歌などを参照しながら、歌会などに詠出する歌をあらかじめ詠んでおくことは、詠歌のあり方として特殊なものではなかったことがうかがわれる。

（11）良基が連歌の名手であることは在世当時から広く認められており、政敵の近衛道嗣さえ「於連歌者抜群之由世以謳歌」（『後深草院関白記』延文四年七月十五日条）と記すほどであった。『歌論歌学集成 第十巻』所収『近来風躰』、小川剛生による補注、三八一頁。

（12）以下、『菟玖波集』への収録が確認できる連歌については、金子金治郎『菟玖波集の研究』（風間書房、一九六五）所収「広大本 菟玖波集」を参照し、部立・作者・番号を記す。但し繰り返し符号は用いず、私見により濁点を付した。

（13）編著者は未詳であるが、良基が応安七年（一三七四）に長男師良に宛てたという識語をもつ写本のある『知連抄』（上巻）には、「のけ句」について次のように説明される。

（のけ）句といふは、是に二の心有。つまりたる所を（はなれて）付るを云。つまらねども善かたへ〔外なる事〕付をも申也。［…］

これによれば「のけ句」とは、句の展開がつまっているところに、前句の内容から離れて付ける句のことを指し、また展開がつまっていなくても、前句の主題とは異なる句を付ける句をも「のけ句」とする。このように、まずは前句から主題を転換する句のことをいうと考えられるが、続けて、

寄合さらになけれ共、時雨にふりはつる、日は見えながらにまだいらでと付る、珍敷なり。かくのごとく付なり。

草よりもうえにみえたる荻の風
老そふとしやなかばすぐらむ

是は、半におぎ無子細といへども、述懐にて能付のけたり。およそ、此ぶんにて料簡あるべき者也。

と説かれるように、前句の語彙に対し、和歌における使用履歴にもとづいて結合しうる詞が、特に見出せない句のことをも「のけ句」というようである。『撃蒙抄』の挙げる例において、前句の「うらみ」は「しほひ」ととも

に詠まれた先例が和歌にある（「いせの海のしほひのかたへいそぐ身をうらみなはてそ末もはるけし」源俊頼『散木奇歌集』一三九九　またこれを摂取した「伊勢しまやしほひはるかにうらみても思はぬかたはいふかひもなし」「為家五社百首」伊勢「恨恋」五五四など）が、それは未だ常套的になっていなかったため、付句に「のけどころ」があると良基は解したと考えられる。

終章　ポスト新古今時代の和歌システム

1　「本歌取」―「新しき心」／「古歌取」―「めづらし」

中世和歌における古歌再利用法は、古歌の詞を採取する際に、古歌の主題・内容としての「心」を、併せて摂取しているか否かによって分類される。一三世紀初頭の「新古今時代」における用語にしたがえば、「心詞」をともに摂取する方法を「本歌取」、採取した詞を古歌とは異なる文脈において再利用する方法を「古歌取」と呼ぶことができる。

古来、詠み継がれてきた膨大な歌が、「心詞」の模範・先例として共有されている中世の和歌世界においては、ある詞は、単なる指示作用をもつにとどまらず、模範として古歌の主題・内容を例示する機能を発揮する。いいかえれば、ある程度のまとまりをもって古歌から採取された詞は、それが詠みこまれた古歌を自動的に指定し、その全容たる「心」を表出する能力をもたされることになる。「古歌を本歌とする」方法、すなわち「本歌取」は、この例示・表出の機能を最大限に活用することによって成立する。古歌の全容を表出しうる断片的な詞は、三十一字のうちの余ったスペースにおいて、古歌には未だ詠まれていなかった内容を重ね、混ぜあわせることを可能とする。

この混合の仕方は、「心」との関係性によって、さらに二種に分けることができる。それは、「本歌の心」を通時的に踏襲する方法と、共時的に「本歌の心」を生き直す方法である。前者は、主題を内容へと展開する際に介在する趣向、和歌世界にいわれるところの「風情」を、その主題が規定する範囲、すなわち「本意」の中から導き出すような方法である。その中にはさらに、主題を踏まえながら、古歌の内容を反転させ、古歌が提起する問いかけに対して応答するという、贈答歌にならった方法も含まれる。後者は、古歌の表出内容としての「心」自体を一首の「風情」として圧縮し、その「心」の範囲を越えた「風情」を案出し、融合する方法である。とはいえ、その結果として詠まれた歌の内容は、主題の「本意」を逸脱してしまうものとはならない。新たに詠み加えられる「風情」は、主題に対して詠まれるべき「本意」を拡張する働きを果たす。つまりこの方法によって、主題としての古歌の「心」は〈更新 renewal〉されていると把握することができる。そこで詠出される「心」の〈新しさ〉は、今まで誰も詠んだことがないという意の〈新生性 newness〉、比較を絶した奇抜さという意の〈新奇性 novelty〉とは質を異にする。しかしその新しさは、古歌の主題を更新したという意味で、システムとしての和歌世界の境界を拡張するものである。但し「本歌取」に際しては、主題の継承の仕方を問わず、採取する詞の分量が多すぎると、新たな内容のためのスペースは縮減される。その結果、古歌の主題を古歌の詞遣いもそのままに詠んだにすぎない、まさに文字どおり盗作とでも呼ぶべき歌を再生産するしかないという危険性を孕んでいる。

その一方で、詞のもつ記号作用を「本歌取」とは異なる原理のもとで機能させる古歌再利用法が、たしかに実践されていた。古歌から採取されたある程度のまとまりをもった詞は、その指示作用のみによって、一首の内容をあらわす上での趣向、すなわち「風情」の枠を形成することができる。枠に代入するものは、詠歌のたびに、任意に変更してもよい。「古歌を取る」方法、すなわち「古歌取」は、この枠を、詞を採取した古歌とは異なる主題のもとで用いることによって、それまで出会うことのなかった詞同士の配列を生み出す。「古歌取」の目的は、今まで誰も詠んだことがないという意味での新たな「心」の表出ではない。その目指すところは、極論すれば、古歌の「心」の〈更新〉でさえない。「古歌取」によって詠まれた歌の内容は、古歌に比して〈新しい〉ものでは決してない。「古歌取」は、あくまで集合体としての和歌の「本意」の範囲内において遂行される。しかしそこでは、それまで誰も見たことのなかった、新たな詞の結合が生じる。この結合によって詞同士は、互いに自らのもつ属性を交換する。つまり「古歌取」に用いられた詞は、それまで帯びていなかった新たな属性を獲得する。さらに重要なのは、古歌から採取される詞が、その「心」を表出する機能を失わないという事実である。したがって「古歌取」は、採取する詞によって古歌の「心」を表出させる時、「本歌取」へと変異しうる。これを裏返していえば、「古歌取」は、そこで採取されている詞が、古歌の「心」を表出する作用を無効化されて、はじめて成立する。古歌の知識が共有されている世界において、ある詞は、本来ならば表出されうる古歌の内容を、不可避的に〈期待〉させる。この醸成された期待が、異なる主題における詞の再利用によって逸らされた時に感受される〈意外性 unexpectedness〉こそが、「めづらし」という語のあらわす内実である。さらに、異文脈にあった詞同士の結合の発する聴覚印象においても、この意外性が立ちあらわれる。

古歌からの詞の採取が、古歌の部分的な摂取と同義であり、和歌が形式的に三十一字で構成される以上、複数の古歌から詞を採取することが、原理的に可能となる。この要素を勘案する時、中世和歌における古歌再利用法の一角を担う「本歌取」は、分類項目としては破綻してしまう。なぜなら本歌取の分類とは、「本歌」との一対一関係において把握することによってしか成立しないからである。本歌取によって詠まれた歌は端的に見て、本歌の詞と、それ以外の詞によって構成されている。もし本歌の外にある詞が、また別の古歌から採取されていたとすれば、特定の「本歌の心」との関係性をはかることは困難となり、それゆえに、ある古歌を本歌としていると断定することもできなくなる。主題・内容としての「心」を古歌から継承しているかどうかに分類基準を置く以上、この問題は解決されない。本書は、中世和歌における古歌再利用法の総体を、まずは「古歌を取る」という語によって総括することを提案した。「古歌取」はたしかに、古歌の主題をあえて踏まえないような詞の再利用を指す。しかしそれは形式的に見て、古歌の詞を再利用するというもっとも外延的な行為と同義であると考えてよい。したがって、仮に複数の古歌から詞を採取していたとしても、その行為自体が、「古歌取」の内実から越え出てしまうことはない。古歌再利用法の総体を「古歌取」とする時、「本歌取」はその中に内包されるが、その逆はありえない。

この定義のもとで、「本歌取」は「古歌取」の中で、特定の視点をもって把握され、特定の条件を満たした方法に与えられる用語として把握し直される。ある古歌の詞を採取しており、その古歌と一対一の関係性の中で両者の主題・内容を比較した時、古歌とそれを共有するような詠み方こそが「本歌取」である。逆に考えれば、それ以外の場合はすべて「古歌取」であるとしても、矛盾することはない。今日の「本歌取」をめぐる言説および定義とは全く異なるものの、和歌史的に見ると、これは藤原為家の時代まで実際に生きていた認識であった。それ以降の古歌再利用法の内実をも併せて考慮しても、ここで提起する分類と名称が、もっとも中世和歌の実態に即していると結論づけられる。

2 「心詞」データベースへのアクセス

本書において跡づけてきた、中世和歌における古歌再利用意識の展開から導き出される芸術学的な射程は、蓄積された過去の和歌を、詠歌のための素材検索用〈データベース database〉として見なす時の、各方法におけるそれへのアクセス法の相違に求められる。

新古今時代以来、詠歌に際して、先行する歌を何らかのかたちで摂取するという行為は、普通のものとなった。中世の和歌世界では、「心詞」を詠出する際の歌人の意識は、つねに過去の方を指しているといいかえてもよい。「古きをこひねが」う歌人たちにとって、歌の詠出はもはや、過去の秀歌を〈検索 search〉するという行為から離れることはできなくなった。これに伴って、古来詠み出だされてきた和歌の膨大な蓄積は、「心詞」の素材を検索するためのデータベースとして見なされはじめる。すぐれた歌を詠出するために、たとえば定家は、

常に古歌の景気を観念して心に染むべし。殊に見習ふべきは、古今・伊勢物語・後撰・拾遺・三十六人集の中の殊に上手の歌、心に懸くべし（人麿・貫之・忠岑・伊勢・小町等の類）。

（『詠歌大概』）

と、古歌にあらわされたイメージをつねに思い浮かべ、心にとどめることを推奨し、模範とすべき歌集や歌人を例示した。また為家は、詠歌の実状により即して、

和歌を詠む事、かならず才学によらず、ただ心よりおこれる事と申したれど、稽古なくては上手のおぼえとりがたし。

（『詠歌一体』）

と断言した。先例や知識によらず、ただ心に思い浮かんだことをそのままに詠むのが歌であるとはいえ、過去の

秀歌に用いられた表現を日常的に参照することなくして、上手の域には達しないという、「稽古」の重視である。[1]定家や為家の言説は、過去の歌の蓄積をデータベースと見なす意識が浸透していることを示す証の、ほんの一端にすぎない。新古今時代以降、種々の「題」にしたがって過去の歌を分類・編集した、いわゆる「類題集」が急増するという事実も、同じ意識を指し示している。[2]以上のことから、本書で見てきた種々の方法論を、「心詞」の検索用データベースへのアクセス法をあらわすものとして、把握し直すことが可能となる。この視点に立って、まずは「本歌取」と「古歌取」の両方法を比較してみたい。

古歌の「心」を詠歌の下地としつつ、それを〈更新〉することを志向する「本歌取」において、データベースへのアクセスはどのように実行されているだろうか。なおここでの考察対象は、『愚問賢注』において頓阿が至高の「本歌取」の例として挙げていた、定家自讃の歌である。「本歌の心」との一対一の関係性にもとづく詠歌過程の推定については、頓阿による解釈をあえて踏襲する。

おほ空は　むめのにほひに　かすみつつ　くもりもはてぬ　春のよの月

（『新古今集』春歌上・定家「守覚法親王家五十首歌に」四〇　『定家卿百番自歌合』三）

題によってあらかじめ「春」の歌を詠むことが指定されている状況で、まず春夜の朧月を詠むことを定家が思い立ったと推測することは不自然ではない。この着想のもとで古歌が検索され、見出されたのが、朧月夜の情景美を歎じた「てりもせずくもりもはてぬ春の夜のおぼろ月よにしく物ぞなき」という著名な歌であった。つまりこの「本歌取」において、定家は着想に適用することの可能な心をもつ古歌をまず検索し、探りあてた後に、そこから詞を抽出し、配置していると考えられる。

こまとめて　袖うちはらふ　かげもなし　さののわたりの　雪の夕暮

（『新古今集』冬歌・定家「百首歌たてまつりし時」六七一　『定家卿百番自歌合』九三）

この歌は「冬」を題とする。「冬」を詠んだ古歌という検索範囲は広すぎる上に、「佐野のわたり」という詞も、「くるしくもふりくるあめかみわのさきさののわたりに家もあらなくに」という「本歌」において、冬に関連するものではない。(3) 但し定家の歌は、「本歌」と同じく「旅」を詠んだものである。つまり定家は、「冬の旅」を主題として詠むことをまず着想し、そこから着想との親縁性をもつ心を詠んだ古歌を検索し、この万葉歌を探りあてたと考えられる。

これら二つの「本歌取」に共通しているのは、詠歌過程において検索されているものが、一次的な着想に見合う古歌の「心」であるという点である。詞の選別と抽出は、まず一首の古歌を見つけ出してから行われる。この意味で、これらの「本歌取」詠について「本歌の心になりかへりて」と説明していた頓阿の着眼は、間違っていない。着想を歌詞へと変換する前に、古歌の「心」はすでに、詠歌の基盤として歌人の眼前にある。この状態から詠歌行為がはじまる時、古歌が表出している「心」を追体験しようと試みることは、順当な帰結である。したがって、古歌の「心」に「まとはれて」いるか否かについて、歌人自身は容易に自覚することができる。またそうでなければ、古歌の「心」を更新することはできない。

では、「古歌取」における検索の過程はいかなるものになるであろうか。為家の『詠歌一体』「古歌をとる事」に挙げられる例から考察してみたい。

名もしるし　峰のあらしも　雪とふる　山桜戸の　あけぼのの空

（『新勅撰集』春歌下・定家　九四　『定家卿百番自歌合』一二四）

定家がこの詞を選択した理由は、やはり題と密接に関係している。『新勅撰集』の詞書によれば、題は「山居春曙」である。この題においてすでに、「山居」の「曙」が、詠むべき「心」として提示されている。「山居」を歌詞に変換する過程において、「山桜戸」を見出すことができれば、「戸」と「開け」との縁を利用しつつ、「開け」を「明け」として「山桜戸」から「あけぼの」へと詞をつなぐまでは、目睫の間であるといってよい。つまり、詠歌に先立ってまず検索されているのは、古歌の「心」ではなく、「山居」「春」「曙」をあらわす詞それ自体である。

ちる花の　わすれがたみの　嶺の雲　そをだにのこせ　春の山かぜ

（『新古今集』春歌下・九条良平　一四四）

題である「春」を詠むべき際に、「あかでこそおもはむなかははなれなめそをだにのちのわすれがたみに」という恋歌が、直ちに選定されたとは考えにくい。したがってこの良平の歌においては、詠まんとする「春」の心の着想が先にある。実際、桜を白雲に紛え、それを惜しむという内容は、春歌において一般的であり、何ら特殊な「心」ではない。しかしそれをあらわす時に、全く異なる心を表出する恋歌の詞を借りているところから、データベースへのアクセスが、詞自体を検索するものであったと把握してよい。

桜花　夢かうつつか　しら雲の　たえて常なき　嶺の春かぜ

（『新古今集』春歌下・藤原家隆　一三九）

この歌におけるデータベースの活用法も、先の二首と同様である。家隆は、散ってしまった桜のはかなさをあらわすために、古今歌「世中は夢かうつかうつとも夢ともしらず有りてなければ」から、「夢かうつか知らず」という「風情」の枠となる詞を探しあてている。「知らず」が「白雲」と結びつけば、再び「白雲」に接続可能な詞が検索され、ほぼ自動的に「風ふけば峰にわかるる白雲のたえてつれなき君が心か」という恋歌から「たえてつねなき」という詞が導き出される。

以上のように、「本歌取」と「古歌取」とを比較すると、データベースへのアクセスにおいて検索されているものが、対照をなしていることがわかる。「本歌取」から「古歌取」への展開において、データベースを構成する要素の質が、完全に変容しているということもできようか。古歌一首の表出する「心」をその構成要素としていた「本歌取」用のデータベースは、「古歌取」においていわば分解され、そこでは個々の詞自体が、検索されるデータとなっている。ではこの変化は、システムとしての和歌世界に、どういう事態をもたらすであろうか。この問題を、今度はデータベースたる古歌の蓄積の側から考えてみたい。

3　データベース＝システムの機能と「めづらし」の詩学

「本歌取」のためにデータベースを活用する場合、一首の歌のかたちで検索可能な古歌の「心」が、データの単位となる。それはまさに、勅撰和歌集のようなアンソロジーの形態をとっていると考えてよい。しかしその性質として、一旦〈更新〉された心が、データベース＝システムへとフィードバックされることは難しい。というのも、ここで想定されるフィードバックとは、更新された古歌の「心」が、それをさらに更新するために検索・再利用可能なデータとして蓄積されるという事態を指しているからである。実のところ、これは原理的には可能である。とはいえ、更新を継続しようとする以上、それは「本」となる古歌の心の、さらなる更新でなければならない。これを達成するためには、三十一字という根本的な制限の中で、古歌の詞と、その古歌を「本歌」とした歌の詞を、同時に摂取することが必要となる。そうなれば、もはや自らの詞を配置する余地は、ほとんど残されないであろう。多くの詞を摂取せざるをえないがゆえに、結果的に盗作にすぎないと見なされうる歌が詠まれる危険性は増加していくことになる。このことは、古歌の心を更新した新古今時代の「本歌取」詠を、再び「本歌」として詠まれた歌が、その後の勅撰和歌集においてほとんど見あたらないという事実が証立てている。あるいは、古歌の心を更新した歌の詞のみを採取するならば、それは為家のいう「弟子」、真観のいう「歌の孫」と見なされ、やはり本の歌の心を更新することはかないにくい。つまるところ、「心」を主要な構成単位とするデータベースの様相は静的であり、確立された時点の状態から、拡張することはほとんどできない。

他方、「古歌取」においてデータベースが活用される際、それを構成する単位は、一首全体としての古歌ではなく、それを分解した詞である。つまりこのデータベースは、アンソロジーの形態をとっていない。それは、詞が並列する辞典、ないしは、ある題に関する詞を集めた用語集のような形態をとるものとして想定することができる。このデータベース＝システムの中で、古歌の詞は新たな文脈へと適用されるのを待ちながら、つねに浮遊している。異なる文脈においていったん再利用されると、その詞には新たな属性が加わり、それは新たなデータとしてシステムへと再帰的に蓄積されることになる。また、詞の組み合わせによって生じる「風情」＝趣向の枠も、着想しだいでどのような文脈においても適用することが可能であり、その適用結果もまた、システムへとフィードバックされうる。詞同士の結びつきと新たに付加された属性を頼りに、継続的に再利用可能性が生まれていく。この意味で、「古歌取」用に活用されるデータベースは、不断に拡張する動的な構造をもっていると見ることができる。しかもこのデータベースは、「本歌取」に供する検索を排除するものではない。検索された詞は当然、それが属している古歌の「心」を表出することも可能である。データベースの活用法が展開し、それが質的な変容を蒙ることによって、詞が模範として例示する古歌の心は、いわば構成単位としての詞が帯びている属性の一つとして扱われるようになったというべきであろう。

詠歌の前提として、「心詞」の履歴を検索するという志向性から離れることのできない場において、「古歌取」に供するデータベース＝システムが、効果的かつ持続的に機能しうるのは明らかである。新古今時代における多様な古歌再利用法の中から、為家がとりわけ「古歌取」に着目したのは、表現意識の展開と同時に、「心詞」データベースの果たす機能の展開をももたらした。その後、和歌世界へのデータベースの浸透を経て、頓阿が理念化した「本歌取」と、良基が志向した「古歌取」の両者は、いわば二本の支柱として並立し、中世和歌における古歌再利用法を構造化する。そこではあくまで、後者こそが「つねの事」であると認識されていた。構造内におけるこのバランスは、蓄積されてきた古歌が詠歌のための素材検索用データベースとして見なされるようになった以上、不可逆的な帰結であった。

題詠という方法を和歌世界の中心にインストールし、それゆえに古歌を再利用するという表現意識が先鋭化される端緒を開いた歌人となった源俊頼が、自らを「歌よみ」ではなく「歌つくり」と称したというエピソードが、顕昭の『古今集注』（一一九一成立）に載っている。その理由を俊頼は、自分は「えもいはぬ詞どもをあつめてきりくむ」、すなわち、魅力的な詞を集めてきて、それらを〈切取し構成する clip and compose〉からだと述べている。(4) 俊頼の発言はまさに、歌詞を構成単位とするデータベース＝システムが確立されるようになった、根源的な動機をあらわしている。システムの中を漂う歌詞の配列を探索し、それらを再構成していくことの意義は、新古今時代を遡ることおよそ百年、一人の「歌つくり composer」によってすでに予見されていた。(5)

今日しばしば、定家を筆頭とする新古今時代を頂点として、その次世代以降、中世和歌の芸術的な完成度は、衰退の一途をたどったと説明される。(6) このことは、ポスト新古今時代、詠歌のためのデータベースの構成単位が、一首の古歌から、それを分解した個々の歌詞へと変質したことと関連していると考えられる。そのようなデータベースを駆使することによって詠まれる歌は、一見すると常套的な「心」を量産することを辞さない、「擬古典主義」＝誤った古典主義に至るように見える。その実践を鑑賞者として外から眺めるかぎり、現代的な意味での〈独創性 originality〉という要素は、たしかに希薄であろう。しかしだからといって、詠歌の創造性が後退してしまったわけでは決してない。

「古歌取」によって活用されるデータベースは、アクセスされるたびに、その中を浮遊している詞同士の結びつきが強まっていき、その結びつきがまた新たな詞の結合を手繰り寄せるという意味で、自己組織化するシステムと見なすことができる。このシステムの内部において、詞同士は過去の膨大な使用履歴にもとづいた、緊密なネットワークを形成している。これにアクセスする歌人は、ある「心」を表出しようとする際に用いる詞が、思いもよらないような接続回路をもっていることを見出すであろう。[7] 歌人は詠歌において、「新しき心」を白紙から描き出すわけではない。記憶装置たるデータベースに自らを接続する歌人は、その中に記録され保存されている古き詞のネットワークを辿りながら、つねに期待を裏切る配列を発見していく。あるいは、データベース＝システムの持続原理そのものが、歌人に詞の新たな配列を発見させる、といいかえることもできよう。その結果、いかにも古典らしい歌が、それまで結合したことのない詞によって詠出されることになる。それは古典主義を正しく継承しようとしてそれに失敗したというよりも、むしろ古典としての古歌を〈擬装 simulate〉している。「詞は古きをした」うという出発点から帰結した、この〈擬-古典主義〉によって、詞による心の構成は、不断に「めづらしく」なる可能性を獲得した。この意外性の〈創出 poiesis〉原理こそ、ポスト新古今時代以降の和歌世界が、古歌の再利用に託した道であったのではないだろうか。本書を「めづらし」の〈詩学 poetics〉と題する所以である。

註

（1）『毎月抄』にも、すぐれた歌は「稽古だにも入り候へば、自然によみ出ださるる事にて候」という主張が見える。但し第二章・2-cにおいて詳述したように、「稽古」という語はしだいに、練習・学習の意をあらわす一般名詞となっていく。

（2）本書の対象とする史的範囲内に成立した、とりわけ大規模な類題集としては、『八代集部類抄』（成立年代は未詳であるが、総歌数約九千五百首）、『二八明題集』（一三二三―四九成立。総歌数六千五百余首）、『夫木和歌抄』（一三一〇頃成立。総歌数一万七千余首）などが挙げられる。また題の中でも「名所」に焦点を絞った類題集と見なしうるものに、『歌枕名寄』（一三〇三頃成立。総歌数最多の伝本では九千七百余首）がある。前二者は勅撰集の歌を歌題別に分類して再編したものであるところから、題の「本意」をみたす範例集というかたちをとった秀歌選＝アンソロジーとしての性格を、なお有している。他方『夫木抄』は、勅撰集に入集した歌を採録しないという編集方針をとっている。したがってそれは、アンソロジーというよりも、多様な題に対していかなる表現がありうるかを並列的に例示するサンプルの集積と見なすことができ、よりデータベースとしての性質が濃い。以上のことから、過去の歌の蓄積を詠歌用データベースとして把握し直すという認識が、和歌世界の隅々にまで浸透した時期を、鎌倉最末期の一四世紀前半と推定する。ちなみに『夫木抄』にもっとも多く歌が採録されている歌人は為家であり、その数は約千三百首に及ぶ。これは、次点である定家の入集数約七百八十首を大幅に上まわる。先行する歌から詞を切りとって再構成する為家の題詠歌が、文字どおり〈再び利用することの可能なデータとして把握され、その歿後の和歌世界に広く散布されたことがうかがわれる。

（3）出典は『万葉集』巻第三であるが、それを再録した『新勅撰集』においては「羈旅歌」に収められている

（4）『古今集注』の本文は、久曽神昇編『日本歌学大系　別巻四』（風間書房、一九八〇）所収のものによる。原文は片仮名書きであるところを、平仮名に改めた。岡﨑真紀子は、この箇所を「先行歌から興趣を感じる言葉を集めてきて、それを自分の発想で組み合わせることによって、それまでにない新たな表現を生み出すような詠み方」と意訳し、俊頼においては、こうした詞の操作によって歌をつくり出すことが、それまでの和歌の蓄積を継承しつ

つ、新しさを求めるという意識を実践することであったと解している。岡﨑真紀子『やまとことば表現論　源俊頼へ』（笠間書院、二〇〇九）一八頁。『古今集注』において、この俊頼の発言は、同時代における好敵手、藤原顕季（一〇五五―一一二三）が、「うたよみといふは、人の口より歌をよみいづるをいふ也」と定義し、俊頼は所詮「歌の烏帽子」をしているにすぎない、と批難したことに対する、居直りとも聞こえる反論である。「人の口」から詠み出だされるとは、まさに〈表現 expression〉としての歌のあり様を象徴する見解である。しかし俊頼がこれを否定しているところから、表現ではなく〈構成 composition〉としての歌のあり方が和歌世界に並存しようとしていた、その端緒をうかがうことができる。

（5）俊頼において〈詩作 composition〉は、音を配列する行為である〈作曲 composition〉にかぎりなく近づいていると見ることもできる。そもそも歌は、歌会などにおいて詠吟されるものであった。フレーズの配合がメロディの質を左右するように、詞の組み合わせによって、一首の響きの優劣は判断される。「おほかた、歌のよしと云は、心を先としてめづらしきふしをもとめ、ことばをかざりよむべきなり」（『俊頼髄脳』）という秀歌観に立っていた「歌つくり」俊頼はまた、篳篥に堪能な演奏家でもあった。この文学と音楽との方法的な親縁性に関連して、アメリカの小説家ジョン・バース（一九三〇―）は、自らの創作行為について次のように説明している。

　心の底では、私は今でも編曲者で、その最大の文学的な喜びは、古い物語詩、古典的神話、使い古された文学の約束事、自分の経験のかけら、ニューヨーク・タイムズの書評集といった、お馴染みの旋律を採り上げることだ。そして、制限内でジャズマンのように即興演奏し、その時の目的に適うように編曲し直す。

John Barth, "Some Reasons Why I Tell the Stories I Tell Them Rather Than Some Other Sort of Stories Some Other Way," *New York Times Book Review* (9 May), 3, 1982.〔引用はリンダ・ハッチオン『パロディの理論』辻麻子訳（未来社、一九八三）第三章「パロディの意図／解釈の範囲」一五六頁による〕バースの方法論は、すぐれた作家たちによってあらゆる小説形式が試み尽くされてしまい、今や新たな形式の小説作品を生み出す可能性が枯渇してしまったという時代認識の上に立っている。この現代小説の直面する終極的な状況を打開するために、バースは、「作者の役割を模倣する作者の手になる、小説形式を模倣した小説」（「消尽の文学」）を書いているという。バースの時代認識と、そこから生ずる創作観は、「詠みのこしたる節もなく、つづきもらせる詞もみえず。いかにしてかは、末の世の人の、めづらしき様にもとりなすべき」「あはれなるかなや。この道の目の前に失せぬる事を」と嘆いてみせた俊頼と、時空を越えて共鳴するものである。

（6）現代の和歌文学研究における通念として、たとえば岩佐美代子は、肯定的な文脈においてであるとはいえ、新古今時代の歌を挙げろといわれればいくらでも挙げることができるのに対して、為家の代表歌をすぐに何首も挙げられる人はほとんどいないのではないか、と述べている。『藤原為家勅撰集詠　詠歌一躰 新注』三五七頁。為家においてさえそうであるのなら、他は推して知るべし、というところであろう。

（7）自己組織化する歌詞データベースのもつ、この詞の〈連鎖性〉とも呼ぶべき性質を基盤として、まさに「連歌」が勃興してくる。その結節点となったのが二条良基であったことはすでに指摘したとおりである。良基は、古歌の「心」に立脚するよりも、古歌の詞をその心から切り離して詠むことの方に重きを置いている。連歌においては、前句のことばから着想を得ながら、前句と打越とが合わさって表出する心とは異なる句を付けることは、規制というよりもむしろ前提である。この前提のもとで、前句の詞に連ねるべき詞を探す時、本書で見た歌詞のデータベースは、その機能を余すところなく発揮する。良基が為家の方法論を採用しているという事実は、連歌が歌詞データベースを受け継ぎながら、和歌に並ぶ文芸としてその地位を高めていったものであることを如実に示している。

終わりに　「相も変わらぬことを前より少しだけましにやること」の芸術学のために

サミュエル・ベケット（一九〇六―八九）は、美術批評家ジョルジュ・デュテュイ（一八九一―一九七三）との絵画についての対話集『三つの対話』（一九四九）の中で、抬頭しはじめた当時の新たな抽象絵画に価値を認めつつも、それが「これまで積み重ねられてきた価値と同根のもの」であるとして顔をそむけた。ベケットは「相も変わらぬことを前より少しだけましにやることに飽き、索漠たる道を前より少しだけ遠くまで進むことに飽き果てた芸術」に対して、自らの志向する芸術表現についてこう規定した。

表現すべきなにものもない、表現すべきなんの道具もない、表現すべきなんの足場もない、表現する力がない、表現しようという欲求がない、あるのはただ表現しなければならぬという強制だけ〔…〕(1)。

ここでの「表現」はexpressionの意であるから、この主張は感情の表現一辺倒とはかぎらない中世和歌に、完全に適合するわけではない。しかしこのラディカルな諦観から生ずる芸術観は、中世日本の歌人たちに共有されるものとなりうる。

後に和歌史における黄金期と見なされる新古今時代、歌壇の中心と確固たる接点をもっていた鴨長明でさえ、三代集という古典の時代からおよそ二百年を経てもなお詠み継がれている同時代の和歌について、次のように述べている。

風情やうやう尽き、詞世々に古りて、この道時にしたがひて衰へゆく。今はその心いひ尽くして、［…］珍しきふしは難くなりぬ。いはむや詞にいたりては、いひ尽くしてければ、珍しき詞もなく、目とまるふしもなし。

（『無名抄』）

このような詩的表現の荒野を前にして、自らを含む新古今歌人たちの詠もうとする歌について、長明は以下のように続ける。

ここに今の人、歌のさま世々によみ古されにける事を知りて、さらに古風にかへりて幽玄の体を学ぶことの出で来たるなり。

再びベケットの言葉を借りれば、「表現すべきなにもの」かが表現され尽くして古くなった時、表現の原動力は、あらためて過去のうちに求められることになる。いわば「索漠たる道」の彼方へとあえて引き返し、そこから前方を見据え、「相も変わらぬ」反復を再開すること。すなわち「積み重ねられてきた価値」を〈再利用〉すること。この逆説的な過去への回帰こそが、中世の和歌世界の根底にある動機である。それにもとづいた表現意識の展開を「本歌取」論の諸相に見出し、その内実の変遷を跡づけることこそが、本書の主題であった。では、そこで得られた考察結果を、既存の作品の再利用、すなわち、過去の作品から、自らの作品を構成する素材を摂取するという、芸術に普遍的な行為に適用することは可能であろうか。過去の影響を考慮し、過去との比較によって、作品の価値を測るという条件のもとでならば、それは不可能ではない。

過去の再利用によって達成される表現論的な意義は、まず摂取された素材への新たな属性の付加と、素材同士の新たな出会いによって生じる、多様な意外性に求められる。但し、システムとしての和歌が主題の「本意」からの逸脱を制限する機能をもつのに比して、他「ジャンル」において、ジャンル自体が創作に対して働きかける制限は強くないと考えられる。いいかえれば、芸術営為一般においては、「心」を過去に求める必然性はない。したがって、結果としてつくられた作品の主題がたとえ〈新しい〉ものであったとしても、その〈新しさ〉が、直ちに過去の再利用に起因するわけではない。その一方で、和歌の構成素材が詞のみであるのに対して、たとえば造形作品を構成する素材は、多岐にわたる可能性がある。その場合、異なる領域からの素材の摂取が、それまでになかった素材同士の出会いを引き起こすことによって、〈新しい〉作品が創出されるという事態はありうる。

過去の再利用行為の中でも、特に「本歌取」的方法は、素材を摂取しながらその作品の「心」＝主題・内容をも襲用することを指す。ここで重要となるのは、その主題・内容の踏まえ方であった。ある心に対する反応が通時的なものであるならば、その「風情」＝趣向は、過去の心の範囲内にある。この意味で、素材の摂取分量が多すぎると、作品はたちまち過去の引力に捕まって墜落し、その存在意義を失ってしまう。他方、過去の主題に対して共時的に並び立つこと、すなわち、過去の心を表出内容の風情として圧縮し、相対化することによって、独自の風情を創出する余剰が確保できる。さらに、創出した風情と融合することによって、その作品は過去の主題・内容を更新するものとなり、ある過去の到達点を基点とする〈新しさ〉が創出される。言語芸術の外にあっても、「本歌取」的方法の特質は変わらない。また、構成素材そのものを摂取することなく、過去の作品の主題・内容を踏まえる方法も、とりわけ映像作品などにおいて顕著である。これは、和歌において「心」を取って「もの」を変えるという用語があったように、〈翻案 adaptation〉と呼ぶべき方法である。そこでの〈新しさ〉は、「もの」、すなわち過去の作品とは変更された素材に託される。

芸術営為一般における過去の再利用をこう跡づけてきた結果、それが実は、作品をつくるという行為の主要な部分を担っていることを、あらためて自覚せざるをえない。しかしもちろん、事態はそれほど単純ではない。今日、ある作品に対して、その創作に影響を与えた過去の作品は、「もとネタ」という俗語によって語られる。もとネタにジャンルは関係なく、それはしばしば、ジャンルを横断して創作過程に介在する。本書は、言語芸術である和歌における「古歌」の再利用法の展開を、中世という時代の一部を切り取って記述し、その諸相を整理し直したものである。そこでの「古歌」とは、「今」詠まれる歌のもとネタにほかならない。その再利用の仕方によって、異なる表現論的な価値ないしは効果が生じうることは、本書において順を追って確認してきたとおりである。またそれは、同ジャンル内での再利用行為にも、適用可能なものであった。そこで得られた、古歌を再利用する意義の諸相を、ジャンルの境界を越えたあらゆる芸術作品における過去の作品の活かし方に、直接当てはめることができるとは、もとより思ってはいない。しかし、作品を構成する要素に対して記号作用を認める立場に立てば、記号の代表たる「詞」が再利用される諸相に関する考察の成果が、素材の記号性に介在するもとネタの機能を抽出する際に果たす役割は、決して小さくない。

今日私たちは、あらゆる作品に過去の影響を見出し、その創作過程を想像し、その結果を確認しながら、それを享受することを楽しんでいる。この姿勢は取りも直さず、作品を記号として見るという、本書における考察結果の応用可能性の前提を正当化している。その応用が可能となる条件を慎重に考慮すれば、作品の創作における演繹的な〈独創性〉を廃する、あるいは少なくとも、過去の影響を除いた場合にしか認めないという意味で、独創性とは何かという根源的な問題の解明にも、帰納的に貢献しうるであろう。本書の成果が、こうした過去との戯れ、すなわち「相も変わらぬことを前より少しだけましにやること」についての芸術学を構築するための基盤となることを夢想しつつ（それは間違いなくベケットのお気には召さないが）、ひとまず擱筆したい。

註

（1）サミュエル・ベケット『三つの対話』高橋康也訳：サミュエル・ベケット『ジョイス論／プルースト論　ベケット詩・評論集』（白水社、一九九六）二二五頁。

あとがき

「美学」の領域で和歌の研究を志したのは、博士前期課程に在学中（正確にいえば除籍期間中）のことであった。学部の卒業論文は、シャルル・ボードレールの詩にあらわれる「異国」と「都市」を詩的想像力という未消化の概念で包みこんだしろもので、試論にはおろか評論にさえならなかった。その「詩」への接近の仕方に対する反省から、博士前期課程ではじめ、ヴァルター・ベンヤミンの「純粋言語」論を応用し、異言語混淆《クレオール》の詩を翻訳することの可能性について何か語れないかと徒手空拳した。そこから和歌への方向転換は、詩の翻訳可能性の追求から不可能性の自覚への反転、もとい退散であった。大学院に復帰して、修士論文のテーマには、西行の釈教歌を選んだ。といえばいかにも意図的な選択のように聞こえるが、自らの思惟につねに伏流していた日本語の「詩」の渦へと、目をつぶって飛びこんだ、といった方が実情に近い。

『妙法蓮華経』を中心とした経典群の内容を和歌へと変換する際、西行は自らの修行体験に即して、それらを日本の四季の情景に託す。つまり西行の釈教歌は、ことばを翻すという営為が、文脈の跳躍を伴わざるえないことを証し立てていた。あるいは逆に、意味を正しくうつそうとするならば、歌のことばは経典のことばと決して対応しないことも。ある言語で書かれた内容を、別の言語によって説明する時につきまとう、根源的な差異。はからずもそのケーススタディとなった修士論文は所詮、外国語で書かれた詩の研究に耐える語学力の習得が、ついに追いつかなかったことを正当化する自己承認にすぎなかったのかもしれない。しかし今ふたたび、中世の和歌にあらわれる方法と理念に関して、それらの翻訳可能性を追っている。この道筋は、和歌の翻訳不可能性への耽溺を経なければ、決してひらかれなかったと信じたい。

翻訳可能性とはすなわち、事象間の類推《アナロジー》に論理を注入する源にほかならない。そして類推とは、芸術の比較研究にもっとも必要な思考形態であるはずだ。和歌や連歌といった日本の言語芸術についての考察が「美学」たりうるか、という問題には、未だ明快な答えを出せずにいる。しかし言語芸術にあらわれる方法と理念を翻訳可能なかたちで導出する試みは、間違いなく「芸術学」の一分野となりうると、今なら確言できる。

本書は平成二四年度、大阪大学に提出した学位請求論文「中世和歌における古歌再利用意識の展開とその芸術学的射程」を大幅に改訂し、増補したものである。論考を貫くキーワードとなっている「再構成」とは、電子音楽に親しい語彙である remix の訳語で、もともと部分としてつくられた音の連なりを構成することによって成った楽曲を分解し、再び構成するという方法を指す。また同じく「擬装」は、本書に記述したとおり simulation の訳語で、存在しない原形を、いかにもそれが存在していたかのように、そう「見える」ものを事後的に現出させることをあらわす。どちらも、特定のオリジナルをもたず、並列化された断片の配置が組みかわっていくことで生成する、現代の文化—芸術を特徴づける語である。論じる対象の特質と、それについて解明する論の構造自体とが相似してしまうというこの思惟のフラクタルは、中世の和歌世界を現代のことばによって説くほかない筆者のバイアスを通してあらわれている。つまるところ本書は、中世と現代とを往還しながら、「本歌取」に関する言説の断片を収集しリミックスすることによって、あくまで芸術学の立場から和歌研究をシミュレートしようという目論みである。和歌研究を装った芸術研究。その「らしさ」を担保するための戦略として、先行研究の主題と内容を更新する「本歌取《パロディ》」が随所に適用されている。というところこれもまた、自己正当化めくだろうか。

とはいえ、論考の内容が和歌研究「らしい」かどうかは、本書の存在意義にかかわってくる。対象を熟視することなくして「芸術」研究は成り立たないし、その成果が芸術研究へと敷衍できなければ、豊饒な蓄積を誇る和歌研究の問題点をわざわざ指摘してまで「和歌」を対象とする理由がなくなるからだ。「美学で和歌をやりたいなら、和歌の研究者と対等に話せるようになりなさい」とは生涯の恩師、上倉庸敬先生（大阪大学名誉教授）からたまわったご助言であった。本書をもって並居る和歌研究者と同じラインに立った、などと胸を張ることはもとより憚られるものの、まずは本書が和歌の研究書に「見える」かどうか、読者諸氏のご判断を請いたい。

私が今、いやしくも芸術研究者の末席に列なることができているのは、ひとえに諸先達のご指導とご助力があったからにほかならない。大阪大学の美学研究室で過ごした十二年余、上倉庸敬先生には、芸術作品、芸術家、芸術論に接するにあたってとるべきあらゆる思考の様態を示していただいたといって過言ではない。書く時も話す時も、ことばに自らの存在を賭ける姿勢は、先生のつねに体現されてきたところであり、私はそれを亀鑑としてここまできた。何よりもまず、芸術研究のおもしろさと難しさとを表裏重ねて打ちつけてくださったのが、上倉先生であった。そもそも、はじめ哲学専修に所属していた私が美学に鞍がえしたのは、一回生向けの「芸術のはじまり」という講義で見かけた上倉先生の、威厳に満ちた風采と朗らかなお人柄に惹かれたから、というのが偽らぬところである。専修変更の許可をいただくために、はじめて先生のお部屋を訪れた時、美学で何をやりたいのかと訊ねられた。音楽鑑賞くらいしか交わりそうな趣味をもたなかった私は、芸術と娯楽との境界を見きわめてみたい、と苦しまぎれに答えた。すると先生は微笑して一言「そんなことをして意味あるのかなあ」。直指人心、先生の流儀である。無知から出た考えに対するご高見に、反発を覚えるべくもない。が、自分の考えには、考えるだけの意味がないと喝破されたようで、悔しさが残った。それ以来、考察の意味を問うことを、いつも念頭に置いてきた。本書に芸術の研究書としての「意味」があるか否か、読者諸氏に厳しくご判定願いたい。

藤田治彦先生（大阪大学名誉教授、神戸芸術工科大学教授）には、海外の日本文化研究者と交流する重要性とたのしさを教えていただいた。和歌研究の道を、ひろく国際的なデザイン研究へとひらいてくださったのも、藤田先生である。三宅祥雄先生（元大阪大学准教授）は、哲学思想と芸術理論とをクロスオーヴァーさせて、対象の分析へと応用するその仕方について、この上なく精緻かつ多様な見本を、いつも惜しみなく提示してくださった。思考を具現するうえで、文体と文彩とに徹底してこだわりぬくその言動《ランガージュ》を範とすべく、今もなお苦心しているところである。大学院生時代、春木有亮さん（北見工業大学准教授）が助教を務められていたことは、私にとって僥倖であった。和歌と現代音楽との手法上の親縁性に関する生煮えのアイディアを、音楽家としても活動されていた春木さんは、いつでもお時間を割いて聞いてくださった。研究の内容のみならず、研究職を志す日々の暗中模索をとにかく前進させてくれたのは、春木さんである。

日本学術振興会の特別研究員の任にあった時、受入れ研究者になってくださった国際日本文化研究センターの山田奨治教授には、マンガやアニメなど現代の日本文化を語るうえで、前近代の日本の思想を自在かつ批判的に適用する柔軟さを学ばせていただいた。同じく日文研の荒木浩教授は、中世日本文学研究の基礎となる手法と、その最先端を走るご高察とを同時に聴講することのできる、贅沢きわまりない機会を与えてくださった。ほかにもお世話になった先生を数えあげれば、きりがない。お名前をあげることのできなかった先生方にも、ここに謝意を表したい。

「多様である。しかし雑多ではない」とは、大阪大学の美学研究室に所属する学生の研究テーマについて、上倉先生の評された至言である。その心は、各自が全く異なるアートフォームないし思想を扱っているにもかかわらず、それらについての論考の「おもしろさ」が、共通の尺度ではかられるところにある。芸術営為に通底するものの摘出と敷衍こそが、その基準となる。美学の論文作成演習ほど、自らの「おもしろさ」を試すことのできる場はなかった。研究室の学友、否ともに匍匐した戦友たちに敬礼する。

最後に、本書の出版は、平成三一年度の大阪大学教員出版支援制度の助成を受けて実現した。とはいうものの、大阪大学出版会編集部の川上展代さんのご尽力がなければ、本書が世に出ることは決してなかっただろう。入稿期限を超過すること一再ならず、しかもことあるごとに厄介な要求を申しつける筆者に対して、川上さんはつねに軽妙洒脱に応じてくださった。まさしく「上手」の手綱さばきで本書を出版へと導いてくれた川上さんには、お礼の申しようがない。

令和元年八月三一日

付録　中世の勅撰和歌集と御子左藤原家　関連系図

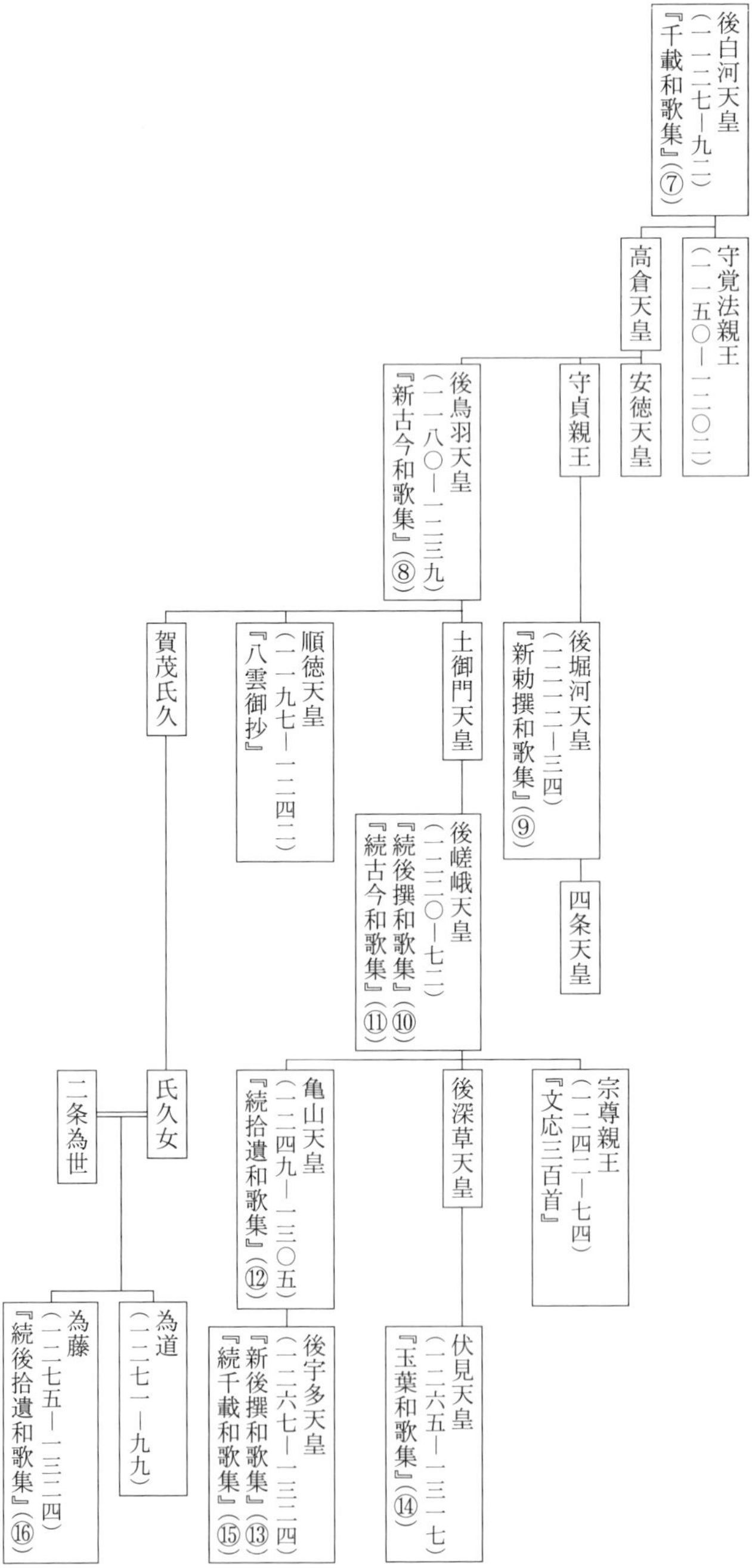

※○で囲われた数字は、その勅撰和歌集が何番目に成ったかを示す。

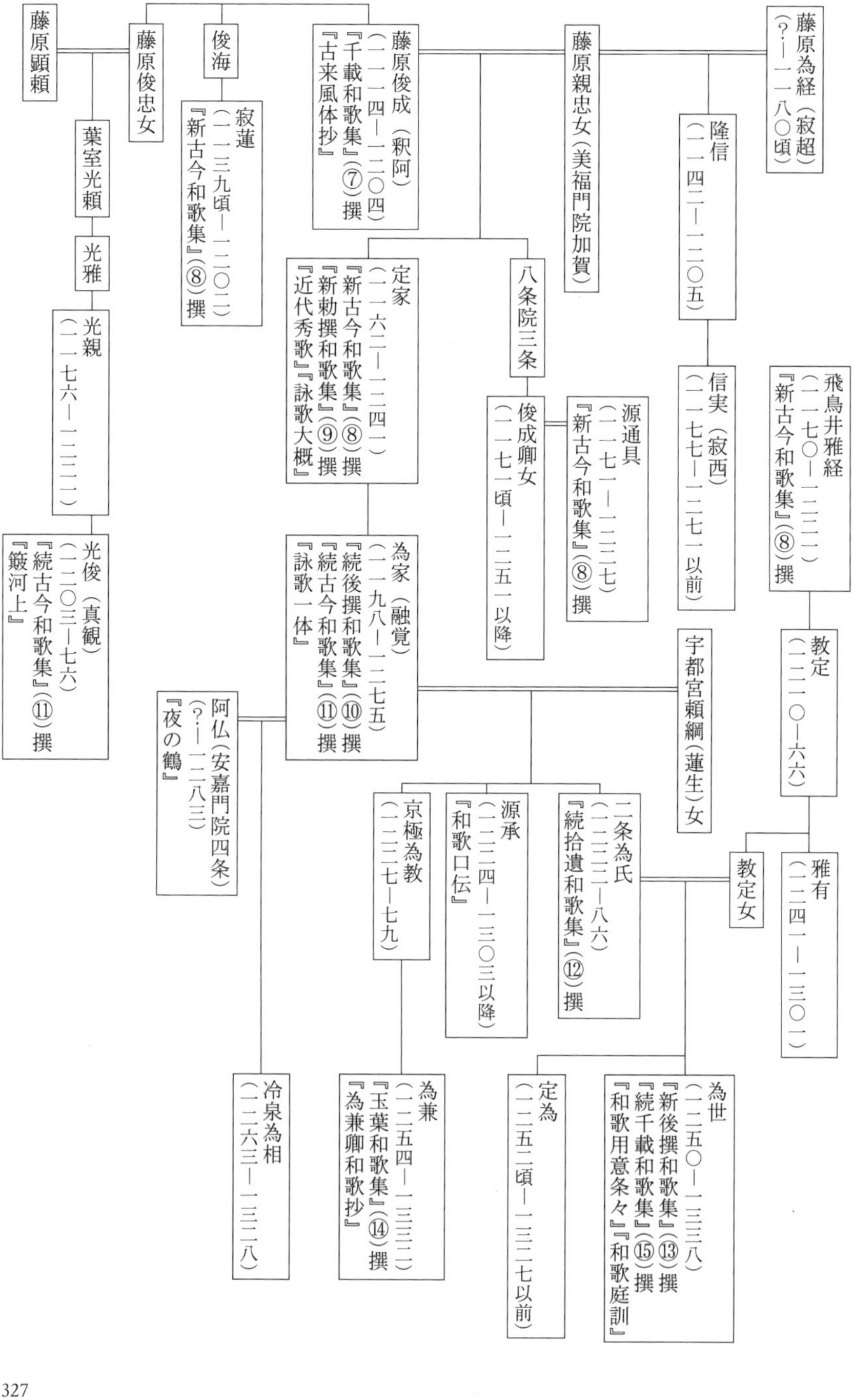
藤原為経（寂超）（?—一一八〇頃）
藤原親忠女（美福門院加賀）
藤原俊成（釈阿）（一一一四—一二〇四）『千載和歌集』（⑦）撰『古来風体抄』
俊海
藤原俊忠女
藤原顕頼
葉室光頼
光雅
光親（一一七六—一二二一）
光俊（真観）（一二〇三—七六）『続古今和歌集』（⑪）撰『簸河上』
寂蓮（一一三九頃—一二〇二）『新古今和歌集』（⑧）撰
隆信（一一四二—一二〇五）
信実（寂西）（一一七七—一二七一以前）
飛鳥井雅経（一一七〇—一二二一）『新古今和歌集』（⑧）撰
八条院三条
定家（一一六二—一二四一）『新古今和歌集』（⑧）撰『新勅撰和歌集』（⑨）撰『近代秀歌』『詠歌大概』
俊成卿女（一一七一頃—一二五一以降）
源通具（一一七一—一二二七）『新古今和歌集』（⑧）撰
為家（融覚）（一一九八—一二七五）『続後撰和歌集』（⑩）撰『続古今和歌集』（⑪）撰『詠歌一体』
宇都宮頼綱（蓮生）女
教定（一二一〇—六六）
阿仏（安嘉門院四条）（?—一二八三）『夜の鶴』
京極為教（一二二七—七九）
源承（一二二四—一三〇三以降）『和歌口伝』
二条為氏（一二二二—八六）『続拾遺和歌集』（⑫）撰
教定女
雅有（一二四一—一三〇一）
冷泉為相（一二六三—一三二八）
為兼（一二五四—一三三二）『玉葉和歌集』（⑭）撰『為兼卿和歌抄』
定為（一二五二頃—一三二七以前）
為世（一二五〇—一三三八）『新後撰和歌集』（⑬）撰『続千載和歌集』（⑮）撰『和歌用意条々』『和歌庭訓』

ら行

わ行

た行

な行

は行

ま行

や行

作品名索引

本書に頻繁に引かれる作品については、集中して論じられる部をまず示し、次いでそれ以外の部および章に記載のある頁数を示した。

但し、『万葉集』『古今和歌集』『新古今和歌集』は、全編にわたって多く引かれるため、索引には掲載しなかった。

あ行

か行

さ行

や行

ら行

た行

な行

は行

ま行

人名索引

本書に頻繁に登場する人名を、太字であらわした。

その人物について集中して論じられる部をまず示し、次いでそれ以外の部および章に記載のある頁数を示した。

但し、藤原定家にかぎっては、全編にわたって多く登場するため、索引には掲載しなかった。

土田 耕督（つちだ こうすけ）

1980年生まれ。専門は和歌論・連歌論を中心とした日本の芸術理論。

大阪大学文学部卒。大阪大学大学院文学研究科文化表現論専攻（美学）博士後期課程単位取得退学。博士（文学）。

英国王立芸術大学（Royal College of Art）派遣研究員、日本学術振興会特別研究員DC2、同特別研究員PD（国際日本文化研究センター外来研究員）、大阪大学大学院文学研究科文化表現論専攻（美学）助教を経て、現在、同志社大学嘱託講師、大阪産業大学非常勤講師、奈良芸術短期大学非常勤講師。

「めづらし」の詩学
本歌取論の展開とポスト新古今時代の和歌

2019年9月30日　初版第1刷発行　［検印廃止］

著　者　土田　耕督

発行所　大阪大学出版会
代表者　三成　賢次

〒565-0871　大阪府吹田市山田丘2-7
大阪大学ウエストフロント
TEL　06-6877-1614
FAX　06-6877-1617
URL：http://www.osaka-up.or.jp

印刷・製本　創栄図書印刷株式会社

Printed in Japan

ISBN 978-4-87259-611-3 C3092